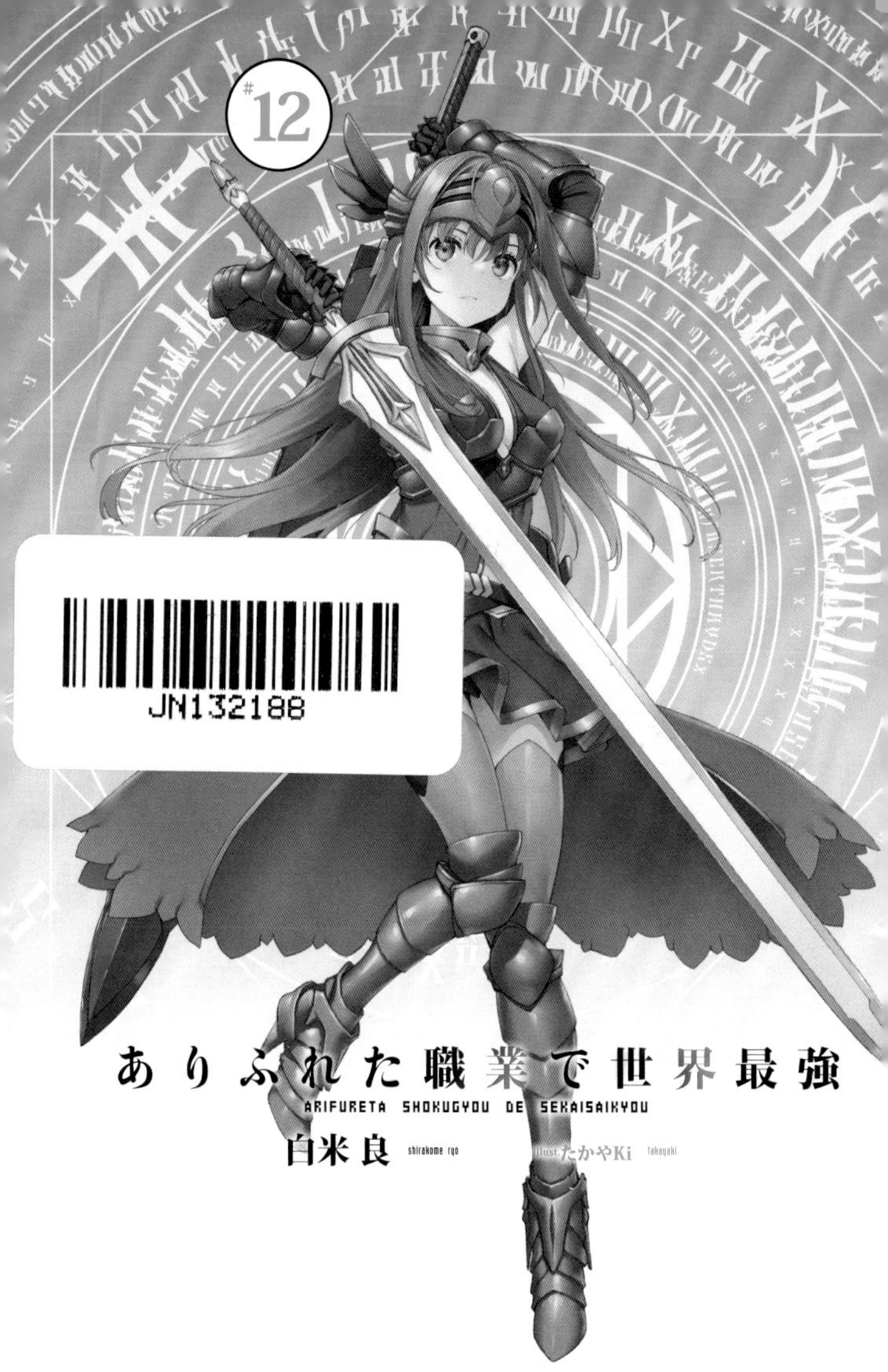

#12

# ありふれた職業で世界最強

ARIFURETA SHOKUGYOU DE SEKAISAIKYOU

白米良 shirakome ryo

Illust. たかやKi takayaki

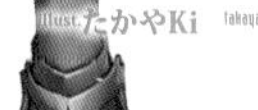

「――〝レベルⅨ〟ッッッ!!」

「恵里、鈴は――
私はっ、恵里と親友で良かった！
たとえ偽りでも、歪でも、楽しかった！」

「……ばいばい。
鈴と一緒にいる時だけは、
ちょっとだけ安らいだよ」

# ありふれた職業で世界最強 12

白米 良

# CONTENTS



イラスト／たかやKi

# ◆プロローグ

世界は赤黒く染まり、割れた空には瘴気(しょうき)を噴き出す奈落が浮かぶ。

氾濫した泥川のように溢(あふ)れ出した魔物と、満天の星の如(ごと)く空を覆う〝神の使徒〟の大群。

それはまさに、世界の終わりが始まった光景だった。

だがしかし、今、その最前線に立つ人類は、

――ォオオオオオオオッ!!

――ワァアアアアアアアッ!!

気炎万丈、意気軒昂(いきけんこう)、勇猛無比を体現するような雄叫(おたけ)びを上げていた。

そこに絶望はなく、諦観も悲嘆もない。

戦い抜く、抗(あらが)い抜く。明日があると信じて。

そんな燃え盛るような意気で心を一つにしていた。

「まぁ、あんな光景を見せられたら、奮い立つよね」

空中で、そう独り言(ご)ちたのは香織(かおり)だ。

〝神の使徒〟の肉体でありながら、変成魔法により、あえて黒髪・黒基調の戦装束、黒銀の魔力と翼に変えた〝魔王(ハジメ)の使徒〟に相応(ふさわ)しい姿で戦場を見渡す。

開幕直後の隕石の乱れ撃ち(メテオインパクト)による〝神山崩し(しんざんくずし)〟。

七機もの〝太陽光集束レーザー〟と〝太陽光爆弾〟による超大規模破壊。

それを以(もっ)て先手を取り、魔物と使徒の大群を蹴散らしたハジメの理不尽なまでの手口と力を思い出す。

くすりと笑みを浮かべながら、香織は一転して頭上を仰いだ。

天空の奈落——と見紛(みまが)う【神門】に射るような目を向け、肉体を乗っ取られたユエを奪い返すために突き進んだハジメ達(たち)を想(おも)う。

シアとティオも一緒なのだ。絶対にやり遂げると信じている。

「ユエ。伝えたいことといっぱいあるんだから、さっさと帰ってこないと承知しないよ」

まだまだ喧嘩(けんか)では負け越しているから、勝ち逃げは許さない。

なんて冗談めかして、けれど、この叱咤(しった)が恋敵に届けばいいと願う。

「雫(しずく)ちゃん、龍太郎(りゅうたろう)君、鈴(すず)ちゃん……」

理想と違う現実から目を背け、自ら洗脳を受け入れた幼馴染(おさななじ)み——天之河光輝(あまのがわこうき)。人類を裏切った勇者。

自らの欲のため全てを裏切り切り捨てた、鈴のかつての親友——中村恵里(なかむらえり)。

家族同然の幼馴染みを、親友を、見捨てられない。見捨てたくない。

せめて、もう一度だけ話をしたい。

たとえ、もう手遅れでも、望んだ結果にならなくとも、ならばせめて自分の手で終わらせてあげたい。

そんな決意と覚悟を秘めた雫達の気持ちは、痛いほどに分かるから。

「みんなが帰ってくる場所は、私が守るよ」

神の思惑は全て潰す。今際に嗤わせないために地上も守護する。

だが、それ以上に帰ってくる場所を守る。

それこそが、地上に残った香織に託された役目。

〝神の使徒〟が、地上を見下ろした。銀の流星群となって落ちてくる。

その恐ろしい光景を前に、香織は新たな双大剣を切り払って、

「人類の殲滅？　ふんっ、やれるもんならやってみて！」

想い人そっくりの、不敵で獰猛な笑みを浮かべたのだった。

# 第一章◆神域の世界

もし、中村恵里が、人生において最も強烈で忘れ難い記憶は何かと問われたら、こう答えるだろう。

——お父さんが死ぬ光景、と。

恵里が六歳の時の話だ。車道に飛び出してしまった恵里が自動車に轢かれかけたところを、父親が庇って亡くなったという、ありふれた交通事故の結果である。

だが、結末としてありふれていなかったことが一つ。

それは、その後の母親の態度だった。

恵里の母親は少し良い家柄のお嬢様だったのだが、家の反対を押し切って結婚したらしく、人によっては、依存だと指摘されてもおかしくないほど夫にべったりだった。

だからこそ、最愛にして心の支柱たる夫の死に耐えられなかった。

耐えられなかったが故に、その原因へと牙を剝いた。

そう、幼い自分の娘——恵里に、である。

来る日来る日も、その悲嘆と憎悪を暴力と罵倒に変えて容赦なく娘に振るったのだ。

その痛みに、恵里はひたすら耐えた。母親の「お前のせいで」という言葉に、六歳にしては聡明とすら言えた恵里は納得してしまっていたからだ。

父を不注意で死なせてしまった自分を母が怒るのは当然のこと。痛みを与えられるのも当然の罰だ、と。

同時に、信じていた。この罰が終われば、鬼のような形相の母も昔のいつでも優しく微笑んでくれる穏やかな母に戻ってくれる、と。

母親の虐待は巧妙で、恵里もまた決して口外しなかったため、その歪な母娘関係は誰にも気が付かれることなく何年も続いてしまった。

恵里から笑顔が消えたのは必然だ。

暗く、陰気で、笑わない、まるで嵐が過ぎ去るのをじっと蹲って耐えているような子供。不気味だったろう。同年代の子供達にとっては。

当然ながら友人などできず、孤独、自責、心身の苦痛、そして母を想う気持ちと寂寥が容赦なく幼い恵里の心を苛んだ。

鬱屈した日々に、恵里の心はもはや限界で……

そこに、更なる追い打ちが止めを刺すかのように襲いかかった。

十一歳――小学五年生の時だ。

母親が家に知らない男を連れてきたのだ。母親は、そのガラの悪い横柄な態度の男に甘ったるい猫なで声を発しながらべったりとしなだれかかっていた。

信じられなかった。父を心の底から愛していたからこそ、自分にあれだけの怒りと憎しみをぶつけたのではなかったのか。

その考えは間違ってはいない。ただ、恵里の母親の心は、恵里が思うよりもずっと弱かったのだ。誰かに支えてもらわなければ、まともに生きていけないほどに。

その日から、恵里の家には、その男が住むようになった。

男の家での在り方は典型的なクズそのもの。恵里にさえ欲の滲む目を向けていたことからすれば最悪の部類だ。

恵里は今まで以上に息を殺すようにして過ごした。徐々にエスカレートする男の言動に危機感を抱き、母に憧れて伸ばしていた長い髪もばっさりと切り落として短髪にし、更には自分を〝僕〟と呼んで少年っぽく振る舞うことで精一杯の自衛を行ったが……

それがまた悪循環を呼ぶ。恵里の変化を、同級生は受け止められなかったのだ。

友人ではなくとも、クラスメイトとして日常会話くらいはしていた子供達まで、とうとう完全に離れてしまった。男への恐怖と圧倒的な孤独感に恵里の心はもう亀裂だらけ。いつ砕け散ってもおかしくなかったが、ただ一つ、

――いつかきっと、必ず、昔の優しいお母さんに戻ってくれる

その想いだけが恵里の心を支えていた。もはや一種の現実逃避に過ぎなかったけれど、恵里自身、心のどこかで自覚していたけれど、もう溺れる中で必死に縋(すが)り付いた藁(わら)のような希望しか、恵里には残っていなかったのだ。

だが事実として、その希望は藁に過ぎなかったが故に、あっさりと沈んで消えた。

三ヶ月ほど経った、母親が仕事で家にいない夜のこと。遂に男が欲望の牙を剝いた。

ショックはなかった。むしろ、チャンスだとさえ思った。

いつかこんな日が来ると確信していたから、きちんと悲鳴を上げて近所の人に助けを求めることができたし、男も駆けつけた警官に捕まった。悪夢のような生活は終わったのだ。なら、母も目を覚ましてくれる。また父を思い出してくれるはず。

そう思って、信じて……

しかし、事情聴取を終えて帰宅した後、母から真っ先に飛んできたのは娘を案じる言葉でも最悪の男を連れ込んだ謝罪でもなく、今まで以上の憎悪が込められた張り手だった。

そして、母親は恵里に言ったのだ。「あの人を誑かすなんて」と。

母親にとってこの事件は男のクズさを理解するきっかけではなく、自分の男をまた奪った娘の許し難い悪事だったのだ。

父を裏切った母。

自分を痛めつける母。

娘が襲われたことよりも男といられないことを悲しむ母。

この時、恵里はようやく察した。否、本当は分かっていて目を逸らしていたことを遂に直視したというべきか。

すなわち、母は自分を愛さない。昔の母になど戻らない。昔の穏やかな姿ではなく眼前の醜さに溢れた姿こそが、この女の本性だったのだ、と。

信じていたものは全て幻想だった。

耐えてきたことに意味はなかった。

そして、この先の未来にも希望はない。

心が壊れるには十二分だ。そのせいか、いつの間にか気を失っていた恵里は、目覚めた翌日の早朝、ひっそりと家を出た。

自分を終わらせるために。でも、母の傍(そば)は嫌だったから。

ふらふらと彷徨(さまよ)い、無意識のうちに辿(たど)り着いたのは近所の川に架かる橋。

その欄干からぼんやりと下方に流れる川を見つめて、ここにしようと決めた。

なんとなく、ここで死ぬことができたなら、そのまま誰もいない場所へ運んでくれるのではないかと、そう思ったのだ。

そうして、欄干から身を乗り出し、吸い込まれるように遥(はる)か下の綺麗(きれい)な流れに――というまさにその時、不意に声がかけられた。

――君、何してるの？

ぼんやりと振り返った恵里の目に飛び込んできたのは、同い年くらいのランニング中だったらしいジャージ姿の少年。恵里もよく知っている、同じ学校で人気を一身に集める眩(まばゆ)い男の子――天之河光輝だった。

感情の欠片(かけら)も浮かんでいない顔、黒々と澱(よど)み切った瞳を見て尋常ならざる事態と察した光輝は、恵里を無理やり欄干から引き離し、何度も根気よく事情を尋ねた。

最初は無視していた恵里も、一向に離れない光輝にとうとう根負け。かなり省略した説明をし、それを聞いた光輝は最終的にこう理解した。

父親に厳しい躾を受けた恵里は母親に助けを求めたが、母親も自分を叱った。相談できる友達もおらず、誰も助けてくれないことを悲しんだ恵里は自殺しようとした、と。

断片的な情報だけなら間違いとは言えない。まだ幼く、性善説を疑いなく信じ、生来的に思い込みが激しかった光輝にとって恵里の母親や男の言動は想像の埒外にあることで、精一杯考えた末の理解し得る範囲では、そういうことになったのだ。

ならば当然、光輝は正義感を発揮する。当時から女の子達を虜にしていた笑顔を以て。

――もう一人じゃない。俺が恵里を守ってやる

壊れた少女の心に、自分は誰にとっても無価値なのだと理解した直後に、〝自分が一緒にいる〟と、〝守る〟と、いつも通りの言葉を贈ったのだ。

心の底で、ずっと誰かからの愛情を求め続けた少女にとって、その言葉はあまりに強烈だった。相手が王子様のような男の子で、自殺寸前に現れたという状況も劇的にすぎた。

しかも、その日、どうにか自殺を思い止まり、母親に追い出されるように学校へ行かされた恵里は、クラスの女子達が次々と明るく自分に話しかけてくるという状況に驚愕し、しかもそれが、光輝の一言でなされたということを知って……

有り体に言えば、堕ちたわけである。

悪いことが重なるように、転機というものも一気に訪れるものなのかもしれない。

その後、児童相談所の職員が幾度か調査に訪れるということがあった。

例の事件から家庭環境に疑いが生じたせいだ。

それに対して恵里は、反吐が出そうな気分だったが全力で〝母親大好きな女の子〟を演じた。母と引き離されれば自分も別のどこかに引き取られ、もう同じ学校には通えないと察していたからだ。

この時の母親の表情を恵里は今でも覚えている。驚愕から引き攣り顔に、そして明確な恐怖へと鮮やかに変わっていく表情。

そんな母親に、恵里は「あぁ、なんだ」と思ったものだ。

やり方一つで、立場など、感情など容易く反転するのだと。

今までの暗さが嘘のようにニッコリと笑ってやるだけで、母親は途端に目を逸らして口を噤む。冗談がてら、「次は、何を奪ってほしい？」と囁いた時など、母親は蒼白になって悲鳴を上げながら家を飛び出してしまったくらいだ。

恵里は、これも全て光輝の――突然現れ自分を守ると誓ってくれた王子様のおかげだと確信した。あの日、王子様が自分を救い、全てを変えてくれたのだと。自分は王子様に選ばれた〝特別〟な存在で、だから、これからの人生は輝く光のような彼と共に、同じように光の中を生きていけるのだと。

それからは、母親をそれとなく脅して家に生活費だけは入れるように仕向け、光輝の傍にいられるよう環境を整えて……

だが、恵里は勘違いしていた。光輝という少年を理解できていなかった。光輝にとって恵里は、正義のヒーローが助けるべき一人に過ぎなかったのだ。クラスメイトに一言声を掛けて、孤立している恵里と仲良くしてもらえば、それで光輝の救済は終わったのだ。

物語の中でヒーローによって助けられた人々が、次の話からはあまり出てこないのと同じように、光輝にとって恵里のことは〝既に終わった物語〟だった。

だから恵里は、まるで〝その他大勢〟と同じようにしか接してくれない光輝を不思議に思ったし、なぜか光輝の〝特別〟に見える女の子達のことが理解できなかった。

――その場所は僕の居場所でしょう？　と

光輝というテープで無理やり繋ぎ合わせて、見た目だけは整えたような既に壊れている心である。あまりに脆いそれは、容易く崩れて、欠けて、捻れて、静かに激しく取り返しがつかないほどに狂っていった。

――もう一人じゃないって言ったよね？　守ってくれるって言ったよね？

――なのに、ねぇ、どうして同じ言葉を他の人にも言っているのかな？

――ねぇ、どうして僕だけを見てくれないのかな？

――ねぇ、どうして今、こんなに苦しいのに助けてくれないのかな？

――ねぇ、どうして他の女にそんな顔を向けるのかな？

――ねぇ、どうして僕を見る目が〝その他大勢〟と同じなのかな？

――ねぇ、ねぇ、ねぇ、ねぇ、ねぇ、ねぇ、ねぇ、ねぇ、ねぇ、ねぇ、ねぇ、ねぇ、ねぇ、ねぇ、ねぇ、ねぇ、ねぇ、ねぇ、ねぇ、ねぇ、ねぇ、ねぇ、ねぇ、ねぇ、ねぇ、ねぇ、ねぇ、ねぇ、ねぇ、ねぇ、ねぇ、ねぇ、ねぇ、ねぇ、ねぇ、ねぇ、ねぇ、ねぇ、ねぇ、ねぇ、どうして、どうして、どうして、どうして、どうして、どうして、どうして、どうして、どうして、どうして、どうして、どうして、どうして、どうして、どうして、どうして、どうして、どうして、どうして、どうして、どうして、どうして………

ああ、まるで汚泥の中に埋もれているようだ。

底なしの沼に落ちたみたいに、このまま沈んで沈んで、溺れて溺れて、そして――

「……え……り……えりっ……恵里！」

不意に、五感がリアルな刺激を伝えてきた。まるで、全身を重苦しい布で覆っていたのを取り払ったみたいに、苦悶の声が、微かな汗の臭いが、血の味が、現実の光景が、そして掌の生々しい感触が意識を覚醒させる。

「おっと」

そんな軽い声音で、恵里は全身に入っていた力を抜いた。

自分の下で「がはっ、ごほっ」と咳き込んでいる最愛の人を、ぼんやりと見つめる。

光輝が苦しそうに喘いでいた。

どうやら、無意識のうちに首を絞めてしまっていたらしい。

（嫌な夢だなぁ。久しぶりに見たよ。気分わっる）

なんでこんなタイミングで？　世界の終わりが近いから、流石の僕もナーバスになっているのかな？　なんて、内心で独り言ちる。

その間も、必死に呼吸を整えている光輝を、馬乗り状態で見つめ続ける恵里。

最愛の人へ向けるにしては、あまりに感情の欠落した瞳だった。

まるで、そう、肉体だけでなく、中身まで使徒そのものになってしまったかのように。

「え、恵里？　大丈夫かい？」

今、常人なら確実に絞殺されていただろう暴行を受けて、しかし、光輝の口から転がり出たのは恵里を案じる言葉だった。恐怖も怒りも、不満さえもない。

光輝自身の生来の優しさ故か、それとも恵里の〝縛魂〟——魂を縛り、無意識レベルで思考を掌握する魔法が誘導した結果か。

いずれにしろ、恵里としては満点評価だ。

ぞっとするほど鮮やかに、その虚無の顔に笑みが浮かぶ。

満面の笑みでありながら、どこか歪な、世界を虚仮にして嘲笑う道化のような笑み。

「大丈夫だよぉ、光輝くん。ごめんねぇ、苦しかったねぇ？」

「俺は平気さ。悪い夢を見ていたんだろう？　凄くうなされていたよ」

「うん、そうなんだ。あいつらがねぇ、僕を殺して光輝くんを奪っていくんだ」

水の流れより自然に嘘を吐き、光輝にしなだれかかる恵里。

一糸纏わぬ二人が重なる。廃墟に放置されたボロボロのベッドの上で。

周囲も酷い有様だ。窓は尽くが砕け散り、天井も一部が崩れていて床も亀裂だらけ。面積だけは高級ホテルのスイートルーム並だが、いずれにしろ人が滞在するのに相応しい場所では断じてない。

そんな所で、薄汚れたような灰色の髪を乱す女と、彼女に優しげでありながら濁った瞳を向ける青年が寄り添っている光景は、あまりに退廃的で、淫靡で、歪で、言葉にならない寂寥と名状し難いおぞましさが感じられた。

「心配しなくていいよ、恵里」

上半身を起こし、拳を握る光輝。

「これ以上、南雲の好きにはさせない。雫達の洗脳を解いて、クラスの皆も救い出す。心を鬼にしても、汚名を被ることになっても、南雲は打倒する。あいつは……悪を為しすぎたっ」

どろどろと心の奥から膿を吐き出すような声音だった。

自分こそが正しい。南雲ハジメこそが諸悪の根源。奴さえ殺せば全てが元通りになる。

誰もが自分に一目置いて、信頼して、幼馴染みも友人達も皆、傍にいてくれたあの頃に、何もかも上手くいっていた、天之河光輝がヒーローでいられた光の中に戻れると、根拠のない未来への盲信が滲み出ていた。

「うんうん、分かるよ。許せないよね」

恵里もまた身を起こして、握り締められた光輝の拳を両手で包み込んだ。

　だが、その優しい手つきに反して、至近距離から覗き込むような目は……酷く醒めていた。灰色の瞳がうっすらと輝きを纏う。

「もし、あの悪魔が現れたら僕を守ってね？　約束、したもんね？」

「ああ、もちろんだ」

「幼馴染みよりも、クラスメイトよりも、光輝くん自身の気持ちよりも、僕を優先してくれるよね？」

「それは……」

「ずっと一緒にいるって、そう言ってくれたもんね？」

「あ、ああ……」

「大丈夫。僕は、僕だけは光輝くんの味方だよ。光輝くんの気持ちを裏切った連中とは違う。いつだって傍にいるよ。いつだって助けてあげる」

　耳元で囁かれる異様に甘ったるい声。触れるほど寄せられた瞳の奥の妖しい輝き。抱き込まれる腕に感じる柔らかな肢体。

　光輝の荒れ狂う決意表明は次第に凪いでいき、五感の全てが恵里に搦め捕られていく。

　幼馴染みを卑劣な男の手から救いたい。

　卑劣な男にまんまと操られ自分を捨てた裏切り者達を、罰したい。

　矛盾する気持ちが混然とし、自分でも何が〝正しい〟のか曖昧になっていく。

　だが、その曖昧さも、光輝自身のご都合主義的思考が、恵里の〝縛魂〟により誘導・増幅されて違和感なき〝光輝にとっての正しさ〟へと変わっていく。

もはや精神の奥底まで根を張っている〝縛魂〟は、自分にとって都合の良い現実以外を認められない光輝の脆弱な心には致命的だった。

さながら、女郎蜘蛛に魅入られ、自ら蜘蛛の巣に身を委ねた男のように。

「……恵里。ありがとう。恵里は俺の……」

「俺の？　何かなぁ？」

分かり切った答え、望んだ通りに導いた言葉を促す。

そうとは知りもせず、ある種の無邪気さを以て光輝は言葉を紡いだ。

「俺の……特別だよ。この先、何があっても一人にはしない。俺が恵里を守るよ」

「ふっ、ふふ、くっ、ふふふっ……」

「恵里？――んむっ」

堪え切れず嗤い声を漏らす恵里に、光輝が心配そうな眼差しを向ける。

恍惚とした表情を晒しながら、恵里は光輝の唇に自分のそれを重ねた。

貪るような口づけ。本当に、女郎蜘蛛の捕食のよう。

やがて銀の糸を垂らしながら唇を離すと、光輝は僅かに微笑み、そして気を失うようにして再び眠りについた。

半使徒化によるスペック強化。

勇者の体は改変を容易には受け付けない。完全使徒化は難しいが、それでも従来の比ではない強化がされるだろう。その反動で、今はまだ眠りが必要だ。

恵里はシーツを体に巻き付け、ベッドを降りた。

窓際へと素足のまま、シーツを引きずりながら歩く。散らばっているガラス片をじゃりじゃりと踏みつけるも、完全使徒化の肉体が傷つくはずもなく気にせず進んでいく。

そして、半壊した窓際に立ち白けた眼差しを巡らせた。

荒廃した都市、赤さびた空、乾いた風。

弄ばれ滅亡した、【神域】に保管されし神のコレクションたる文明の一つ。

世界の終わりが始まるまでのカウントダウンは、もうまもなく尽きる。

そうすれば、トータスも、そして、いずれは地球もこうなるだろう。

「今度こそ、ちゃぁ～んと死んでくれよ。勝手にさ」

光輝は、未(いま)だにハジメの打倒と幼馴染み達への未練を捨て切れていない。〝縛魂〟の影響下にあってなお、だ。

だが、恵里にハジメ達と相対する気は、もう二度となかった。

魔王城で最後に見た光景。腹に穴を空けられ、神の凄絶な攻撃を何度も受け、満身創痍(まんしんそうい)と表現するのも生温(なまぬる)いダメージを受けて倒れた奈落の化け物。

だというのに、使徒からの報告ではあの後、死にかけの状態でなお神の一柱を屠(ほふ)ったらしい。

信じ難いことだ。常軌を逸している。

恵里にとって南雲ハジメは、もはや理解の外の存在。

想定が及ばず、常識が通じない。相対するなど以ての外。疫病神以外の何者でもない。

放置で良いのだ。それが最善だ。

【神門】を突破できるとは思えないから、何もせずとも、地上の人類掃討戦が始まれば一緒に死ぬ。死んでくれる。

エヒトとも話はつけている。

地球侵攻の後、現地人として存分に故郷の世界を裏切り神の尖兵となって働く代わりに、全てが終わるまでこの廃都市に隠れ潜み、ハジメ達とは相対しないと。当然、地上の人類掃討戦にも参加はしない。

仮に、万が一、ハジメ達が【神域】に踏み込めたとしても対峙することはないだろう。

この空間は【神門】から空間的に最も遠い位置にあり、偶然にも遭遇するなんてことは天文学的確率だ。

加えて、わざわざ捜し出して追ってくるということもあり得ない。南雲ハジメにとって、自分達にその価値はないからだ。腹立たしいほど合理的な男が、吸血姫の奪還を最優先にせず時間の浪費をするような愚行を冒すわけがない。

そして、神と相対すれば、結果は言わずもがな。

いくら想像外の化け物とはいえ、流石にエヒトには勝てない。

およそ全ての要素が恵里の望む未来へと収束している。もはや確定的と言ってもいいはずだ。

いいはずだが……

「……半径一キロ以内に散開。身を潜めながら周囲を警戒しろ」

いつの間にか、窓の外、少し下方に灰翼を広げた男が滞空していた。

およそ生気の感じられない雰囲気に、継ぎ接ぎのような体。異様な風体の男は無言で了解して反転、廃都市の空を飛翔していく。

その後に続くようにして、超高層ビルの窓から次々と灰翼の人影が飛び立ち、全方位へと散っていく。

恵里は警戒を緩めない。緩めることなどできるはずがない。

不要な者は殺して、必要な者は捕らえて、縛って、全てを奪って、逆らう意思さえも壊して、それでようやく少しだけ安心できる。

信じる心なんて、とっくの昔に失ったから。

「信じてるよぉ、神様?」

皮肉交じりに、神どころか何も信じない少女が〝神の使徒〟の姿で嘯き、嗤う。

踵を返してベッドへと戻り、眠る光輝をじっと見つめる。

そして、覆い被さるようにして光輝を抱き締め、

「ずっと、ずぅ～っと一緒にいようねぇ」

縋り付くように四肢を絡めて、

「だ〜れもいない二人きりの世界で」

うっとりと笑みを浮かべた。

その有様は、恵里が誰よりも忌避した母親の姿にそっくりだった。

そんな有様だから、中村恵里は気が付けない。

直ぐ傍にあった信じられるもの、信じるべきであった確かなもの、偽りだと断じた友の、己に向ける想いに。自ら切り捨て踏み躙ったものの強さに。

今、この時にも必死に自分のもとへ辿り着こうと、その心に手を伸ばそうとしている者がいるなんて思いもしなかった。


極彩色に彩られた空間。

それが【神域】に踏み込んだハジメ達の目に飛び込んできた光景だった。

シャボン玉の中に迷い込んだ……とでも表現すべきだろうか。様々な色が交じり乱れて蠢く空間は、形も、果ても認識できない。

「うっ、ちょっと気持ち悪い……」

「あまり凝視しない方が良さそうね……」

「おいおい、南雲。こんなところが本当に神域なのかよ？」

突入時の激戦で既にボロボロとなっているスカイボードの上で、鈴が吐き気を覚えたよ

うに片手で口元を押さえている。雫もまた視覚に異常を来しそうな色彩に視線を足下へ落とし、龍太郎は顔をしかめてハジメを見た。

劣化版〝クリスタルキー〟と、ミレディ・ライセンから貰い受けた劣化版〝界越の矢〟を使っての【神域】突入は、【神門】を文字通りこじ開けるような強引な方法だった。

あるいは、その際に別の場所に強制転移させられた可能性はなきにしもあらず。

そう考えて、ハジメは龍太郎の問いかけを無視せず、手元に〝導越の羅針盤〟を取り出して念のために確認した。

「間違いない。ここが神域だ」

ハジメの肯定を受けて、周囲を見回していたティオが訝しむ。

「神門からあれだけ使徒が溢れ出しておったんじゃ。突入して直ぐに使徒の群れとの激戦を覚悟しておったんじゃがのぅ」

【神域】ではあるが、突入した場所は使徒や魔物が控えていた場所とは異なるのか。

僥倖と言えば僥倖だが、どうにも気味が悪い。

「静かなものですね。使徒っ子一人いません。目につくのは……」

シアの視線が眼下からすっと奥へと一本の筋をなぞる。

「あれだけですね」

「一応、足場はあるわけか」

極彩色の奇々怪々な空間には、ただ一つ建造物というべきものが存在していた。

白亜の巨大な一枚壁だ。

天頂部分は平らで幅が広く、十人が横に並んでもなお余裕があるだろう。城壁の上の歩廊のようで、一直線に奥へ奥へと果てしなく、それこそ端が分からないほど延びている。

ハジメに視線で促されて、全員で歩廊へと降り立った。

事前に支給された〝宝物庫〟に各々が自分のスカイボードをしまい、代わりに回復薬を取り出し服用する。

周囲を警戒しつつ、突入時の負傷が癒えるのをしばし待っていると、シアが、ふと思い立ったように鉄球を取り出して歩廊の端から落とした。

「うわぁ、距離感が摑めないかと思ってやってみましたけど……」

「どうだった？」

「ダメです、ハジメさん。たぶんですけど吞み込まれました」

「吞み込まれた？」

「そうとしか言いようがないというか」

実際、まるで沼にでも落としたみたいに、ある程度落ちた時点でぬるりと沈むようにして消えたのだ。シアの近くにいた雫と鈴も見ていたのだろう。表現に異論はないようで引き攣り顔になっている。

「落ちたら碌なことにならなそうだな」

「南雲、さっさと通り抜けようぜ。なんか気味が悪ぃや」

自然と歩廊の中央に集まりながら、龍太郎が急かすように言う。

「そうだな。行くぞ、油断するなよ？」

全員の負傷が癒えていることとティオが殿についたのを確認して、ハジメが先頭を走り出す。シア達も周囲に警戒の視線を配りつつ後に続いた。

しばらくの間、無言で駆け続けるハジメ達。

代わり映えのしない景色、足音以外物音一つしない静寂。

白亜の歩廊にも変化がなく、装飾どころか継ぎ目もないので遠近感が掴み辛い。

進んでいるはずだ。己の足は、絶えず前に出ているのだから。

それでも、あまりに変わらない景色が、ついつい疑惑の頭をもたげさせる。

「ね、ねぇ。鈴達、ちゃんと進んでるよね？」

最も身体能力と体力の低い鈴が、少し息を乱しながら思わず確認する。

「ああ、進んでるぞ。少しずつだがユエに近づいてると分かるからな」

「あ、そうですか……」

こんな時にも惚気かよ！　みたいな視線が鈴と龍太郎から注がれた。

「……羅針盤で確かめてるって意味だからな？」

「ハジメさんなら、普通にユエさんとの距離も居場所も直感で分かりそうですけどね？」

「以前、ユエが言っておったなぁ。『ハジメのことなら、どこで何をしているか、なんとなく分かる』と。流石に引いたのじゃ」

「お前の存在が一番引くっての。まぁ、なんにせよ、ユエの存在が良い道標になってるのは確か。流石はユエだな。こんな状況でも俺を導いてくれる」

「「やっぱり惚気じゃん」」と鈴&龍太郎のツッコミ。

感覚がおかしくなりそうな空間での静寂に耐えられなくなったのか、警戒はしっかりしつつも軽口が叩かれる。

進んでいると分かって鈴達から程よく強張りが解け、そこから更に十分ほど。

「見えた！　通路の終わりだ！」

通路の先にとうとう見えた、というより認識できるようになった変化。

波紋を打つ極彩色の壁。

きちんと距離感が分かる。確かに、あそこが最奥だ。

どうしようもなく、無意識のうちにほっと安堵の気持ちが湧き上がる。

そのタイミングを、どうやら狙われていたらしい。

シアのウサミミがゾワッと逆立った。

「来ますっ。砲撃、全方向!!」

一瞬弛緩した空気を叩き直すような、ビリリと空気を震わせる警告が響き渡った。

視界が輝きに埋め尽くされる。何もない虚空から幾つもの銀の閃光が半球状の壁となって襲い来る。

認識し辛い空間と、ゴール直前の気の緩みをも利用した完璧な奇襲だ。

シアの〝未来視〟のおかげで一瞬早く気付けたが、逆に言えば、意図せず発動した時点で〝死の予言〟であることに相違なく。

「集まれ！」

不意を打たれて硬直しかけた鈴と龍太郎が、頬を引っ叩(はた)かれたかのように反応した。

経験と本能が知る安全地帯へ条件反射の如(ごと)く飛び込む。

ティオ、雫、シアは言わずもがな。ワンステップで傍へ。

ほぼ同時に、ハジメの〝宝物庫〟が一瞬だけ輝きを放ち、虚空へ巨大な棺(ひつぎ)型の盾を召喚した。

それをハジメが空中で掴み取った瞬間、大盾自体も真紅の輝きを纏(まと)ってカシュカシュカシュッと音を立てながら内側より金属板をスライドさせていき、銀の砲撃が直撃する寸前を展開を完了させた。

「これって……」

と、真紅の光に照らされながら雫が呟(つぶや)く。全方位を囲む球体状の盾の内部で。

――可変式大盾　アイディオン

内蔵された幾枚もの防壁を展開することで全方位防御すら可能とする新型盾だ。

半球状に囲われた防壁の内側は、ハジメがアイディオンに纏わせている真紅の魔力光で存外に明るい。雫だけでなく、ティオ達もまた驚きに目を丸くしているのがよく分かった。

「驚いたのぅ。使徒の分解砲撃を物理的に止めるとは……」

銀の閃光――それは、紛れもなく〝神の使徒〟が放つ最凶にして最強の攻撃。

万物に崩壊を余儀なくさせるそれを受けては、今この瞬間にもネズミに喰われたチーズの如く穴だらけにされてもおかしくない。だが、

「ハッ、破れるもんならやってみな？」

不敵に笑うハジメには、防ぎ切れるという絶対の自信が窺えた。

実際、アイディオンは分解砲撃の掃射を完璧に受け止めていた。

半球状の盾の外部は、今や銀光一色に染まっている。静かに、衝撃もなく、ただ表面から風化させているみたいに削り消している。なのに突破できない。

その原因は三つだ。

「なるほど。盾の素材に再生魔法を付与しているんですね！」

シアが看破した通り、生成した新素材〝復元石〟が、分解される端から盾を再生しているのだ。

更に言えば、魔力を弾く性質を持つ封印石と、世界最高強度を誇るアザンチウム鉱石の合金新素材〝祓魔石〟との複層構造にしている。

堅固なうえ魔力を弾く二層目が、たとえ一層目を破られても再生する時間を稼ぐ。

それが三重の計六層。ダメ押しに魔力防御の技能〝金剛〟も纏わせている。

魔王城での死闘により目覚めた〝限界突破〟の特殊派生――〝真匠〟により、封印石すら容易に錬成できてしまう今のハジメだから創造可能な傑作だ。

「砲撃が効かないとなると……接近戦を仕掛けてくるわね」

奇襲を凌げて一息吐きつつも、直ぐに険しい表情になって黒刀を握り締める雫。

「一瞬だったが故、正確性に欠けるが……閃光の数からして二十体前後といったところかの？」

ティオが、ビキビキビキッと体表を黒鱗の装甲で覆いながら言う。

あの瀬戸際で敵の数を確認していたのは流石である。とはいえ、その内容を聞けば思わず顔も強張るというもの。

特に鈴と龍太郎。それぞれ得物を握り潰さんばかりに強く握り締めている。

魔王城では相手にならず、【神域】突入時も地上の猛烈な援護の中、潜り抜けてきた一部の使徒の攻撃を凌ぎ、接近を阻止しただけ。

どこまでできる？　いや、やるんだ、こんなところで足踏みなんてしていられないのだから、と己を奮い立たせている。

「ふふんっ。二十体程度、敵ではありませんね！」

シアだけはウサミミを荒ぶらせてやる気満々だが……

「いや、ここは任せてもらおう」

ハジメが仲間の緊張と気勢をあっさりぶった切った。

「突入時は守ってもらったからな。今度は俺がやる。お前等は力を温存しとけ」

「ハ、ハジメ？　別に一人でやらなくても協力をすれば――」

「行く先々でチマチマ襲われても面倒だ。無駄だと分からせる」

雫の心配も、鈴や龍太郎の懸念も、しかし、もう口にはできなかった。

真紅のスパークを発するハジメの横顔が、獲物を前にした飢えた獣のそれだったから。

味方でありながらゾッと背筋が震える。

「心配するな。直ぐに処理する」

「しょ、処理……」

声音だけは冷静なのが余計に恐ろしい。

シアとティオさえ「おおう……」と言葉に詰まる中、遂にアイディオンにかかる圧力が消えた。一斉砲撃をいくらしても無駄だと、ようやく認めたらしい。

主より授かった最強の攻撃が通じない事実を、認めざるを得なかった〝神の使徒〟の心情は如何様か。

その答えは果たして。

アイディオンが刹那のうちに〝宝物庫〟へと消える。

見えたのは、使徒二十体がドーム状に包囲している光景。そして、相変わらずの無表情でありながら、初めて見る荒れ狂った銀の光。

使徒にとっての〝限界突破〟の証だが、静かに輝くはずのそれがスパークを放っているのは怒りの発露か、あるいは屈辱のせいか。

「イレギュラー!!」

「遅ぇよ」

銀に輝く双大剣を切り払い、銀翼をばさりと一打ち。いざ、前に出るという寸前。

ハジメの両腕が霞んだ。

鞭のように左右へと薙ぎ払われた両腕。一瞬遅れて轟いた間延びしている炸裂音。

それがドンナー&シュラークの同時六連早撃ちを実行し終わった動作であると認識した時には、

「なっ」

十二体の使徒が、真紅の閃光に胸部の核を撃ち抜かれた後だった。

信じられない……と言いたげに目を見開いて、一拍。極彩色の地へと墜ちていく使徒達。

他の八体の使徒も同じ表情だ。その隙に、

「お前等、ちょっとしゃがんでろ」

雫達に指示を出し、惚れ惚れするような滑らかさで空中ガンスピンリロードを終えるハジメ。

「何をしたのです、イレギュラー!!」

電磁加速された弾丸は、確かに脅威だ。

魔王城に招待する前、雪原の境界線で相対した時ですら一撃で大剣に風穴を開けられたのだから、よく理解している。鋼鉄じみているとはいえ肉体が穿たれるのは当然だ。

とはいえ、力の源泉である〝核〟の周囲は別。殊更に堅固な守りを敷いている。少なくともパイルバンカーのような重兵器を使いでもしない限り、一撃で破壊はあり得ない。

「徹甲弾ってやつさ。対使徒用のな」

徹甲弾。弾芯に固い金属芯を入れ貫通力を高めた弾頭。ハジメのそれは、弾芯に圧縮アザンチウム鉱石を使い、更に被甲に円錐状の空間遮断結界が発生する特別製だ。

他の生物に使っても貫通力が高すぎて逆にダメージが少ない。故に、対使徒用だ。〝核〟を撃ち抜くためだけの弾丸である。

「ですが、回避し切れない理由には……」

反応くらいはできるのだ。実際、先の十二体全員が、たとえ撃ち抜かれても核に当たらぬようにと咄嗟に体を反らしたはずなのである。

意味が分からない。なぜ……と疑問が湧き上がる。

「そこまで教えてやる義理はないな？」

当然のことを指摘され、使徒の目元がぴくりと跳ねる。聞く必要はないと自ら示すように、解析能力をフルに発動しながら銀光を噴き上げた。

それを合図に、極彩色の空間に幾つもの波紋が生まれる。ズズズッと滲み出るようにして、更に使徒が出現してくる。

「ちょっ、百体はいるよ!?　南雲君、大丈夫!?」

「て、手伝うか!?」

片膝立ちの鈴と龍太郎が血相を変えるが、

「狼狽えんな。三十秒で終わらせる」

エッという惑いと驚きの声は、続く銃声によって掻き消された。

直後に始まったのは、まさに──蹂躙劇。

先程の十二体が偶然ではなかったと証明するように、僅かに間延びした銃声が轟いたと同時に、またも十二体の使徒が弾け飛ぶ。

「──っ!?」

〝神の使徒〟にあるまじき、一方的な敗北。だが、歯噛みする時間も与えられはしない。

ガンスピン、発砲、ガンスピン、発砲。

僅か一秒の間に行われた絶技は、ただの一発も外れることなく目標を穿つ。計二十四の真紅の閃光が、まるでハリネズミの如く放射され正確無比に使徒の核を破壊した。

思考共有能力で、即時に戦術を共有。

結論、数で圧倒する。分解魔法を纏い、壁となって押し込み、圧殺。

言葉なく、まるで鳥の群れが行う群体行動の如く、一糸乱れぬ動きで殺到する使徒達。

なるほど。如何にハジメのリロードが神速の域にあったとしても、撃てる数は二丁で計十二発であることに変わりはない。刹那のタイムラグはあるだろう。数で押せば間に合わなくなる可能性は十分にある。

とはいえ、この化け物ガンナーが、銃の弱点を考慮していないわけがなく。

──知覚拡大スキル　瞬光　発動

思考が加速し、世界が色褪せる。殺到する使徒の表情、銀羽の一枚一枚まで認識できる。

全てが遅くクリアになった世界で、ハジメの両腕が躍った。

前後左右直上へ、ドンナー&シュラークの射線が重なるように調整して、コンマ一秒のずれもなく二丁同時撃ち。

殺到する使徒達の眼前で接触した二発の弾丸は、

「ぐうっ!?　これはっ、空間魔法っ」

その通り、凄絶な空間震動の衝撃波を放射した。

――特殊弾　空間炸裂弾
この展開を読んで換装済みだった特殊弾は、見事、衝撃波の壁を作り出す。

いくら使徒とはいえ、流石に空間の激震を無造作に突破することはできない。

当然、一部は吹き飛び、そうでなくても足が止まる。止まってしまう。

ならば、結果は必然。

致命的な隙には致命傷を。またも十二体の使徒が散った。

体勢を立て直した時には既にガンスピンが終わっている。

使徒の目元が僅かに引き攣った。

即座に、容赦なく、停滞なく襲来する真紅の閃光。

なぜ回避できない？　〝先読〟の技能で動きを読まれている？　そうであったとしても、
なぜ小さな核をピンポイントで撃ち抜ける？　寸前まで回避行動を取っているのに。

(回避できないなら斬り払うまでっ)

一之大剣を幹竹割りに振り下ろす。完璧なタイミング、理想的な剣筋。

分解魔法をも纏った鋭き刃なら、どんな強固で強力な弾丸でも両断できるはず、という目論見は、しかし、外された。

(!? すり抜けて――)

ようやく、だ。核を穿たれ機能停止する寸前、ようやく回避不能の理由を摑んだ。

弾丸が、大剣をすり抜けた。そう錯覚するほどの微妙な弾道の変化。数ミリだけずれて、剣腹を掠めるようにして通り過ぎ、元の軌道へ。

――特殊弾　生体弾

変成魔法・生成魔法複合錬成の産物。文字通りの〝生きた弾丸〟。

言わば、ミュウに与えた生体ゴーレムと同じだ。明確な意思こそないものの、撃つ前に命じれば障害を自ら認識・回避して目標を穿つ。

それが、使徒をして回避・迎撃不能を強いられた攻撃の正体。

Uターンしてまで追尾するほどの効果はないが、それでも、ただでさえ刹那の内に標的へ到達する弾丸が、到達寸前に軌道を変えるのである。

いくら反則じみた知覚能力と反応速度を持つ使徒といえど対応などできるはずもない。

徹甲弾と合わせて〝生体徹甲弾〟とすれば防御も不可能。これぞ真の〝対使徒用弾〟。

ハジメの魔技というべき技量と合わせれば、まさに必中必殺の魔弾である。

「っ、動きを止めるな！　距離を取って銀羽の掃射を！」

使徒の一体が思考共有能力で言葉など不要にもかかわらず叫んだ。判明した事実に、得体の知れない感覚が湧き上がってきた気がして、それを無意識に振り払おうとしたのだ。

自身も残像を引き連れながら超高速飛行に入る。が、

（剝がれないいっ）

目が合った。常人では視認も難しい速度なのに、目が、化け物の目が己を追っている。捉えて離さず、まったく同じ個体が残像を撒(ま)き散らすようにして乱れ飛ぶ戦場で、正確に自分を――六番目(ゼクスト)だけを見ている！

――お前が指揮官か

その時、ゼクストは確かに見た。化け物の口元がニィッと裂けたのを。

「ぁ……」

なぜ、そんな声が漏れたのか、ゼクスト自身にも分からなかった。

真紅の閃光が伸びてくる。無数の使徒を、銀羽の隙間をすり抜けるみたいに、針の穴を通すように、正確に己の胸元へ。

やけに遅い時の流れ。使徒の超スペックがもたらす世界ではない。

これは、これはきっと、

（人が、死に際に見るという……）

走馬灯(そうまとう)。遥(はる)か歴史の中で行ってきた暗躍の数々。不要な駒だと切り捨て、処分してきた

数多の人々。

不意に、あり得ないことに、そんな彼等の勝ち誇ったような、無念を晴らしたような、そんな清々しい笑顔が見えた気がした。

（認めません。決して！　我等こそ至高の――）

使徒らしからぬ負け惜しみじみたことを内心に零し……ゼクストは核を射貫かれた。

「集束砲撃！　残りは続きなさい！」

六番目に変わり十一番目が即座に指揮官となる。

使徒にとって指揮官とは、あくまで群体の代表に過ぎない。思考は共有され固有のものがないから、指揮官撃破の影響は皆無。

迅速果断に次の戦術が選択・実行される。

三体一組、それが五班。散らばって距離を取り、切っ先を合わせるように大剣を掲げる。

三体の使徒から噴出した銀光が大剣の先に集束し、太陽の如き輝きを放っていく。

そのチャージの隙を残りの使徒が、銀翼の繭、銀羽で作る魔法陣で発動した多重障壁、自身に纏う分解魔法とクロスさせた大剣による盾を以てガードする。

紛れもなく使徒が行う全力の防御。

だがしかし、それだけ防御を重ねても、

「それが切り札か？　いいぞ、撃ってこい」

なんて言いながらも容赦なく放たれる真紅の閃光が次々と使徒を貫いていく。

——銃技　多段撃ち(ピンポイントショット)

同一箇所に、超速の連射によってほぼ同時に着弾させて貫通力を増大する技だ。

一体につき三発。計四体の撃墜。

比類無き防御力が、高威力の兵器すら使わずただの技で突破された事実は、きっと使徒にとっては悪い冗談だ。

とはいえ、時間は稼げた。

「不遜が過ぎますよ、イレギュラー。あの盾で防げるとは思わないことです」

エルフトの底冷えする声音が死刑宣告のように響いた直後、三体の使徒が一斉に大剣を振り下ろした。

臨界状態までエネルギーを凝縮された銀の太陽は、プロミネンスを噴出するが如く、その滅びの光を放射した。直径十メートルはありそうな極太のレーザーが、一切合切を塵(ちり)芥(あくた)とすべく急迫する。

背後で雫(しずく)達が強張(こわば)ったのが分かる。シアとティオがハジメの様子に肩を竦(すく)めたのも。

「そのつもりはねぇよ」

〝宝物庫〟が発光して、ぽんっと十枚の円盤が飛び出し飛翔(ひしょう)した。

中央に穴の開いたそれらのうち、五枚が集束分解砲撃の進路上に割り込み、平面部分を盾とするように向ける。

その直後、円盤が三等分に割れて一気に中穴を拡大した。

分割された円盤は細いワイヤーで繋(つな)がっており、一瞬のうちに巨大な円環を空中に作ると、集束分解砲撃が直撃する寸前で輝きを帯びる。

そうすれば――

「その技はっ」

空間魔法の結界すら打ち破れる最強の攻撃が、ぽっかり開いた穴に呑(の)み込まれ、いつの間にか散らばっていた残り五枚の分割拡大した円盤から放出された。

――可変式円月輪(えんげつりん)　オレステス

元より中央の穴に発動できる〝ゲート〟を使って空間跳躍弾に利用していた円月輪を、敵の攻撃を転移させるために改良したもの。

まさに〝当たらなければ無意味〟を実現した最強の放逐型攻性防御だ。どことなく使徒の顔が苦みを帯びているように見えるのは、過去に同じことをした者でもいたからか。

そっくりそのまま返された砲撃の射線から緊急離脱する使徒達(たち)。

当然、ハジメがその隙を逃すはずもなく、轟(とどろ)く銃声と共に無数の使徒が墜(お)ちていく。

「まだです」

極彩色の空間から、追加の使徒が出現する。

だが、無意味だ。

「以前、こう言ったな？　俺のことは〝解析済み〟だと」

分解砲撃が、銀羽の掃射が、あらゆる魔法が尽(ことごと)く放逐され、攻撃に転じられる。

「その言葉、そっくりそのまま返してやるよ」

接近戦を仕掛けようとしても、空間炸裂弾による衝撃波の壁で押し返される。

「二度も殺し損ねた相手に、なんだその様は」

その隙に、必中必殺の魔弾に穿たれる。

「代わり映えしない魔法、武器、戦術――」

くるくるくると回る回るドンナー&シュラーク。

連続する超高速の空中ガンスピンリロードにより、ハジメの両手にはラウンドシールドでも握られているかのよう。

ハジメ自身も円を描くような足捌きで回る回る。その間も、両手は別の生き物の如く別々の方向へと動き続ける。

最小限にして、合理の極みのような最高効率の動き。

そこから放たれる真紅の魔弾は、まさに死の具現だ。四方八方へ途切れることなく閃光が伸び、その度に〝神の使徒〟が、たった一体で世界を蹂躙できる天災が、羽虫を叩き落とすような容易さで駆逐されていく。

その光景の、なんと非現実的なことか。

乱舞する真紅の閃光とシャワーのように落ちゆく銀光の絢爛さが、余計にそれを助長する。シアもティオも、雫や鈴、龍太郎も、そんな場合でないと分かっていながら見入ってしまうほど。

「俺は想像したぞ。武器を変え、練度を高め、二重三重に戦術を練り、切り札を量産したぞ。その間、お前達は何をしていた？」

いつしか、極彩色の空間からの増援が止まっていた。

使徒自身が意図したことではなかったのだろう。一瞬、愕然（がくぜん）とした様子を見せたあと、ハジメへと虚無を宿したような目を向けた。

「黙りなさい、イレギュラー。我等（われら）は完成された存在。人間風情と同列に語られる謂（いわ）れはありませ――」

言葉は途中で止められた。戯言（たわごと）だと、その言葉に価値などないと切り捨てられたみたいに、核を撃ち抜かれたせいで。

「お前等は進歩しない。生存のために、願いのために、〝大切〟のために、死に物狂いになれない。だから、最初から言ってただろう？」

気が付けば、宙に佇（たたず）む使徒はたった一体。奇（く）しくも区切りのよい、十番目（ツェント）。

ドンナーの銃口が真（ま）っ直（す）ぐに向けられる。

動きを止めた使徒と、口元を不敵に裂いたハジメの視線が絡んだ。

「この木偶（でく）共がってな」

銃声が、木霊した。

なぜか、抵抗することなく核を撃ち抜かれたツェントは、最後に一言。

「化け物め……」

「ありがとよ」

糸を切られたマリオネットのように力を失って墜ちていく使徒へ、ハジメは、その罵倒を褒め言葉と受け取り笑みを返したのだった。

戦闘の終了を告げるように、銃口から上がる白煙をガンスピンの勢いで消し、そのまま流れるような手捌きでホルスターへ。

肩越しに振り返ると、身を伏せながら鈴と龍太郎が唖然とした顔を、雫が苦笑いを、シアとティオが熱っぽい眼差しを、それぞれハジメの背中へと向けている。

「悪い。六十秒も使っちまった」

大言壮語だったと、ちょっと気まずそうに頬を掻くハジメ。

「違う、そうじゃないよ、南雲君」

「ビビってんだよ。分かれよ」

結果を見れば、〝神の使徒〟総計二百体近くを相手に、無傷で完勝。しかも、一分で。

まさに圧倒的。アーティファクトと魔技が組み合わさった凶悪さは、正直、鈴や龍太郎には意味不明のレベルだ。

「〝情報をたっぷりと与えたうえで殺し損ねた〟だったかしら」

「なるほど。その代償はとんでもなく大きかったようじゃのぅ」

「ハジメさんに時間を与えれば与えるほど、勝率がガックガック下がっていくって分かりますねぇ」

まだ【神域】に突入したばかりなのに、既にいくつの新兵器、新戦術が披露されたか。

開戦直後に〝神山崩し〟を実現した〝メテオインパクト〟に、新型太陽光集束レーザー〝バルスヒュベリオン〟、電磁加速式ガトリングパイルバンカーに、特殊弾……

何が非戦系天職だろうか。何がありふれた職業だろうか。

確かに、肉体自体が化け物じみたスペックを誇っているが、ハジメの真の武器は容赦のない想像力と、その想像力を実現する開発力にほかならない。

そして、人類を脅かしてきたのは、いつだって新たに生み出された〝何か〟なのだ。

ある意味、ハジメは最も恐ろしい才能を持っていたと言えるのかもしれない。

今更ながらに、否応なく、雫達はそれを真に理解させられた気分だった。

「最小限の武力で圧倒したからな。もう、無駄に使徒の群れを突っ込ませてくることはないと思うが……油断するなよ？」

ほら、さっさと行くぞ。と、通路の先へ歩き出すハジメ。

その後に、シアとティオがテンション高めな様子で追随する。

「それにしても惜しいです。さっきのハジメさん、ユエさんにも見せたかったですよ」

「ふふ、こんなこともあろうかと映像記録用アーティファクトを持ち込んでおる。全て終わったら鑑賞会でも開こうぞ！」

「ティオさん、ナイスです！　流石、歴史にすら名を残しそうな稀代の変態です！」

「ふはは、褒めるな、褒めるな！　照れる――ん？　褒めてない？」

実に普段通りのやり取り。

雫と鈴、龍太郎は顔を見合わせた。一拍置いて苦笑い。この程度で狼狽えていてはついていけないと気合いを入れ直し、勢いよく立ち上がる。

通路の先で、ハジメが極彩色の壁に手を当てている。

やはり、この空間の境界で間違いないらしい。触れた場所を中心に波紋が広がり、ずぶりと手が沈み込んでいる。向こう側へ行けるのだ。

その状態で羅針盤を確認するが、ユエとの距離は変わらない。

地続きとは流石に思わないが、いったいどこへ出るのか。

「とりあえず……」

スッと腰のホルダーから掌サイズの円柱状の物体を取り外し、一瞬だけ〝纏雷〟を発動してからひょいと波紋の向こうへ投げ込むハジメ。雫が小首を傾げて尋ねる。

「ハジメ？　何をしてるの？」

「手榴弾を投げ込んだ」

「何をしているの!?」

「いや、向こう側に敵がいたら、今ので死ねばいいなと思って」

困ったことに、羅針盤で波紋の向こう側を調べてもイメージが判然としなかったのだ。

まるで、リアルタイムで変化しているかのように。

なので、念のために〝空間歪曲手榴弾〟を投げ込んだのだ。

周囲一帯の空間を渦のように巻き込みながら捻り切り、捻り潰す新型手榴弾だ。利点は、殺傷力が極高でありながら無音である点。

壁の向こう側で、静かに万物が破壊されているだろう光景を想像し、鈴が思わずといった様子で叫んだ。

「恵里と光輝君がいたらどうするの!?」

効果時間を計っていたハジメの目がぱちくりとしながら鈴を捉え、龍太郎、雫と巡り――逸れた。盛大に、明後日の方向へ。

「突入前に手榴弾投げ込んで牽制するのは常識だから」

「答えになってねぇ……」

頭を抱える龍太郎。雫も天を仰いでいる。

それらを無視し、ハジメは義手からワイヤーを射出して全員に巻き付けた。

「ハルツィナやシュネーの大迷宮の時みたいに転移先がばらけるかもしれないからな。なるべく同時に突っ込むぞ」

覚悟はいいか？　そう視線で問うハジメに、とっくにできてる！　と全員が視線で返す。

そうして、一行は躊躇うことなく波紋の向こう側へと飛び込んだ。

酩酊に似た感覚がハジメ達を襲う。まるで万華鏡の中にでも迷い込んだような色彩の暴力が視界を埋め尽くしたせいだ。肌を撫でるぬるりとした感覚も酷く気持ちが悪い。

もっとも、不快感は数瞬だった。

クッションの上でも歩いているかのような感触は、直ぐにじゃりっと固い地面を踏んだ確かな感触に、視界は極彩色から解放され、しかし、別の意味で異様な光景を映し出した。

「な、なんだよ、ここ」

言葉を零したのは龍太郎。呆然と周囲を見回す。

ハジメ達も油断なく周囲に視線を配っているが、内心の感想は似たようなものだ。

「随分と変わった建築様式じゃな……トータスでは見たことがないのじゃ」

「ほえぇ、でっかい建物ですねぇ。どれも金属か石っぽい何かでできてますけど……」

「ね、ねぇ、ハジメ。ここって……」

雫の少し動揺した声は、きっと既視感のせいだろう。

「いや、地球じゃねぇよ」

そう、極彩色の壁を越えた先は、現代地球の都市に酷似していたのだ。

ハジメ達がいる場所は、どこかの建物の屋上だ。三十階建てくらいだろうか。コンクリートに似た材質でできている。

そこから見える景色も、アスファルトのような質感の整備された道路や、遥か先まで広がっている摩天楼の如き高層建築群なのである。ただし、

「廃都市、というべきか？　大方、大昔に滅ぼした都を丸ごと持ってきたんだろう。滅ぼ

した記念とか、そんなくだらない理由でな」

ハジメが吐き捨てるように言った通り、都市は疑いの余地なく滅んでいた。

三十階の高さで周囲を見渡せるのは、多くの建物が半ばから倒壊しているからだ。

倒れる途中のビル同士が支え合い、奇跡的なバランスで倒壊を免れているような建物もある。

道路は亀裂だらけであちこちが隆起し、あるいは陥没している。朽ちて崩れた建築物の瓦礫（がれき）や砕けたガラスが散乱し、横転した乗り物らしきものも散見された。

当然、人が出歩いているということもない。

寂寥（せきりょう）と無常を感じずにはいられない荒廃ぶり。

まさに、人が消えて何千年も経（た）ったゴーストタウンの如き有様。

「南雲君、地球じゃないっていうのは確かなの？」

「なんで分かるんだ？」

雫と同じ動揺から現実に戻った鈴と龍太郎が問う。

地球侵略を目論（もくろ）むエヒトだ。自分達（たち）は地球から召喚された者だ。

あるいは、どこぞの都市を召喚して滅ぼしたのでは？　既にエヒトの魔手は地球に伸びているのでは？

そんな嫌な予感が胸中に湧き上がって仕方がないのだろう。

「建築物の材質も、文字も違うからな」

望遠のスキル〝遠見(とおみ)〟で見てみれば、うっすらと看板に残る文字が確認できる。

当然ながら地球の文字ではなく、現代トータスで使われる文字とすら、似た部分はあるが同一ではなかった。足下の材質も、既に〝鉱物系鑑定〟で確認したが、魔力を帯びたトータス産の合成鉱物でできている。

「そもそも、信号機もない都市部の道路なんてあり得ないだろう」

この端的かつ明白な指摘には、鈴達も「あっ」と声を漏らさずにはいられない。まだ冷静さを欠いていたようだと苦笑い。

「ハジメさん達の世界はこんな感じなんですか？　ふふ、連れていってもらう日が楽しみですっ」

「ふむ。遥か過去には、これほど高度に発展した時代があったんじゃな……」

ハジメ達の会話から地球の現代都市のイメージを摑(つか)んだシアが感心の声を上げ、逆にティオは苦々しい顔付きになった。

ハジメが羅針盤を起動しながら肩を竦(すく)める。

「地球にも、超古代文明とかいって現代より優れていた技術の痕跡が発見されたりしている。滅亡の理由も未解明だが……こっちでは少なくとも、その点だけは明白だな」

すなわち、神の遊戯だ。発展に惜しみなく力を貸し、科学の代わりに神域の魔法を使って現代地球並に発展させ、人に栄華を誇らせる。そして、その絶頂にある時に崩壊させたに違いない。

トランプタワーを指で弾くような気軽さで。愉悦に浸りながら。

今まさに世界を滅びに向かわせているように。

「……悪趣味にもほどがあるのぅ」

「反吐が出ますね」

いったい何度、人はこうやって発展と滅亡を繰り返してきたのだろう。

いったい何度、必死に積み上げてきた歴史を踏みにじられ、なかったことにされてきたのだろう。

「絶対に止めないとね……」

雫が決意を新たにしたように呟いた。

地球の都市に似たここは、既視感のみならず、僅かな郷愁の念を湧き上がらせる。

同時に、見せつけられた気分にもなった。

エヒトを止められなければ、地球は、自分達の故郷は、こうなってしまうのだと。

「ああ、止めるさ」

静かな、けれどゾッと背筋が震えるほど重く深い宣言。

「ユエを取り戻すついでに、今度は俺が奴の尽くを破壊してやる。その役目は、他の誰にも譲らない」

だから、と羅針盤をしまい雫達に視線を巡らせるハジメ。

ふと気が付けば、シアとティオが鋭い視線を周囲に向けている。

にわかに高まった戦意の中、ハジメは〝宝物庫〟を光らせて雫達へ告げた。

「お前等は、お前等の目的にだけ集中してろ」

雫達が何か言葉を返す前に、それは虚空に出現した。

——新型ロケット&ミサイルランチャー　アグニ・オルカン
巨大な十字架の如きフォルム、大きさと厚みは倍加している。何より異様なのは、側面から突出した上下三段の翼のような部分だ。分厚く、長く、戦闘機の翼のようである。

それを二機、両手に持てばハジメの体はすっかり隠れてしまい、まるで要塞の如き強化外骨格を纏ったような姿になる。

見るからに凄まじい迫力。黒いボディに赤いラインのデザインがまた凶悪さに拍車をかけている。

「えぇっ、ハジメさん！　またですかぁ!?　一応、二百くらいいそうですけど！」

「というか、ご主人様よ！　もしかせんでも、あやつらは——」

「問題ない。都市戦を繰り広げるつもりもない」

面倒だから根こそぎ消し飛ばす。言外にそう告げた直後、暴威が解放された。

アグニ・オルカンの先端——六連砲口から、ロケット弾がアサルトライフルのフルオート射撃のような勢いで発射されていく。秒間三十発の圧倒的な火力だ。

加えて、後部の単発砲口からも一際大きなミサイルが火炎の尾を引いて飛んでいく。

更に、カシュカシュカシュと翼の表面の小さな金属板がスライドしたかと思えば、そこから無数のペンシルミサイルまで。一息に斉射された量は三百発。片方だけで、だ。

結果は言わずもがな。

「うぉおおおっ、やべぇっ」

「い、一応、結界張っとくよっ」

轟音に次ぐ轟音。鼓膜に恨みであるのかと悪態を吐きたくなるほどの音の暴力が、衝撃と共に味方を襲う。

バシュウウッという気の抜ける音と共に飛んでいくロケット弾が、周囲の建物を中にいる獲物ごと崩壊させていく。

大質量の瓦礫が地面を乱打し廃都市を震わせる中、ペンシルミサイルの群れが、より遠くの建物の内部へ入り込んで標的を蹂躙する。

熱源・魂魄・生体エネルギーのいずれかを感知して自動標的設定・自動追尾する新型ミサイルが決して獲物を逃がさない。

生体弾と同じく、しかし、弾速が比較的に遅い故に、窓や穴、入り口からするりと侵入していく光景は、ある種の悪夢だ。

左右へ開くように薙ぎ払っていけば、四方八方へ各々自由に火線を引いて、縦横無尽に標的を喰らい尽くしていく。

凄絶にすぎる爆音と爆炎、激震と崩壊が廃都市の一部を更地にしていく。

その振動で、辛うじて立っていた遠方の廃墟群まで、まるでドミノ倒しの如く連鎖的に崩壊を始め……

「ちょっ、まずいわよ！　この建物も崩れそうじゃない！」

ぐらぐら、ビキビキと悲鳴を上げる足下の建物。雫が耳を両手で覆いながらハジメに声を張り上げるが、

「いずれにしろ破壊するつもりだしな。連中が駆け込んできてるから」

「「「え？」」」とは、雫、鈴、龍太郎の三人から。

「〝空力〟で足場を作っとけ」

「エッ」とは、やっぱり雫、鈴、龍太郎の三人から。

アグニ・オルカンの上部、十字架でいうところの両端のうちの一方から、一発のミサイルが放たれた。上空へと駆け上がり、かと思えばUターンして地上へ一直線。

そう、ハジメ達のもとへ。

一瞬、ミスをしたのかと疑うが、直ぐにハジメに限ってあり得ないと思い直す。

なら、今は下手に動かないことこそ正解と全員が引き攣り顔で〝空力〟を発動しつつ対ショック姿勢を取る。

と同時に、落ちてきたミサイルは屋上を貫通した。爆発はせず、そのまま階下を貫いていき地下にまで到達したそれは。

――特殊ミサイル　バンカーバスター

目標を貫通して直下で爆裂し、更には超重力場の渦をも発生させる地下破壊の特殊弾頭

だ。結果、建物の最下層でようやく炸裂し、建物が中心部へと折りたたまれるようにして崩壊していく。

足場の直ぐ下が消えていく光景は実に恐ろしい。さながら、展望台によくある透明な床から地上を眺めていたら、当の展望台が崩壊していく光景を目にしたような気持ちだ。

「……鈴ね、ニュースで見たことあるよ。紛争地域の空爆の映像。こんな感じだったなぁ」

「完全に一人軍隊だよな……ってか、敵に囲まれそうだったってことでいいんだよな？」

「姿を見せる前に建物ごと、いえ、街ごと爆撃しているからよく分からないけれど、そういうことなんでしょうね」

粉塵が盛大に舞い上がり、あちこちで炎が燃え盛り、トータス古代文明の現物記録がただの瓦礫の山へと変わっていく。

大惨事というべき光景を前に、どこか遠い目になる雫達。

その遠い目の先でも、建物が地響きを立てて崩壊しまくっている。この廃都市の中で一際高い場所にある時計塔の周辺一帯だ。

ドーナツ状に、時計塔を避けるようにして建物が押し潰されていく。

原因は、先程、アグニ・オルカンの背部から放ったミサイルらしい。それが時計塔上空を旋回飛翔していて、小さな黒水晶のようなものをバラバラと落とすと、建物の直上で黒い球体が発生し、直下の建物が圧壊するのだ。

――特殊ミサイル　グラビティクラスター

重力場を発生させる小型爆弾をばらまく特殊弾頭である。

なぜ、あんな離れた場所を？　と疑問に思いつつも雫（しずく）達の意識は一旦逸（そ）れた。

視界の端、瓦礫の山の中から人影が這（は）い出てきたから。

「うおっ、あれで生きてるのがいんのかよ！」

「使徒……ではないわね？　人型の魔物？」

「粉塵まみれでよく分からないけど……」

四肢の欠損、肌がケロイド状になるほどの火傷（やけど）などで満身創痍（まんしんそうい）となっている体。それでもなお、這いずってこちらへ向かってこようとする姿は戦意旺盛というより幽鬼じみていて酷（ひど）く不気味だ。生存本能をどこかへ置き忘れてきたかのようである。

だが、敵の正体を確かめる前に、ガチャッと不吉の象徴のような音が耳を突いた。

雫達がギギギと錆（さ）びたブリキ人形のような動きで顔を向けると、そこにはアグニ・オルカンの再装塡を済ませたハジメの姿が……

「「「まさかの追い討ち!?」」」

「やるなら皆殺し。肉片も残すな。古事記にも書いてある」

書いてないわ！　とツッコミたい。けど、神話では〝一族郎党皆殺し！〟もよくある話なので間違いでもない。

もやもやっとしつつも反論できないでいるうちに、アグニ・オルカンが再び火を噴いた。

死の雨となって降り注ぐロケット弾、血肉やら粉塵やらの百花繚乱（ひゃっかりょうらん）を作り出すミサイル群が、生き残った敵を瓦礫ごと爆炎に包み込み、確実に肉塊へと変えていく。

そうして、響き始めるハジメの哄笑。

「やることないですねぇ」

「仕方あるまい。ご主人様も、見た目は平然としておるが相当フラストレーションが溜まっておったじゃろうしな。出番が来るまで温かく見守ろうではないか」

炎と破壊を撒き散らし、ハーハッハッハッハッと高笑いする姿は、実に魔王様。

クラスメイトや各国首脳陣が納得の称号は的を射ていたようだ。

そんなハジメを優しい眼差しで見つめるシアとティオも大概だが。

轟音に指で耳栓しながら、雫はこのレベルがハジメの傍にいる女性の標準なのかと思い、「どうして、こんな人を好きになっちゃったのかしらん?」と、実はかつてのシアと同じことを考えて溜息を吐いた。

と、その時。

時計塔の近くで異変が起きた。純白の光が螺旋を描いて天を衝いたのだ。

見覚えがある。ありすぎる。特に、雫達にとっては。

「なっ、光輝!?」

龍太郎が叫ぶ。見紛うはずもない。

あの輝きは確かに、幼馴染みの、天之河光輝の魔力光だ。

「ここにいたということ!?　なら恵里も……っ、そういうこと！　さっきの人影は恵里の

〝屍獣兵〟ね！」

粉塵とダメージで姿が分かりづらかったが、答えありきなら納得できる。

自分達を包囲するように迫っていたのは、魂を縛った死体に魔物を合成して作り出すおぞましき中村恵里の私兵団――〝屍獣兵団〟だったのだろう。

それを理解して、鈴の顔面が蒼白になった。

「南雲君っ、やめてよ！　恵里達のことは鈴達に任せるって約束したよね!?」

絶叫じみた鈴の声に、龍太郎もハッと顔色を変える。

あの時計塔周辺をグラビティクラスターで粉砕していたのは、光輝と恵里がいるということを知っていたからに違いないと気が付く。

思わず怒りに我を忘れそうになるが……

「だから撃ったんだ。あいつら逃げようとしていたみたいだからな。爆撃で死なせないために、わざわざ重力場の壁で囲んでやったんだぞ？」

幾分かすっきりした表情で哄笑を収めたハジメの言葉に、少し気持ちが落ち着く。

「つまり、問題ねぇってことか？」

「最初に言っただろう」

思い出せば、確かに言っていた。ティオが何か言いかけた後、問題ないと。あれはそういう意味だったのだろう。

「あの時計塔が次のゲートだ。近くにいたのに、逃げるならなんで飛び込まなかったのか、物理的に都市外へ逃げようとしていたのかは知らないが、足止めは成功だ」

追加のグラビティクラスターを放ってからアグニ・オルカンをしまいつつ、予備のスカイボードを取り出すハジメ。

シアとティオも、慌てて鈴達も召喚して騎乗する。

「ついでに、私兵の数も減らしてやったんだ。文句あるか？」

肩越しに振り返ってニヤッと笑うハジメに、鈴と龍太郎は苦笑い気味に首を振った。

「減ったということは、まだいるのね？」

一気に時計塔へと飛翔しながら、雫が問う。

「元々、ここを拠点にしてたんだろう。屍獣兵共を警備のために都市中に配備していて、あそこに俺達が現れたのを確認した後、近隣のを向かわせた感じだ。当然――」

「爆撃範囲外のは健在というわけね」

時計塔の根元から巨大な光の斬撃が放たれ、グラビティクラスターが撃墜される。

それにハジメは目を眇め、雫達は警戒心から眉間に皺を寄せた。

明らかに魔王城の時とは威力が違う。雲泥の差というほどに。

光輝にもなんらかの強化が行われたのだろう。

雫達の間で緊張が高まっていく中、遂に瓦礫の上に立つ光輝と恵里の姿が見えた。

光輝は抜き身の聖剣を片手に聖鎧を装備した姿で、恵里は大剣を一本だけ装備した使徒の戦装束姿だ。

尋常ではない力の奔流を纏う光輝の視線が、雫達を巡って和らぎ、ハジメを捉えた瞬間にどろりと濁る。

その光輝にしなだれかかる恵里の顔は余裕と嘲笑に歪んでいる……が、苦虫を百万匹くらい噛み潰したような内心が隠し切れずに滲み出していた。

逃げ出そうとしていたことからも、相対を望んでいなかったのは明白だ。

少し離れた隣の瓦礫の山に、雫、鈴、龍太郎の三人だけが飛び降りる。

「雫、龍太郎……」

「よぉ、光輝」

「……光輝」

ハジメ達がスカイボードに乗ったまま見下ろす中、幼馴染み達が相対した。

そして、

「やだねぇ～、なぁ～んでわざわざこっちに来ちゃうかなぁ？」

「恵里！」

かつての、偽りの、親友二人も。

神の領域の、滅びた都市の中心で、今、再会が果たされた。

光輝が、そして龍太郎達が、何かを言いかけるが、全ての機先を制するように口を開いたのは恵里だった。

「恋人を取り返すんでしょう？　なら僕達には構わずにさぁ、先を急ぎなよ。――間に合わなくなるよ？」

疑心と焦心を煽る言動は、ただ一人、ハジメにだけ向けられていた。

必死に余裕の表情を装っているが、やはり声音が僅かに硬い。

苛立ちと焦燥、何より警戒が見え隠れしていて、鈴どころか雫達にも、シア達にすら一瞬も視線が逸れない。

それはまるで、あの完全に道が分かたれたハイリヒ王国王宮での裏切りの夜、駆けつけたハジメを前に生き残ろうと必死だった姿を彷彿とさせる。

その証拠に、ハジメの視線が恵里を捉えた途端、ひくっと喉が鳴った。

「言われるまでもない」

恵里の分析通り、ハジメの瞳に映っているのは路傍の石。恵里と光輝になんの価値も認めてはいない眼差しだ。

なのに、あの爆撃。自分達を決して逃がさず、されど仕留めることもない重力場の檻をわざわざ形成してまで足止めしたのは……

「なんて疫病神っ」

ここに来て、恵里はようやく気が付いた。利用するだけ利用して踏みにじってやった目の前の女こそ、自分にとって最悪の障害だったのだと。

あれだけ心を嬲ってやったのに、誰よりも他人の心に臆病なくせに、神の領域に同道するどころか、あの化け物に嘆願を通し切るほどの執念を持っていたなんて！

吐き捨てるように悪態を吐いて、憎々しげな眼光を鈴に向ける。

かつての友に向ける目ではない。殺しておけば良かったと心の底からの後悔を孕んだ、蛆虫を見るような目だ。

だが、そんな目を向けられた鈴は、笑った。強く強く、不敵に。

「やっと、鈴のことを見てくれたね？」

それがまた、恵里の神経を逆撫でする。歪みに歪んだ凶相で凄まじい殺意を垂れ流す。

「……いいじゃないか、恵里」

そこへ、光輝の多大な感情を孕んだ声音が響いた。

「神域に踏み込んでこられたのは驚いたけど、僥倖だ。地上まで捜しに行く手間が省けた」

憎悪、焦燥、嫉妬、憤怒――ありとあらゆる負の感情を煮詰めたような目がハジメを捉えて離さない。

「南雲、覚悟しろ。お前は悪を為しすぎた。たとえ、この手を汚すことになっても、俺はお前を殺すッ。罪を償わせてやる‼」

殺意と共に放たれる私怨まみれの〝正義の鉄槌〟。ハジメの傍らで、黙って見守っていたシアとティオの顔が「うわぁ」と引き攣っているのが分かる。

恵里の洗脳だけではない。それを免罪符に己にとって都合の良い現実を盲信しているのだと、誰が見ても分かってしまう。ただ、心地よい方へ流された果ての有様なのだと。

「……ハジメ。ここまでありがとう。行ってちょうだい」

黒刀の鞘をきつくきつく握り締めながら前に出る雫に、ハジメは片眉を上げた。

「いいのか？　天之河の力、他にもいろいろ……お前等には少しきつそうだぞ？」

返答は龍太郎と鈴から。

「関係ねぇ。こっからは俺達の役目だ。お前はさっさと神をぶっ飛ばしてこいよ」

「だね。連れてきてくれてありがとう。シアさんとティオさんも。絶対、ユエお姉様を取り戻してね」

籠手を打ち鳴らしながら、双鉄扇を抜きながら、龍太郎と鈴も一歩前に出た。

「大丈夫よ。大馬鹿二人をぶん殴って連れ戻す、それだけのことだもの。貴方の贈り物もたくさんあるし、ね？」

光輝と恵里から視線は逸らさず、代わりにというようにポニーテールをふりんっと一振り。充実した覇気を言葉に込めて、信じてと伝える。

それにふっと笑みを浮べるハジメ。シアとティオも笑みを浮かべて頷く。

その信頼と親愛を感じさせるやり取りに、光輝から憤怒が噴き出す。吊り上がった目元と食いしばった口元は、どこか鬼面を彷彿とさせるほど。

怨念すらこもっていそうな眼光がハジメを貫き、抜き身の聖剣が衝動的に振りかぶられようとして――恵里が〝縛魂〟で封じる。

ハジメはスカイボードを上方へと傾けた。そうして、

「ま、存分に語り合えよ」

「でも、命は大事に！　ですよ！」

「武運を祈っておる。後で必ず会おうぞ！」

それぞれなりの激励を残しつつ、三人は時計塔の天辺へと飛翔していった。

「逃げるなっ、南雲ぉっ、卑怯者めっ。俺と戦えぇーーーっ」

どれだけ叫ぼうとも、どれだけ罵ろうとも、ハジメは一顧だにしない。

興味がなく、眼中にない。

それをまざまざと見せつけられて、光輝の総身が屈辱と憤怒に震える。

だが、それでも後を追えない。体が動かないから。

恵里が、それを許さないのだ。埒外の化け物が去るチャンスを潰させないために。

己の邪魔をする恵里を、しかし、光輝は咎めることもなく。

それどころか、体が動かない原因を探ろうともしない。

その不自然さに、雫達は眉間に皺を寄せて険しい表情となった。

ハジメ達の姿が時計塔の上に消え、一拍。

気配も消えた。無事に次の空間へ転移できたようだ。

「くそっ、ちくしょうーーっ。俺を見ろっ、南雲ぉおおおおっ」

後にはただ、もう誰もいない空へ、光輝の激情だけが虚しく木霊したのだった。

# 第二章◆伸ばしたその手は——

ハジメ達が去った後。

それでもなお光輝は時計塔を睨み続け、恵里もまた用心深く見上げ続けていた。

雫達が身構え、口を開きかける——前に。

「……へぇ。化け物連中は通すんだ？　なるほどねぇ」

恵里が囁くような声で独り言ちる。

ハジメ達が去ったと確信して、隠しようのない安堵が顔に滲むが、その天を睨む瞳にはとびっきりの苦々しさも浮かんでいた。

その様子に眉をひそめて訝しみ、しかし、直ぐに見当をつける雫。

「……もしかして、ゲートを使わなかったんじゃなくて、使えなかったのかしら？」

「おう？　雫、どういう意味だよ」

「エヒトに拒まれた……いえ、私達との再会に興味を持たれたってところかしらね」

「つまり、鈴達と恵里達がどうなるか知りたいわけだ。ほんと、悪趣味だね」

雫の推測は、おそらく的を射ているのだろう。

看破した雫への鬱陶しそうな恵里の眼差しが物語っている。

恵里は溜息を一つ零し、気を取り直した。

神の愉快犯的所業に思うところはあるが、何はともあれ、化け物と戦うという最悪の展開だけは免れたのだ。今度こそ、その顔に正真正銘の余裕と嘲笑が戻る。

「馬鹿だねぇ、意地を張らずに縋りつけば良かったのに。あの化け物がいないなら、君等程度どうとでもできるんだよ？」

威圧するように膨大な灰色の魔力を噴き上げ、同色の翼を広げる恵里。

それに欠片も怯むことなく、鈴が軽口を返す。

「急に饒舌になったね、恵里。安心して？　この先、何があっても南雲君を呼ぶようなことはないから。もう怯えなくていいよ」

「……へぇ、言うようになったねぇ」

恵里から嘲笑がすっと消える。奇妙な生き物を観察するような目が鈴へ向けられる。

天真爛漫で、浅慮で、御しやすい。それが恵里の知る鈴だ。

だが、どうだろう。目の前にいるのは、本当に己の知る人物と同じだろうか？

ずしりと重い芯を備えたような雰囲気に、人としての厚みのようなものを感じるのは、果たして気のせいだろうか？

なんにせよ、気に食わない。ああ、理屈抜きに、揺るぎ一つなく静かな眼差しを向けてくる谷口鈴が、なぜだか途轍もなく気に食わない。

細められた恵里の目に殺意が宿る。応じるように、鈴の目には闘志が滾る。

両者の間に火花が幻視できるほどに高まっていく緊迫感。

それで、光輝の意識も地上へと戻ってきた。

「降伏してくれないか？　俺は、皆を助けたいんだ」

切実さの滲む光輝の訴え。だが、前提が哀れなほどに間違った望みだ。

だから、龍太郎はハッと鼻で笑い飛ばした。

「逆だぜ、親友」

「逆？」

「俺達が、お前を助けに来たんだよ」

「何を言って……」

「分かんねぇか？　ま、そうだろうな。今のお前、めちゃくちゃダセぇもんな。そんなボケた頭じゃあ、見えてるはずのもんにも気が付けねぇよな」

何か言い様のない迫力を感じて、光輝は反論の言葉を呑(の)み込んだ。

一歩、親友が迫る。牙を剝(む)く野生の狼(おおかみ)の如(ごと)き獰猛(どうもう)な笑みを浮かべて。

「だからよ、光輝。ちぃと歯を食いしばれや！　この親友様が、死ぬほどぶっ叩(たた)いて目を覚まさせてやるからよぉ！」

ドッと膨れ上がる深緑の魔力。少し前とは明らかに違う。力のレベルが一つ上の位階にある。あるいは、強化前の光輝を凌駕(りょうが)し得るプレッシャーだ。

だが、本当に恐るべきは、きっと、その瞳に宿る覚悟の重さ。

昇華された魔力ではなく、親友の己を捉えて離さない眼差しにこそ気圧(けお)されて、光輝の足は知らず、一歩、後退(あとずさ)っていた。

同時に、こんな有様に成り果てた原因が、魂を縛られてなお心の裡(うち)から零れ落ちる。

この場の誰よりも高いスペックを有していながら、幼馴染(おさななじ)みの女の子へと、雫へと縋り付くような視線が向けられた。雫なら、洗脳されていたってきっと、自分を想(おも)う目を向けてくれるはずだ、と。

そんな、あり得ない期待を抱く。今までそうしてきたように目の前の現実を否定して、理想に縋る〝甘え〟が、この期に及んでもなお。

だから、その言葉は斬り裂くように。

「生半可な覚悟で、ここまで来たわけではないのよ。半端な結末はないと心得なさい！」

ビリリと響く、叱責じみた声音。凛(りん)と迸(ほとばし)る剣気に光輝の顔色が変わる。

何より鋭く心を刺すのは、雫の言葉が自分だけでなく恵里にも向けられていること。もはや、叱責すら雫の心は自分にだけ向けられたものではない。

沈む。心の奥にヘドロが湧き出して、その底へ底へと沈んでいく感覚。

雫の心を自分に向けさせ、その顔を罪悪感に曇らせたいという屈折した願望でいっぱいに……

「大丈夫だよぉ、光輝くん。言ったよね、僕が助けてあげるって」

悲嘆と被害者意識で満ちた心に、するりと入ってくる甘美な響き。

「恵里……」

「僕だけは裏切らない。僕だけは光輝くんの味方だよぉ？」

その言葉で、鼻先が触れそうな距離で合わされる瞳の輝きで、雫に向けていた感情が恵里へと向く。

「うん。ありがとう、恵里」

濁った瞳と歪んだ笑みを返す光輝に、恵里もまた亀裂の入った硝子のような笑みを返して――パチンッとフィンガースナップを一つ。

直後、轟音を立てて周囲の瓦礫が爆ぜた。噴き上がる粉塵と飛び散る瓦礫の中から無数の人影が跳躍し、雫達を包囲する。

更に、ここまでの会話が時間稼ぎだったのか。完璧なタイミングで、ハジメが潰した方角以外の全方位から灰翼の人影が飛来し、包囲網に加わっていく。

見覚えのある王国の兵士や騎士に、魔物の特徴が見られるのは以前と同じ。人と魔物のキメラにして、その魂を恵里に掌握された哀れなる狂戦士集団――屍獣兵。

だが、そこに更なる特徴が。

「灰色の翼……まさか、全員？」

険しい表情の雫が呟く。恵里が「ご名答！」と手を叩く。

屍獣兵の半使徒化。名付けて、

「〝灰屍徒〟――流石にさ、ミサイルの直撃を受けちゃあ耐えられないけど、瓦礫に埋まったくらいじゃあ止まらないよ？」

その数、およそ二百体。流石に〝神の使徒〟には及ばないだろうが、それでも、兵隊としてはハイエンドモデルと称しても過言ではないだろう戦力。

なるほど。恵里の自信の源がこれなら、雫達程度であれば傲るのも無理はない。

魔王城での戦いから三日しか経っていないことを考えれば、なおさらに。

だから、まずはその認識を、

「正面切って戦うと思ったぁ？　ここまでご苦労様。それじゃあ、数の暴力に――」

「全魂把握、座標固定完了――　〝聖絶・万魔牢〟ッ」

塗り替える。

裂帛の気合いが込められた詠唱とは裏腹に、ゆるりと振るわれる双鉄扇。

そうすれば、その鉄扇の軌跡に沿うようにして、橙色の魔力が無数に噴き出す間欠泉の如く全ての灰屍徒を呑み込んだ。

――鈴オリジナル結界術　聖絶・万魔牢

魂魄感知の魔法と空間座標把握の魔法を組み込んだ新型双鉄扇により、複数の対象を同時に、ピンポイントで結界の檻に封ずる術だ。

約二百体の目標を同時に捕捉し封じる手腕は圧巻の一言。これには恵里も目を見開き、光輝も唖然とした様子を隠せない。

その隙を、今の雫と龍太郎が見逃すはずもなく。

「魔拳鐵甲ッ――〝巨人打ち〟!!」

「瞬時昇華――〝一閃〟ッ」

二人の足下の瓦礫が爆撃でも受けたみたいに吹き飛ぶ。

彼我の距離など刹那のうちに消費され、光輝がハッと我に返った時には深緑に輝く巨大な拳が眼前に迫っていた。咄嗟に聖剣を盾にするが、

「ぐぅっ!?」

食いしばった歯の隙間から苦悶の声が漏れる。

元より、空手家たる龍太郎の〝正拳突き〟は殺人的な破壊力を有する。光輝は、そのことを誰よりも知っている。だが今、聖剣から手へ、そして肉体へと伝わる衝撃の強さといったら……完全に予想外！

――魔拳鐵甲　巨人打ち

龍太郎専用新型アーティファクト〝魔拳鐵甲〟の、巨大な拳を魔力で形成する能力だ。本来は肉体に纏う防御技能〝金剛〟の応用である。しかも、当然のように〝魔衝波〟と天職〝拳士〟の格闘術派生技能〝浸透破壊〟という衝撃の内部伝播技も併用されている。威力は、鉄塊さえ易々と粉砕するレベル。

その直撃を受けたのだ。

勇者の身でも、聖剣を取り落とさないようにするので精一杯。不安定な足場ということもあって受け止め切れず、ピンボールのように吹き飛ばされてしまう。

そんな光輝を、しかし、恵里はサポートもできない。

ただ本能が命じる危機感のままに、スペック頼りの反射行動に身を委ねる。

音は聞こえなかった。

斬閃も見えなかった。

だが、結果は容赦なく訪れた。

「――ッッ!?」

ガランッと、半ばから斬り飛ばされた大剣の半分が地面に落ちる。

その断面は背筋が震えるほど滑らかだった。

咄嗟に体を引き、大剣を防御に回さなければ下半身が泣き別れになっていたかもしれない。回避できたのは、元パーティーメンバー故に雫の抜刀術を熟知していたからに過ぎない。刹那の間でも遅れていれば、実際に今の一撃で終わっていただろう。

――雫流昇華魔法　瞬時昇華

魔力消費軽減という目的以上に、昇華魔法の行使を悟らせないための技。

新生黒刀に組み込まれた昇華魔法の発動補助機能により、神代魔法を発動する際に発生する莫大な魔力を極限まで隠蔽しつつ、かつ、一瞬の発動に止める。

一瞬の発動が可能だから、一撃の間に複数対象へ連続発動も可能。

踏み込みの一瞬だけ足に、抜刀の一瞬だけ腕に、そして、斬撃の一瞬だけ空間切断機能〝閃華〟自体に。

もたらされるのは、恐ろしく静かで、神造の武具さえ斬り裂く一撃。

「殺意、高すぎじゃないかなぁっ」

これまた条件反射的に乱射した〝分解の灰羽〟で、どうにか追撃は堰き止める。

雫は深追いせず、バク転からの即宙というトリッキーな動きで狙いを外しつつ、当たりそうな数枚だけ軽く切り払って鈴の隣へ着地した。そして、

「防ぐとは思っていたわ。両腕を落とすつもりだっただけよ」

そんなことを真顔で言う。

虚空から新たな大剣を召喚しつつも、恵里の目尻がヒクッと痙攣した。

「……怖いねぇ。苦しめてから殺したいってわけだ？」

どうやら恵里は、雫達が【神域】まで追ってきた理由を復讐と捉えているようだ。

雫と鈴が否定しようと口を開きかけるが、その前に恵里が冷笑を浮かべて言う。

「でもさぁ、ちょっと舐めすぎじゃない？」

魔力がそこかしこで膨れ上がった。

灰屍徒だ。鈴に〝聖絶・万魔牢〟で封じられていた彼等が一斉に魔力を放出したのだ。

恵里と同じ灰色の魔力に、魔物特有の赤黒い魔力が交じった、吐き気を催すような色合いの光が結界の内側に飽和する。

半使徒化により彼等に宿った力は、遺憾なく効果を発揮した。

「んんっ、やっぱり使えるんだねっ」

鈴が喘ぐように予想していたことを、けれど、できれば当たってほしくはなかったことを口にした直後、結界が内側から消し飛ばされた。

分解魔法だ。今の様子からして自由自在に使えるわけではないようだが、逆に言えば数秒の溜めさえあれば、全員が最凶の魔法を使えるというわけだ。

そこへ更に、

「どわぁあああっ!?」

豪快な悲鳴を上げながら龍太郎が吹き飛ばされてきた。

「――〝光輪〟」

鉄扇を一振り。光のリングで編まれた網が龍太郎を優しく受け止める。

「やべぇやべぇ。鈴、助かったぜ」

地に足をつけ礼を言う龍太郎。その額には冷や汗が浮き出ており、装備している軽鎧の胸部には深々と真一文字が刻まれている。

これも新型アーティファクトで、それ自体の耐久力は言わずもがな、〝金剛〟を纏う機能もある。龍太郎自身の〝金剛〟と連動して発動するので、実質三重の防御だ。

それが一撃で突破されたらしい事実に、鈴と雫の目元が険しくなる。

「これで分かっただろう？　龍太郎、お前じゃあ俺には敵わない」

ゴウッと空気が吹き荒れた。

階段状にした障壁を踏み締めて、空から光輝が降りてくる。

「雫も、鈴も、もうやめてくれ。無駄なことはせず投降するんだ」

充溢する魔力の奔流。白銀に染まった瞳。〝限界突破・覇潰〟を発動している証だ。

感覚で分かる。数々のアーティファクトで地力を引き上げた自分達のステータス値からして、今の光輝はおそらくオール一万を超えている。

スペックには二倍ほどの差があるだろう。

「ちなみにぃ、僕も光輝くんも魔力は尽きないからねぇ」

ニヤニヤと嗤う恵里のありがたい説明が止めを刺すように響いた。

〝神の使徒〟と同じく、無尽蔵の魔力を常に供給されているらしい。

「俺は、俺はお前達を殺したくないんだ！」

悲鳴のように叫ぶ光輝に、龍太郎は怪訝な様子を見せる。

「おいおい、俺達の洗脳を解くんじゃなかったのかよ？ってか、さっきの一撃も普通に首を狙ってきやがっただろ？　悲しいぜ、親友」

「……言って分からないなら、殺すしかない。でも——」

悲痛な表情を見せていた光輝が、聖剣の切っ先を龍太郎へと向けた。あたかも、自分は悲劇のヒーローだと言わんばかりの雰囲気で。

「大丈夫だ。神様が生き返らせてくれる。目が覚めた時には元通りの、いや、もっと正しい世界が待っているんだっ」

俺を信じてくれ！　信じて投降してくれ！　どうか殺させないでくれ！

なんてことを訴える光輝。

「……今度はいったい何を吹き込まれやがった？」

温度差が凄まじい。龍太郎の顔は頭痛を堪えているかのよう。

鈴が、半分は光輝に聞かせるように、見通した恵里の思惑を口にする。

「ねぇ、恵里。鈴達を殺して〝縛魂〟する気だよね？　それが一番、二人にとって都合が良いから」

「えぇ～、酷い！　僕がそんなこと考えるわけないのに……」

表情が口ほどに物を言っていた。悲しげな声を出していながら、口元には悪魔の如く三日月に裂けた笑みが浮かんでいる。

確かに、二人っきりの世界を望む恵里と、仲間を取り戻したい光輝の願望を都合良く叶えるならば、それが最適だ。

「鈴、君はなんてこと言うんだっ。親友に向かって、それはあまりにも……いや、これも南雲の洗脳のせいか。目を覚ましてくれ！」

「それはこちらのセリフよ、光輝」

雫の静かな、見定める目が光輝を捉える。

「たとえ魂を縛られていても、本当は分かっているはず。神が何をしようとしているか、恵里が何を望んでいるか。自分にとって都合の悪い全てをハジメに押しつけているだけだってことも」

それは、最後通告と同義の語りかけだった。

同時に、投降など死んでもしないという絶対の返答だった。

「目を覚ましなさい。夢を見るのはやめて、現実を見なさい」

すっと息を吸って、濁った光輝の瞳を真っ直ぐに見る。

目は逸らさない。認め難い現実から決して逃げないと見せつけるように。

この堕ちた幼馴染みの魂に、張り手を食らわせる意気を込めて、

「私達から逃げるなっ」

雷鳴のように木霊した声音に、光輝が僅かにたじろぐ。

恵里が不愉快そうに舌打ちを零した。

「光輝くん、かわいそう……。南雲ハジメに全てを奪われたのは事実なのに！　裏切った雫達を、それでも助けようと頑張ってるのに！」

「恵里……」

「やっぱり、南雲に洗脳されちゃってる以上、一度、殺すしかないね。いいよ、光輝くん。僕がやる。こんな辛いこと、光輝くんにはさせられない！」

光輝にしなだれかかりながら、邪悪な笑みを雫達へと向ける恵里。

いかにも、ヒーローを支える健気なヒロイン気取り。

茶番劇に雫達の口元がひくつく。特に鈴はあからさまに引いた顔をしているが、光輝には覿面の効果があるらしい。

「……大丈夫。恵里にだけ手を汚させはしないよ」

なんて、微笑を浮かべて応じている。恵里の望む通りに。

「やっぱり話が通じる段階じゃあないわね」

「だな。恵里の奴、また〝縛魂〟を使ってやがる。何を言ったところで、あれをどうにかしない限り同じことの繰り返しだぜ」

「いいよ。元から言葉だけで解決できるなんて甘いこと、考えてないんだから」

三人から戦意が溢れ出す。

確認すべきことは確認した。もう、止まらないと言外の意志を叩き付ける。

それに落胆を隠しもせず、光輝は悲壮な決意に顔を歪め、

「……やっぱりダメか。分かった。なら、もう迷わない。俺は、俺はっ――」

聖剣を大上段に構えた。その先に、銀河が生まれる。

そう見紛うほどに渦巻き集束する白銀の魔力。あまりの密度と力の奔流に大気がチリチリと焦げ付くような音を立てる。

「お前達を殺す！　救うために！」

魔力の塊から輝く巨大な翼が広がった。太く強靭な尾が伸び、たくましい四肢が瓦礫を押し潰し、その爪が泥に突き立つような容易さで大地を抉る。

最後に鎌首がもたげられた。高く高く、十メートルは頭上へ。

その先端が勇壮な獣の頭部を象る。二本の角と、牙が並ぶ顎門が形成される。

ドラゴンだ。白銀の光で創られた巨大なドラゴンが、そこにいた。

光輝の背後にそびえ立ち、主を守るように雫達を睥睨する。

「〝神威・千変万化・光竜形態〟——この竜は、滅びの光そのもの」

光属性最上級攻撃魔法にして勇者の切り札——〝神威〟。

本来は砲撃魔法であるそれに、常時発動・変幻自在の特性を持たせた破壊の権化。

強化されたスペックと無尽蔵の魔力により実現した、今の光輝にとって最強の魔法だ。

「雫、龍太郎、鈴。正しい世界で、また会おう」

その言葉に、圧倒的な滅光を前に、雫達は——笑った。

笑って、気炎と覇気を言霊に昇華して叩き返した。

「やれるものならやってみなさい。この弱虫」

「ハッ。寝言は寝て言えってての」

「覚悟してね。鈴達の決意は半端なく重いよ？」

咆哮が響き渡った。光竜が上げる産声の如く。

衝撃波と鼓膜が破れそうな爆音に、雫達は思わず対ショック姿勢を取って顔をしかめつつも、光竜の顎門の先に光が集束するのを確認する。

「シズシズ！　龍太郎君！」

鈴の呼び掛けに二人は無言で頷いた。ただ〝防御するから傍に〟という意味以上の意図を完璧に汲み取って。直後、橙色の守護の光が迸った。

「――〝聖絶・散〟!!」

ドーム状の結界が展開される。魔力の光が高速で渦巻くそれは、攻撃を減衰させながら受け流す特殊結界だ。

次の瞬間、視界が白銀に染まった。放たれた〝光竜の咆哮〟は、かつて光輝が放った〝神威〟の数倍は強力だろう。受け流した余波で周囲が消し飛んでいく。

そのうえ完全には受け流せず、結界自体も瞬く間に悲鳴を上げて亀裂をこさえていく。

「んんぐぅ〜〜〜っ」

鈴の食いしばった歯の隙間から苦悶の声が漏れ出した。

従来の〝神威〟なら数秒も耐えれば終わるのに衰える気配さえない。

これは無理だ……と、鈴が歯噛みしながらも確信した直後、まるでダメ押しのように恵里が嗤った。

「見苦しいよぉ、鈴。――〝幻罰〟!」

轟音が鼓膜を乱打する中、不自然なまでにするりと届いた恵里の声。

途端に、鈴の全身を言いようのない激痛が襲った。あえて表現するなら、全身に無数の針を突き立てられたような鋭く細かい痛みだ。

鈴の喉から「ぎっ」と引き攣った声音が漏れる。魔法の制御が乱れ、結界が揺らぎ――しかし、〝光竜の咆哮〟だけは通さない！　全体防御は崩されたが、頭上だけは死守。むしろブレスの直撃面に集中して、より強固にする。

もっとも、それは恵里が読んだ展開だったようだが。

「アハッ。こじ開け成功ぉ～。死んじゃえ♪」

恵里が突き出した手の先から分解砲撃が放たれた。

更に、頭上を除く全方位から灰屍徒が殺到する。その手に持つ騎士剣、大剣、槍、メイス、ダガーを振りかぶって。

ご丁寧に前衛後衛で分かれているらしく、離れた場所にいる灰屍徒も魔力をチャージ中だ。数秒後には、四方八方から分解砲撃が殺到するだろう。

確殺狙いの飽和攻撃が、今、雫達を呑み込まんとして。

今度は逆に、恵里と光輝が耳にした。

轟音の狭間に響く、三人の声を。

――来なさい、意思ある黒刃。〝黒妖刀・百刃〟

――来いよっ、奈落の狩人！　〝天魔転変・狼王〟!!

――来て、私の忠実な従魔達。〝召喚・奈落の蟲群〟

次の瞬間だった。

「なんだ!?」

白銀の閃光を斬り裂く無数の黒い何かが光輝を襲ったのは。

まさか攻撃中に反撃が来るとは思いもしなかったのか、反応が遅れる。〝神威〟を防御に回すのは間に合わない。

回避、そして聖剣で叩き落とす。超人的な反射神経で物理的に対応を試みる。が、金属同士の衝突音が何度か響いて、そこが限界。

「ぐぁっ!?」

光輝の腕が跳ね上がり、鮮血が飛び散った。筋を裂かれたのか握力が消失し、聖剣がくるくると宙を舞う。

光竜のブレスが止まってしまうが、気にする余裕もなく全力の横っ飛び。聖剣を呼び戻しつつ、光竜の尾で周囲を囲う。

その攻性防壁というべき尾の壁に、ドドドッと突き刺さる数多の黒い——刀。

貫通こそ免れたが、切っ先が眼前に槍衾の如く。

もし〝神威〟の壁ではなく普通の障壁だったなら……

光輝の額にぶわっと冷や汗が噴き出た。肝が冷えるとは、まさにこのことだ。

背筋に走る怖気を振り払うように、光竜の尾を薙いで計十本の黒刀を払い飛ばす。

最強の滅光に触れていながら、多少表面が崩れた程度で原形をしっかりと保っていることには驚愕だ。だが、真に驚くべきは、

「と、飛んでる?」

宙に浮き、己を包囲するように整然と並ぶ光景だろう。

使い手が誰かは分かっている。よく知っている。故に、光輝は答えを求めるように雫の方へと視線を転じ、思わず声を上擦らせた。

「なん、だ、それ……」

黒刀があった。灰屍徒の騎士剣を受け止めていた。

黒刀があった。灰屍徒の槍の穂先を斬り落としていた。

黒刀があった。灰屍徒のメイスを受け流していた。

雫と鈴を中心に円陣形を描くように、宙に浮く無数の黒刀が灰屍徒の全ての近接攻撃を防いでいた。

その数、光輝が払い飛ばしたものと合わせて、きっかり百振り。

まるで、黒き剣の結界。

「断ち切れ――〝全刃・閃華(せんか)〟!!」

黒刃の結界は主人の命令を賜った瞬間、一斉に牙を剝(む)いた。

ひゅるりと流麗に、かつ、各々が相対する標的に合わせて最適の斬撃を繰り出す。

鮮やか。その一言に尽きる。

遠隔操作だけでは到底説明し切れない雫と同じ術理を感じさせる斬撃だ。

――雫専用新型アーティファクト　黒妖刀・百刃

原理は生体弾(リビングブレット)と同じ。重力干渉で飛翔(ひしょう)自在の機能を有する新型の黒刀百振りは、全てが刀の姿をした生体ゴーレムなのだ。

弾丸より高度の意思を持ち、雫自身の変成魔法による繋(つな)がりがあるのでイメージ共有による連係もしやすい。かつ、変成魔法を併用して短期間ながらも八重樫(やえがし)流刀術を叩き込まれた剣士の端くれ故に、技量も雫先生のお墨付き。

おまけに、全ての黒刀が防御至難の〝空間切断〟を発動。

光輝が凌ぎ切れず、腕を斬られた理由だ。

瑠璃色のオーラを纏い、独りでに動き、切れ味は常識の埒外。

なるほど、妖刀というに相応しい。

故に、結果は相応に。

二十体近い灰屍徒が武器・防具ごと両断される。

回避できた者も、武器か体の一部を深々と。

翻って主人の――雫のもとへ。切っ先を下にして整然と宙に並ぶ。

黒い妖刀の群れを、その中心に立って従える幼馴染みの姿は、まるで光輝が憧れた絵物語の英雄のよう。

艶やかなポニーテールをなびかせて、静謐でありながら鋭い冷気を帯びた冬の泉のような眼差しを向けてくる姿に、光輝はただ見惚れて、

「綺麗だ……」

なんて場違いなセリフを、本人も無意識のうちに呟いていた。

周囲の状況にも気が付かないで。

『ウォオオオオオンッ』

響き渡るのは戦意滾る遠吠え。猛獣の頭部に、赤黒い縦割れの獣眼、ずらりと並んだ牙。

鋭い爪に全身を覆う黒い体毛。

人狼。それこそが今、恵里を襲っている存在。

黒妖刀が光輝を襲ったのと同時に、行き掛けの駄賃とばかりに灰屍徒数体の首を刎ね飛ばして肉薄した人狼による襲撃を、恵里もまた受けていた。

その速度は尋常ではなく、使徒化した恵里の動体視力を以てしてもブレて見えるほど。

何より、戦い方が巧い。

正拳突き、貫手、裏拳、回し蹴り……

よく知っている動き。かつてのパーティーメンバー特有の空手の神髄。

超インファイトによる怒濤の攻撃で、飛翔する隙も与えられない。

しかも、分解の灰羽を撃ち込んでも身に纏う軽鎧や手甲が弾いてしまう。

そう、狼男は龍太郎の装備を身につけていた。体軀が少し大きくなったのに合わせて、装備も拡張ないし変形したのか形状が少々異なってはいるが、紛れもなく先程まで目にしていた装備だ。

ここまでくれば人狼の正体は明らか。大剣術で防ぎながら、恵里は舌打ちする。

「チッ。それ、変成魔法でしょ。この脳筋が！」

『うっせぇ！　散々好き勝手してくれやがって！　ぶん殴ってやるから覚悟しろ！』

大正解。速度だけなら、今の恵里に匹敵するほどの爆発的なスペック上昇をもたらした異形への変化の原因は、恵里の推測通り。

――変成魔法　天魔転変
魔物から奪った魔石を媒介に、己の肉体をその魔物へと変成させる魔法である。

今まで肉弾戦に傾倒して魔法の習熟を怠ってきた龍太郎は、適性はあれど早々に魔物を従えられるほど変成魔法を使いこなせなかった。

宝の持ち腐れ状態を解決すべく悩んだ末の結論が、つまり〝魔物を従えられないなら、従えたい魔物に俺が成ればいいんじゃね？〟である。

〝天魔転変〟は言うまでもなく、変成魔法の奥義クラス。最高難易度のそれを、しかし、よほど肉体変化と相性が良かったのか、ごり押しと感覚でやってのけたのである。

その辺りすら看破した恵里が「脳筋」と称するのも頷ける話だ。

なお、今、使っているのは奈落の最下層帯に棲息する人狼の群れの王の魔石。

――天魔転変　モデル・ワーウルフ
〝先読〟や〝知覚拡大〟に加え、〝縮地〟や〝無拍子〟などの加速系技能を全て含んだ固有魔法〝加速〟を有する最悪の狩人。速度特化の転変だ。

だからこそ、恵里を押さえ込めている。

だからこそ、余計に恵里の苛立ちは募る。視界の端に映る光景に。

未だに一発も分解砲撃を放たない、後衛の灰屍徒達と、その理由。

「なぁにしてんのかなぁ！　役立たず共！　虫如きさっさと振り払えよ！」

そう、虫だ。後衛の灰屍徒達が分解砲撃を放つ寸前、一斉に湧き出した虫の魔物が彼等を襲っているのだ。

巨大な百足が全身から強力無比な溶解液を放射し、それを受けた灰屍徒の数体が半身を瞬く間に溶かされて崩れ落ちた。

別の灰屍徒に戦槌を叩き込まれて体節がバラバラになるも、そのまま各々自由に飛び回っては溶解液を噴射している。

赤子ほどの大きさもある蜂の大群も飛び交っている。爆裂する尾針をマシンガンの如く乱射して、爆風と衝撃で灰屍徒を翻弄。

その隙を突くようにして、六本もの大鎌の腕を持つ巨大蟷螂が、風を纏って高速移動し、風刃を撒き散らしながら獲物を斬り裂いていく。

飛び上がれば鋼の糸を操る蜘蛛の網にかけられ、足下をおろそかにすれば地中を潜行する蟻の群れに引きずり込まれる。

――従魔召喚専用・宝物庫型アーティファクト　魔宝珠

初手、雫と龍太郎が攻撃を仕掛け、光輝と恵里の意識が逸れていた時、こっそりばらまいておいたそれが起動したのだ。

実のところ、〝万魔牢〟も灰屍徒達の意識を魔宝珠から逸らすのが真の意図だった。

（なんだよ、あれ。魔王城で見た魔物とは格が違うじゃない！）

当然だろう。樹海の魔物とはわけが違う。正真正銘、奈落の最下層帯に蔓延る凶悪極まりない魔物共なのだ。それが五十体。

そして、その主たる鈴は鉄壁の守りの中にいた。

――鈴オリジナル結界術　聖絶・城塞

総数二十枚の〝聖絶〟を同時展開し、破壊される度に内側から補充していく多重結界。

名称の通り、城塞の如き守りの中にいる鈴には手を出せず、必然、従魔を止める最短方法も取れない。

そして、後衛を守る必要がないから剣士も敵陣へ踏み込める。雫は既に黒妖刀を引き連れ光輝に斬りかかっていた。

「二十番から五十番！　雫を殺してねぇ！　六十番から八十番まで僕を援護しろぉ！　残りは鈴だ！　後衛！　分解は使わず手数手数ぅ！」

矢継ぎ早に指示を出しながらも、ぐつぐつぐつぐつと過熱された水が徐々に沸騰していくかのような内心に、余裕の仮面が剝がれそうになる。

嫌な感覚だ。流れが相手へと向いているような、世界が自分を否定しているような、今まで何度も味わったことのある感覚。

『オラァアアアアッ』

「吠えないでよ、駄犬くぅん？――　〝終極・狂月〟ぅ!!」

全身から分解魔力を放射して僅かに龍太郎を怯ませた隙に、あのユエ相手にも通じた〝意識を数瞬だけ飛ばす闇属性魔法〟が発動した。

両手で抱える程度の大きさの黒い満月が、恵里と龍太郎の間に生じ明滅する。

龍太郎の目が、まともに〝狂月〟を見た。

これで、致命的な隙ができる――

『魔拳鐵甲ぉっ――〝雷浸打ち〟!!』

「ッ!? カハッ」

一瞬の停滞もなく踏み込んできた龍太郎の正拳突きが、まともに恵里の鳩尾へと入った。

吹き飛ばされ、瓦礫の山から落下。固いアスファルトのような地面を転がりつつも即座に立ち上がるが、体内の痛みに顔をしかめてしまう。

魔拳鐵甲の機能〝纏雷〟と、龍太郎の技能〝浸透破壊〟による内部破壊技で、衝撃と電撃が恵里の体内で牙を剝いたのだ。

「なんで?」という口から転がり出た疑問は、〝狂月〟が効かなかったことに対してだろう。あのユエにさえ通じた魔法が無効化されるなど……

『てめぇ、南雲の前で一度見せてんだろうがぁ!』

逆だ。ユエに通じたところを見せてしまったから通じなくなったのだ。

（ふざけんなよ、あの化け物が！）

思わず内心で罵倒してしまう。南雲ハジメの対応力を忘れていたわけではないが、それでも一度見れば対策されてしまうなんて、理不尽としか言いようがない。

（いや、落ち着け、僕。何も問題はない！）

スパークする拳を携え追撃してくる龍太郎に、内心とは裏腹な嘲笑を向ける。

直後、灰屍徒の援護が来た。

一人が震脚の如く地面に足を叩き付けた瞬間ノータイムで龍太郎の軸足の下が爆裂。固い地面の欠片も即席の散弾となって龍太郎の足を止める。

そこへ、更に別の灰屍徒が、灰と赤黒の魔力をタワーシールドに纏わせながら肉薄。

直後、龍太郎はシールドバッシュと共に放たれた凄まじい魔力衝撃波に全身を叩かれて吹き飛ばされてしまう。

距離の離れた龍太郎を注視しつつ、恵里は回復しながら思考を回した。

（おそらく、本来は〝神言〟対策のアーティファクトだ。魂魄への影響を無効化できるなら、福次効果で意識や精神の防護ができても不思議じゃない）

けれど、と先程の光景を思い出す。

（鈴への幻痛の魔法は有効だった。あれは直接、触覚を刺激する魔法。つまり、五感作用系か魔力干渉系なら……）

見事な受け身を取って立ち上がった龍太郎だったが、灰屍徒の連係もまた見事。既に背後と左右に回り込んでおり、それぞれの固有魔法——赤熱化した槍、雷撃が迸る大剣、石化の白煙を纏う騎士剣を振りかぶっている。

それをワーウルフの圧倒的速度で回避しようとする龍太郎へ、恵里は冷徹な観察の目を向けつつ、

「——〝無明〟」

視覚を闇色の靄で覆い尽くす魔法をかけた。

龍太郎から『なんだぁっ!?』と動揺の声が飛び出した。そんな状況でも、直前まで見えていた敵の懐へ飛び込むことで回避しようとした胆力は称賛に値する。

とはいえ、唐突に暗闇へ放り込まれた弊害は如何ともし難く。

冷静に位置を変えた赤熱の槍持ちが、そのまま横合いから刺突を放った。

恵里の口元に笑みが浮かびかける。

「――〝聖絶・界〟」

輝く幾枚もの浮遊障壁が龍太郎を守った。飛んできたわけではなく、指定座標にピンポイント出現した六角形の障壁には、流石に灰屍徒達も対応できなかったらしい。

槍の穂先は角度をつけて設置された障壁の表面を滑り、大剣と騎士剣は正面から受け止められた。更に、

「――〝爆〟ッ」

ワンワード詠唱による障壁の指向性爆破が灰屍徒達を吹き飛ばす。間髪を容れず、

「――〝万天〟」

状態異常を解除する光属性回復魔法まで。

『助かったぜっ、鈴!』

龍太郎の目に光が戻る。多重結界の中で双鉄扇の一方を自分へと向ける鈴に、絶大な信頼を乗せた眼差しを返す。

龍太郎は、よく知っているのだ。

頼れる仲間の取り柄は、決して結界魔法だけではないということを。

香織が、治癒師でありながら並々ならぬ努力によって、結界魔法や補助系魔法でも超一流の領域に至ったように。

もう一度、恵里と話したい……

その願いのために、鈴がどれほどの努力を積み上げ高度な魔法技能を身につけたか。

今も、鉄壁の多重結界に籠城しながら、倍以上の数の灰屍徒と戦う従魔達をも守り、かつ癒やし続けている。

それどころか、隙あらば〝万魔牢〟で捕らえて戦力差を一時的に潰し、あるいは結界内を高熱で炙る〝聖絶・焔〟や、雷撃で満たす〝聖絶・雷〟による封殺まで。

半使徒化の耐久力と、強力かつ千差万別の固有魔法により押し切れてはおらず、最初の奇襲以降、倒せた数こそ少ないが……

従魔達の司令塔として、そして守護と支援を担う後衛として、三分の二以上の灰屍徒を引き受けていながら拮抗状態を保っている。

故に、龍太郎も雫も、安心して前を見ていられるのだ。

その鈴の視線が、恵里に転じられた。

自分に向けられた目を見て、恵里の表情に亀裂が入る。

――鈴は守れる。支えられる。

確信に満ちた眼差しが、自負の宿る泰然とした瞳が、なんて、なんて！

「調子にぃ、乗りすぎだよねぇっ、鈴ぅっ!!」

腹立たしい！　ビキビキと額に青筋を浮かべ、苛立ちに震える声を張り上げる恵里。

だが、それに対し鈴は、むしろ嬉しそうな笑みを浮かべた。

恵里が、遂に自分を無視し得なくなったと分かったから。

もう、取るに足りない存在ではない。苛立ちをぶつけずにはいられない〝敵〟になれたから。

「そんなちゃちな結界、ぶっ壊してあげるよぉ！」

恵里には挑発的に見えた鈴の笑みを、結界ごと塵にすべく一気に頭上へ飛び上がる。

使徒の飛行能力は破格だ。地上ではワーウルフの速度に追随されても空中戦なら話は別。

その圧倒的に有利な領域から、分解魔法の絨毯爆撃を行うのだ。

が、数メートルも飛ばないうちに、

「ぎぃ!?」

まるで〝幻罰〟の仕返しみたいに、鈴と同じ悲鳴が恵里の口から上がった。

脳天を直撃した衝撃に、一瞬、意識がくらりと揺れる。

何が起きた？　いつの間にか魔物にでも頭上へ回り込まれたか？　と確認すれば、そこには何もなく……否、目を凝らせば見えた。

「障壁っ!?」

小さな小さな硬貨程度の透明な障壁が、恵里の脳天に衝撃を与えたものの正体。

——鈴オリジナル結界戦術　迷宮廊
敵の進路や周囲に、極小にして透明の障壁をばらまくことで移動を妨害する戦術だ。

厄介なのは、相手の移動速度が速ければ速いほど、妨害を通り越して自滅を誘う罠になるという点。

つまり、恵里は自ら障壁に突っ込んだというわけだ。

『ハハッ。間抜けだな！』

不快な言葉は、龍太郎に包囲襲撃をかけた灰屍徒達が途中ですっころんだり、額を何かに打ちつけてひっくり返ったりしているからだと見ずとも分かる。

その隙を容赦なく突いて仕留める龍太郎の意識は、間違いなく恵里ではなく周囲の灰屍徒に集中している。

だが、タイミングが良すぎて、まるで自分に言われたような気がして。

恵里の顔からすとんっと感情が抜け落ちた。

「だったらさ、守ってみろよ」

灰翼で己を繭のように包み込む。分解魔法を全開にして、一切の攻撃を塵に還す攻性防御壁を展開。同時に、

「——〝幻罰〟〝狂鳴〟〝無明〟〝解塵〟」

闇属性魔法が常軌を逸した速度で連発された。

触覚に干渉し全身を襲う激痛を錯覚させる魔法が、今度は雫へ。

正気が削れそうな絶叫の幻聴が聞こえる魔法が、龍太郎へ。

暗闇で視界を閉ざす魔法と、発動中の魔法に込められた魔力自体を散逸させる魔法が、鈴へと。

雫から僅かにうめき声が聞こえてきた。

聴覚が鋭敏になっていたが故に、龍太郎も苦悶の声を上げて耳を押さえる。

何も見えず、自分を守る多重結界が脆くなって瞬く間に粉砕されていくのを感覚で理解した鈴が、ふらりと……舞うように双鉄扇を振るった。

「複数目標固定――〝万天〟。集いて結束せよ――〝聖絶・城塞〟」

三人同時に状態異常を解除。更に、自分を守る多重結界を即時再展開。

恵里と鈴の視線が交差した。

「うん。守るよ、恵里」

引かず、縋らず、対等に。

一拍。

他者を害する灰色の光と、他者を守護する橙色の光が戦場に乱舞した。

二色の魔力光が、雫を中心にせめぎ合うように輝いては打ち消されてを繰り返す。

（これもある意味、対話かしらね？）

なんて、雫は内心で笑みを浮かべた。

龍太郎と同じく、恵里の悪意に対しては鈴の守りに身を委ねる。

いずれにしろ余裕はない。だから、今は目の前の大馬鹿者に集中する。

「っ――〝瞬時昇華〟!!」

薙ぎ払われた〝光竜の咆哮〟を、〝縮地〟と共に発動した一瞬の超強化で回避。

一息で十メートル近く離れた場所に出現し、息つく暇もなく右足を軸に回転。

「逬れ――〝雷刃〟ッ」

後方より迫っていた灰屍徒二体を、振り返り様の抜刀術で横薙ぎにする。

〝閃華〟を警戒して、受けずに慣性を無視したような急停止を以て回避した二体だが、それは予測済み。〝雷刃〟の本領は、追撃の飛ぶ雷撃による一瞬の硬直にこそあるが故に。

「三陣――〝閃華〟!!」

狙い通り、僅かに動きを鈍らせた二体は、背後から飛来した黒妖刀により頭から股下まで一刀両断にされてしまった。

（これで五体！）

〝未だ〟と言うべきか。準使徒級三十体を相手に〝既に〟と言うべきか。

黒妖刀・百刃――十刀一組を〝一陣〟にて百刀十陣。

近衛に第一陣を使い、他は灰屍徒一体につき基本三刀で対応する戦術は、少なくとも足止めできているあたり、今のところ有効らしい。

（流石に、もう黒妖刀だけじゃあ倒せなくなってきたわね）

灰屍徒は操り人形ではない。生前の戦闘技術と戦闘理論を有する忠実な奴隷だ。

当然、一度見せた攻撃や術理には警戒するし、対応もしてくる。

とはいえ、五体分の黒妖刀――第三陣に余裕ができたのも事実。

黒妖刀も五本ほど、震動破砕系の固有魔法や、仲間を犠牲に時間を稼ぎチャージした分解魔法で破壊されてしまったが、痛み分けというには数に差があるので雫の方に分があるといえるだろう。

「――〝神威・天翔十翼〟!!」

巨大な光の斬撃が、逃げ場をなくすように拡散しながら放たれてきた。

頭上からも光竜による光弾の豪雨が。

端から見れば、白銀に輝く無数の光はさぞ美しいに違いない。

雫には総毛立つほど恐ろしい光景だが。何せ、全て掠るだけで部位消滅を余儀なくされる滅びの光である。通常技の全てが必殺であるなど本当に笑えない。

だが、だからこそ前へ。

想い人が贈ってくれたアーティファクトを信じて、死地へ踏み込む。

「一刀・三刀――〝引天〟、七刀から九刀――〝離天〟」

二振りの黒妖刀が斜め前へ。黒刀の重力干渉による〝引き寄せる〟機能が、正面から迫っていた光の斬撃二本を左右に分けるようにして軌道を曲げる。

更に、頭上から降り注ぐ光弾の豪雨も、三振りの黒妖刀が〝引き離す〟機能で不可視の傘代わりとなり、まるで光弾自体が雫を避けているかのような光景が生まれる。

開けた道を、予備動作なく最高速に至る〝無拍子〟からの〝縮地〟で一気に駆け抜ける。

「雫の動きならお見通しだ」

先程斬り裂いた右腕は既に完治している。回復力まで格段に上昇しているのだ。そこに、灰屍徒(はいしと)の回復系固有魔法まで届けば、筋を斬った程度数秒で治るらしい。

その聖剣を持つ手が、さっと振り落とされた。

連動して落ちてきたのは光竜の前脚。一本一本が〝天翔閃(てんしょうせん)〟の鋭利さを持つ爪も恐ろしいが、途轍(とてつ)もない大質量・超密度の滅光を前にしては霞(かす)む。引き裂かれる前に、押し潰されるのは明白だからだ。

光輝(こうき)は、死んでも生き返らせることができると思っているようだが、果たして肉体が消滅してもそれが可能だと思っているのか。

(いえ、細かいことは何も考えてないわね。だって、都合が悪いもの、ね？)

逆にお見通しよ、と雫は鋭い眼光と号令を飛ばした。

「三陣・結集防御――〝衝破(しょうは)〟！」

切っ先を中心に空中で円陣を組み、ラウンドシールドのようになって光竜の前脚を受け止める黒妖刀。直後、瑠璃色のオーラを爆発させるように放った。

黒刀の機能〝魔力の衝撃変換〟による衝撃波を以て大質量の攻撃に対抗したのだ。

当然、効果は一瞬。

だが、その一瞬で十分だ。

「――〝禁域解放〟」

本来の昇華魔法を行使。背後で第三陣が地面に叩き付けられた轟音を耳にしながら、更に前へ前へ。

光弾の豪雨の狭間に、トットットッと地面を蹴りつける軽やかな足音と僅かな痕跡だけを残して、光輝の眼前へ瞬間移動の如く出現する。

「――〝雷閃華〟!!」

昇華状態の抜刀術に空間断裂と追撃の雷電。剣筋すら認知させない必殺というべき一撃が横薙ぎに、聖鎧を両断する勢いで放たれた。

それに反応できたのは、流石は勇者というべきか。

硬質な金属の衝突音が響き、火花が咲いた。

空間断裂の一撃を聖剣は完全に受け止めていた。スパークする雷電も聖鎧が弾いている。

だが、雫には驚愕も動揺もない。スペック差は分かっていたことだから。

しゃんっと澄んだ音色が木霊して、黒刀が聖剣の刀身を滑って斬り上げられた。

「――っ」

咄嗟に頭を反らす光輝。頬を撫でる刃の軌跡に沿って熱が尾を引く。

その時には既に、二の太刀——鞘による殴打が膝関節へ。

「——〝衝破〟！」

辛うじて聖剣の切っ先を割り込ませることに成功し、関節破壊だけは免れる。

代わりに聖剣を持つ手が痺れて一瞬、動きが鈍ってしまう。

その隙に、雫は逆再生のような軌跡を描く袈裟斬りを繰り出す——寸前、突然鳴り響いた本能の警鐘に、筋繊維が悲鳴を上げるのも無視して中断。

視界の端に強烈な白銀の光が差し込むと同時に、足首の悲鳴も無視して一足飛びに後方へ下がった。

刹那、一瞬前まで雫がいた場所を閃光が通り過ぎる。

光輝と雫を分かつ壁の如きそれは、横合いから地を這うような姿勢で顎門を向けている光竜の〝咆哮〟だった。

光輝自身を巻き込み兼ねない故に規模は縮小されているが、代わりに圧縮されているのか威力が更に上がっている。数キロ先の高層建築に直撃したかと思えば、そのまま後方のビル群まで次々と貫通していくほど。

「流石は雫。強いな。今のは少し肝が冷えたよ」

「あんたは弱くなったわね。八重樫流の名折れだわ」

ブレスが消えて、光輝と雫の視線が再び絡んだ。

光輝のそれは少し優しげで、しかし、雫のは凍てつくほどに冷たい。

攻め切れなかったのは事実とはいえ、光輝のスペックなら八重樫流の技で対応できたはずだからだ。それこそ、雫と同じく左手で鞘を抜けば良かった。

だが、光輝が頼ったのは、共に学んできた〝技の八重樫〟ではなく、〝神に与えられたスペック〟だった。

言外の糾弾、そして思い出せという訴えは、やはり伝わらない。

光輝は頬の傷を指で拭いながら、眉をひそめた。

「……かわいそうに。洗脳のせいで実力差も分からなくなってしまったのか」

光竜に絶対の自信があるのだろう。

途方もない強化と無尽蔵の魔力による万能感に囚われているというのもあるだろう。

剣術で明らかに劣っていたという事実は、意識の遥か彼方へ。

「でも、大丈夫だ。もう二度と南雲に手出しはさせない。蘇生して洗脳が解けたら、今度こそ雫のことは俺が守るよ」

なんて空虚で、なんて軽い言葉か。あまりにも中身がない。

雫は呆れ切った表情で溜息を吐いた。幼馴染みの見るに堪えない有様に、伝わらないと分かっていても言わずにはいられない心持ちで言葉を返す。

「守る、ね。昔から、あんたは私にそう言うけれど、正直、守られたと思ったことは一度もないわ」

「そうか……南雲の奴、記憶まで改竄したのか。雫は覚えていないだろうけど、俺はいつだって雫の隣で、雫を守っていたんだ。と言っても、今の雫には何を言っても無駄だと思うけどね」

「それは、まったく以てこちらのセリフよ」

せっかく付けてやった優顔への傷が瞬く間に塞がっていく様子と、洗脳抜きに、きっと普段から思っていたに違いない言葉に、雫の額がビキッとなる。

光輝が聖剣を掲げた。

「ようやく、少し慣れてきた」

輝きを強める光竜。新たな力の習熟に時間がなかったのは光輝も同じ。

戦闘のセンスだけは最高位である勇者が、戦いの中で〝神威・千変万化〟を最適化する。

とはいえ、その時間を待ってやるほど雫は優しくない。

周囲に第一陣黒妖刀を並べ、突撃態勢を取り、一気に踏み込む――

というその瞬間、

「――っ!?」

雫は前方へ身を投げ出すようにして回避行動を取った。

背後から風を切る音が響く。流れるような前回り受け身から素早く反転し膝立ちで構えるが、その眼前に黒妖刀の切っ先が。

総毛立つ思いで必死に頭を反らした直後、光り輝く障壁が割り込んで凶刃の切っ先を受け流してくれた。

見れば、他の黒妖刀も障壁に受け止められている。

回避せずとも刃は届かなかったようだが安心はできない。主人を襲うなど、そんなところまで妖刀らしくしなくていいのだ。

黒妖刀が困惑したように震えている。灰色の魔力が刀身に纏わりついていて、直ぐに橙色の光が重なって打ち消した。

『ごめんっ、シズシズ！　間に合わなかった！』

『いえ、ちゃんと間に合ってるわ。防いでくれたでしょう？』

そう言葉を返しつつ、鈴からの〝念話〟で察した。

なるほど、黒妖刀が生体ゴーレムである以上、確かに状態異常は有効だ。

もちろん、〝神言対策〟は施されているが、黒妖刀の認識能力は視覚や聴覚に類似する。魂魄感知の方法では、使徒のような魂を持たないものを認識できないからだ。

故に、見た目では目も耳もないが、五感作用系の魔法は有効なのである。

それに気が付くとは、恵里の慧眼という他ない。

鈴としても不意打ちだったのだろう。

おまけに、闇属性魔法の乱射は当然ながら従魔にも及んでいて、守る範囲が増えるに従って、とうとう回復魔法〝も〟使える鈴と、闇属性最高位の天職〝降霊術士〟ですらある恵里の差が出始めたのだ。

無尽蔵の魔力に対して、鈴はアーティファクトの回復機能や回復薬に頼らざるを得ず、魔力充塡にタイムラグが生じる点での差異も地味に効いている。

だから解除より早い結界で、まずは対応したのだろう。

なんにせよ、光輝の思惑を止める時間は尽きた。

「〝神威・千変万化――創生・光竜軍〟」

光竜の巨体から、数多の小さな竜が生み出されていく。

一体一体が体長一メートル前後。当然、全てが〝神威〟で構成された小光竜だ。

それが五十体はいるだろうか。

「小回りが利かないのは問題だった」

そう告げて、聖剣の切っ先を雫へと向ける光輝。

「雫、これで終わらせてもらうよ。流石に、この数の一斉攻撃は凌げないだろう？　痛いだろうけど、ちゃんと俺が介抱するから安心して眠ってくれ」

小光竜の軍団が空へ上がる。その顎門に、一斉に破滅の光を蓄える。

狙いは戦場全体。雫も、龍太郎も、そして鈴も範囲に収める。

『シズシズ！　龍太郎君！　スイッチ！』

鈴の合図を受けて、雫は踵を返した。

「彼以外の男に、寝顔を見られるなんて真っ平ごめんよ」

光輝の戯言を言葉で切り捨てて一気に駆け出す。

全ての黒妖刀を呼び戻し、緩急自在をもたらす〝無拍子〟と縮地中に縮地を行う〝重縮地〟による高速ジクザグ移動で降り注ぐ豪雨を回避していく。

　龍太郎もだ。倒した七体目の灰屍徒を別の個体に投げつけて、ワーウルフの最大速度で戦域を離脱する。

「アハッ、いいの？　灰屍徒が自由になっちゃったよぉ？」

　恵里と光輝を支援する必要がなくなった灰屍徒が雫と龍太郎を追撃する。

　小光竜の無数のブレスが降り注ぐ中、何体かが巻き込まれて消滅するのも気にせず、むしろ道連れにするかのように襲いかかる。

　当然ながら、恵里の灰羽や分解砲撃、光竜のブレスや光輝の〝天翔閃〟も飛来する。

　圧倒的な飽和攻撃。

　しかしそれは、状態異常対抗や従魔支援から鈴が解放されたということでもあり。

「舞い散れ――〝聖絶・桜花〟」

　輝く花吹雪が戦場に舞った。

　そう錯覚するような幻想的な光景は、しかし、凶悪にして強力だった。

　小さな輝く花弁がザァアアアアッと音を立てながら戦場を駆け巡る。

　雫と龍太郎のそれぞれの周囲で、螺旋を描きながら花弁の旋風と化す。

　あらゆる攻撃は集束した花弁が、まるで木から落下した者を落ち葉で受け止めるかのように、柔らかく包み込むようにして受け止めてしまう。

　それどころか、接近する灰屍徒を雪崩の如く呑み込み通り過ぎれば、後には見るも無惨な残骸だけが残る。

全身を切り刻まれ、あるいは掘削でもされたみたいに抉られ、個体によっては頭部を丸々消失している者も。

——鈴オリジナル結界術　聖絶・桜花
文字通り、〝聖絶〟という強力な障壁を桜の花びらの如く細かな破片にし、触れれば切れる、集めれば柔能く剛を制す防壁となる、そんな攻防一体の魔法だ。

鈴が、まるで日本舞踊のように流麗に双鉄扇を振るえば、それに合わせて輝く桜花の吹雪が激流と化して自在に動く。

その膨大な花弁の数を構成するのに時間がかかるのが玉に瑕ではあるが、一度成功すれば〝聖絶・転〟を併用することで、魔力が尽きぬ限り何度でも再生できる。

それで仲間を守りつつ、もう一手。

「そっちこそいいの？」

鈴の言葉が耳に届くと同時に、恵里の視界の端にひらひらと黒い影が。

訝しみながら視線を巡らせ、目を見開く。

「なに？　これ、蝶？」

「鈴に対抗して、翼の結界なんかで視界を遮るから気が付かないんだよ」

羽に魔法陣のようにも見える赤黒い紋様がある黒い蝶々。

それが恵里の頭上に、おびただしい数となって飛び交っていた。それどころか、今この瞬間も数を増やし戦場に広がり始めている。

発生源は言わずもがな、鈴だ。

鉄扇の要――骨組みが集まる根元部分――にある宝珠から次々と召喚している。

鉄扇を揺るやかに扇ぐ度に、光の桜吹雪と黒紋蝶の群れが天へと吹き上がり広がっていく光景は、妖しさと神秘性に満ちた得も言われぬ美しさがあった。

当然、その中心で舞う鈴も、まるで神楽を捧げる巫女のようで。

「確か、こんな言葉があったね」

ハッと我に返る。恵里の中に言葉にできない怒りが湧き上がった。

まさか、自分がほんの一瞬でも鈴に目を奪われるなんて、と。

殺人的な眼光を叩き付けてくる恵里へ、鈴はニッと不敵に笑って言い放った。

「ここからは、ずっと鈴のターン。なんてね？」

「お前っ」

ハジメだったか、香織だったか。オタク知識豊富な二人の会話から耳に残った言葉を冗談めかして言えば、馬鹿にされたと思ったのか恵里は激高し、だから、その不意打ちをまともに食らってしまった。

「っ、体がっ」

「光輝くん!?　これは……麻痺毒!?　固有魔法か！」

よく見れば、黒紋蝶から鱗粉が飛散している。それを介した固有魔法だと気が付いた時

には既に遅かった。灰屍徒も含め、体が麻痺して動けなくなる。

その瞬間、〝桜花〟の吹雪から雫と龍太郎が飛び出した。

二人は既に相手の目の前まで到達している。雫は恵里の前に、龍太郎は光輝の前に。

しまった、と声に出す余裕はなかった。

光輝は反射的に光竜を操って、その爪による迎撃と尾の防御を行った。ワーウルフは速いが防御力と膂力はそこまでではない。故に対応できるはずだったが……

龍太郎は光竜の爪撃を認識しながら、避けようとはしなかった。代わりに、防御力と膂力に最も優れた魔物へ転変する。

『来いよっ、鋼の鬼ぃっ――〝天魔転変・王鬼〟ッ』

深緑の魔力が迸り、全身の筋肉が倍に膨れ上がる。肌色は濃緑色に、身長は二メートルを優に超え、目元は吊り上がり、犬歯も伸びて剝き出しに。

頭上より襲い来た光竜の爪を左手で受けつつ、空手の〝回し受け〟により流す。

衝撃と滅光で左腕から嫌な音が鳴り、左上半身が火傷したようなダメージを負うが、逆に言えばそれだけ。

「なっ、龍太郎、それはっ」

『くぅうう！　効くなぁ、おい！　だが耐えたぜ？　今度はこっちの番だ！』

右手は既に、引き絞られている。どっしり構えた足は地を踏み割るよう。

光竜の尾という攻性防壁を前に、正しい姿勢で、正しく突く。ただし、

——天魔転変　モデル・オーガ

奈落で五指に入るタフネスとパワーを誇る鬼の王、その膂力と固有魔法〝衝撃操作〟を存分に発揮しながら。

ドンッと爆音じみた音が響いた。光竜の尾が爆裂四散する。衝撃はそれだけに止まらずなお直進し、目を見開く光輝を盛大に吹き飛ばした。

悲鳴も出ない。砲弾のように飛び、その先の廃ビルに突っ込んで、そのまま何本か向こうの通りまで貫通していく。同時に、

「光輝くん——」

「悪いわね、恵里。私は囮よ」

雫に分解魔法を掃射していた恵里の耳にも、

「イナバさん！　お願い！」

「きゅきゅっ!!」

なんて、神経を逆なでするような声？　鳴き声？　まで届いて。

視界に映ったのは、鮮やかな紅いラインが入ったもふもふな白の体毛に、同じ紅色のつぶらな瞳。そして、魅惑の大きなウサミミ。

——従魔軍最強　蹴りウサギ　イナバ

奈落一階層の魔物でありながら、零れ落ちていた〝神水〟を飲み、自我と気概を手に入れ、憧れたハジメを追いながら自らを鍛え、最下層まで自力で下りてきた猛者。

それが、発達した脚を更に強化する脚甲と、知覚能力を更に引き上げるイヤーカフス、金属糸で編まれたベストなどのアーティファクトで完全武装状態。

故に、今のイナバの速度は昇華した雫に匹敵する。

恵里に見えたのは取り残された残像だけだった。ギョッとする暇もない。気が付けば、イナバの蹴りが顔面に炸裂していた。

こちらも悲鳴は上げられなかった。豪脚を受けて錐揉みしながら、光輝とは反対側の廃ビルに激突。同じように貫通して遥か向こう側の通りまで飛んでいく。

分解魔法で麻痺を無効化した灰屍徒達が、どこか戸惑った様子で動きを止めた。

恵里を追うべきか、雫達を押さえるべきか。明確な指示がなくて迷っているのだろう。

その隙に、雫と龍太郎が鈴の側に帰還した。

「シズシズ、龍太郎君、これ」

鈴が〝宝物庫〟から、某ブロック栄養食品によく似た、しかし、妙に毒々しい色合いの携帯食を投げ渡した。

『おう、サンキュ。もう体が震えちまってよぉ。これがなきゃあ耐えられねぇ』

「語弊」

鈴のツッコミもなんのその、極太の指で摘まむようにして口に放り込む龍太郎。

途端、体の震えが止まり、少し苦しそうだった声音が安定する。

「やっぱり、客観的に見るとイケナイお薬みたいよね」

と言いつつも、雫もパクリ。

食べないわけにはいかないのだ。これこそ三人を支えるアーティファクトの一つだから。

——食糧型アーティファクト　チートメイト

鉄分など人体に有害でない鉱物に変成魔法や昇華魔法を付与し、それを粉末状に錬成して混ぜた固形食料だ。基礎能力の上昇はもちろん、肉体の強度自体も上げてくれる。

これに加え、昇華魔法には遠く及ばないものの、その効果を付与したネックレスを全員が装備しているので全スペック倍加の恩恵下にある。

鈴や雫がマルチタスクじみた処理ができるのも、龍太郎が自身への変成に耐えられるのも、これらの助けによるところが大きい。

ただ、チートメイトは持続時間がそれほど長くないのが難点だ。【神域】突入前に摂取していたのだが、激戦により効果が薄まったので、この隙に摂取しているわけである。

「とにかく、分断はどうにかできたね。このまま合流はさせない。恵里は鈴に任せて」

「そうね。正直、恵里の状態異常系魔法はまずいわ」

黒妖刀しかり、従魔しかり。その補助で鈴のキャパシティが埋められてしまう。

それならいっそ、鈴には離れた戦場で恵里の相手をしてもらい、自分と少数の味方だけに集中してもらうのが最適だろう。

元より可能なら二人を分断するのは作戦のうちだ。光輝を〝縛魂〟の影響下から少しでも離すために。

「従魔は置いていくね。命令を聞くよう言ったから、上手く使ってあげて」

『応よ……気を付けてな、鈴』

鬼面なのに優しい眼差しというギャップにちょっと笑いつつ、鈴は頷いた。

「大丈夫。聞きたいこと聞いて、言いたいこと言って……それで、あの馬鹿をぶっ飛ばしてくるよ」

『へっ、そりゃいい。お前なら絶対できるぜ！』

「ええ、ここまで来たんだもの。存分に暴れるといいわ。私達もそうする」

三人で、拳を合わせる。

龍太郎の拳だけ岩みたいで、やっぱり少しだけ笑ってしまう鈴と雫。

イナバが鈴の頭の上にモフッと乗った。

それを合図にしたかのように、灰屍徒が遂に動き出した。残り約百五十体のうち半数が残り、他は恵里が消えた方へ飛翔していく。

「それじゃあ、後で！」

ザァッと集束した桜吹雪に乗り、鈴が後を追っていった。

同時に、轟音が響いた。光の柱が噴き上がり、周囲の廃ビルが放射状に倒壊していく。

一度は消えた光竜と小光竜の軍団が復活し、恒星のような輝きが空に上がる。

光輝は無言無表情だった。そのまま音もなく聖剣の切っ先を雫達へと向ける。

光竜の咆哮が轟く。とんでもない規模のブレスが飛んでくる。

それを前に、

「龍太郎！　終わらせるわよ！」

『応よっ！』

二人は一切の怯(ひる)みなく、阿吽(あうん)の呼吸で前進した。

頭の上にイナバを、周囲には黒紋蝶の群れを従えて、輝く桜吹雪の波に乗り高層建築物の谷間を進む鈴。

最後に突っ込んだらしい三つ目の廃ビルの中にも、その周辺にも恵里はいなかった。

それどころか、招集に従った灰屍徒(はいしと)の姿も見えない。

（……大丈夫。恵里はもう、鈴を無視できない）

少しだけ、さっさと光輝のもとへ合流しに行った可能性も浮かんだが、やはり〝ない〟と断定する。

中村(なかむら)恵里は、谷口(たにぐち)鈴を放置できない。

戦術上の合理的な判断故に、ではない。今の自分以上に気に食わない相手はいないと、確信しているからだ。

それだけのものを見せた。それだけの言葉を叩き付けた。

取るに足りない存在だと踏み躙(にじ)って嗤(わら)ったかつての親友に、あそこまでいいようにやられて、恵里の捻じ曲がった心がそれを許容できるわけがないのだ。

（まぁ、その分ブチギレてるんだろうけど……）

恵里の憤怒に染まった凶相を想像して、思わず身が強張る。

かなり離れた場所から響いてくる轟音以外、物音一つしない静寂の空間が酷く不気味で、鈴は緊張で浮き出る額の汗を袖で拭った。

確固たる意志と揺らがぬ覚悟はあっても、ここは生と死が隣り合わせの戦場。未来への分岐点というべき場所でもある。否が応でも心は張り詰めてしまう。

まして、鈴は恵里と相対して、彼女の視線が自分を捉えて、戦って、それでようやく自分が何を言いたいのか、恵里のことをどう思っているのか理解できたのだ。

伝わるのか。伝わらないのか。

伝わらなければ、自分は、この手で……

「きゅう、きゅ」

「っ！　イナバさん……ありがとう。ちょっと緊張しすぎだね」

イナバからの『鈴はん、緊張しすぎや。ワイがおるんやから大船に乗ったつもりでドンと構えときぃ』というなぜか関西弁風に聞こえる励ましに、ふっと体から力が抜けた。

額を前脚でぽふぽふされて、表情は分からなくとも『それでええんや』と、イナバが偉そうに頷いているのが手に取るように分かる。

自然と頬が緩んだ。適度な緊張を残しつつも、自然体を維持する。

直後だった。

「きゅきゅう！」

鈴の頭上でイナバが上下反転した。鈴の髪をグシャッとしながら回転逆立ちを行い、背後に向かって強烈な蹴りを放つ。

鳴り響いたのは金属の衝突音。

イナバの脚甲と灰色に輝く大剣が火花を散らす。

「……ほんと、そのウサギは鬱陶しいね」

「恵里っ」

鈴が弾かれたように振り返れば、冷徹な殺意に満ちた恵里の目と視線がかち合った。

唐竹割りに振り落とされた大剣は、イナバが防いでいなければ鈴の頭部に直撃コースだ。

闇属性魔法による〝隠形〟を使っての不意打ち。

なるほど、遊びなど欠片もなく完全に殺しに来ている。

「きゅい！」

イナバが更に体を捻った。鈴の頭上でブレイクダンスのように回転し、逆の足で衝撃波を放つ。固有魔法〝天歩〟の派生〝旋破〟だ。

恵里は背中の灰翼をはためかせると空中で宙返りしながら、その衝撃波をかわした。

「変成魔法で魔物を進化させるには、それなりに時間がかかるって聞いてたんだけどなぁ。その魔物、ちょっと異常すぎない？」

目を眇めながら恵里が苛ついた声音で尋ねる。

「まぁ、イナバさんはいろいろと特別だから。ほとんど素の能力だし」

「何それ、反則臭いなぁ。でも、数の暴力には敵わないでしょ？　流石に、そのレベルの魔物を何匹も従えてるとは思えないしねぇ！――〝幽暗境〟!!」

イナバの視覚と聴覚が同時にノイズに侵される。視界は暗い砂嵐に、聴覚は強烈な擦過音のような暴力的な音に埋め尽くされ、何も見えない聞こえない。

その隙に、恵里は分解砲撃と灰羽を掃射した。前者は鈴を狙って、後者は周囲の黒紋蝶を狙って。

「――〝聖絶・万天城塞〟ッ」

今、この瞬間に組み上げたオリジナル結界術。

内部に状態異常解除の効果を発生させた鉄壁の多重結界が発動。

イナバの視覚と聴覚が元に戻ると同時に、結界が一息で五枚も消滅させられる。

そのうえ〝桜花〟に乗った状態の空中だったこともあって踏ん張りがきかず、そのまま吹き飛ばされてしまった。

そのせいで結界範囲から出てしまった一部の黒紋蝶が、灰羽に次々と撃ち抜かれては霧散していく。

「くっ、時間いっぱい魔力を練り上げていたんだね！」

「そいつらもねぇ！」

直後、鈴が吹き飛ぶ進路上にある周囲の建築物から灰屍徒が一斉に飛び出してきた。

全員が最大限に分解魔法をチャージしたらしい。

全身を球体状の魔力で包むほどの力の充溢。その状態から分解砲撃を同時放射。

やはり、先程までとは威力が違う。まさに、渾身の一撃。

〝桜花〟ではなく〝空力〟で足場を固定し、空中でそれらを受ける鈴。

二十枚もの〝聖絶〟が一瞬のうちに半数以下に割り込む。

そして、一瞬のうちに同数が内側から補充された。完全に消滅速度と拮抗している。

灰屍徒約八十体の一斉砲撃と、上位個体たる恵里が引き続き放つ砲撃を受けて、だ。

（ふざけっ、このっ、固すぎるだろっ）

内心で暴れ狂う苛立ちは、もはや臨界点寸前。

理性を失っては危険だと訴える経験則が辛うじて精神を保つ。

「掻き乱れろ――〝塵弄境〟ッ」

これまた渾身の魔力干渉。魔法に込められた魔力を散らすと同時に、鈴の体内魔力の流れをも掻き乱す。二重の魔法阻害によって均衡は破られる――

「んんっ、くぅっ、負けて、たまるかぁあああっ!!」

「嘘でしょ……」

とうとう驚愕が、あるいは戦慄が恵里の口から飛び出した。

その大きく見開かれた視線の先では、相変わらず鈴が障壁を張り続けていた。先程と同等の、常識を踏みつけるような速度で。

「相変わらず凄まじいね、恵里！　余裕なくなっちゃったよ！」

「何が余裕だよっ。まさか……分断する前も本気じゃなかったってこと!?」

「ううん、本気だったよっ。ただ、守る対象が少ない分、今は集中できるってだけ！」

それでも、見誤っていたと思う。たとえ数々のアーティファクトで身を固めているとしても、それだけでは説明の付かない卓越した魔法技量だ。

いったい、どれだけの努力をすれば、この領域に至れるというのか。

そう思って。思ってしまって。

動揺、だったのだろうか。少なくとも、恵里の魔法制御は乱れた。

分解砲撃の威力が下がり、魔力干渉の魔法が効果を弱める。そうすれば、元より状態異常を解除する結界だ。効果などないに等しくなり。

「舞い散れ」

結界内外に放置されていた〝桜花〟がザァッと空を流れて灰屍徒達を囲んでいく。

「ハッ、凶悪な魔法だけどぉ、分解魔法の防護は抜けないよ！　そんな小さな欠片じゃあねぇ！」

分解魔法の防御は、黒紋蝶の麻痺をもたらす鱗粉のためだけではない。恵里は既に〝桜花〟の対策も的確に打ち出していた。

その言葉通り、分解の魔力を全身に纏う今の灰屍徒に花弁の直接攻撃は効かないだろう。

だが、問題はなかった。

最初から、切り刻むために引き連れてきたわけではないのだから。

「万華となりて、光と散れ――〝光散華(こうさんか)〟」

閃光(せんこう)が視界を灼(や)いた。一拍遅れてやってきたのは凄まじい轟音と衝撃波。

内包魔力の一斉爆破だ。対象を囲い、逃げ場のない衝撃を以(もっ)て破壊する変幻自在のバリアバーストである。

一時的に視力を奪われて、思わず下がる恵里(えり)。顔を腕で庇(かば)い、灰翼で己を包んで防壁とする。

数秒置いて、回復した視力が灰翼の隙間からその光景を捉え、ギリリッと歯を鳴らす。

灰屍徒の半数が、辛うじて原形が分かるというレベルで損壊していた。

明らかに戦闘不能状態。他も、何体かが欠損レベルの負傷をしており、戦闘能力は著しく落ちていそうだ。

だが、そのことに悪態を吐(つ)いている時間はなかった。

「きゅきゅうっ!!」

「チィッ!!」

白い閃光と見紛(みまが)うウサギが襲来した。

その真紅の瞳は、『ようやってくれたのぅ、われぇ！　どつき回したらぁ！』と言っているかのように剣呑(けんのん)に細められている。

その怒りが推進力となっているのか、あまりの速度に発生した残像がズラララーッと後追いしてくるほど。

空中で三回転してたっぷりの遠心力を与えた剛脚が、恵里へと叩き込まれた。速さは力だ。それが蹴り特化の魔物の固有魔法と合わされば、どこぞのバグウサギが放つ戦槌の一撃と遜色ない。

それを人外の反射神経に任せて、大剣をかざすことで防御する。が、「ぐうぅっ」と苦悶の声が漏れると同時に、ダンプカーに轢かれたような勢いでぶっ飛ばされる。

「きゅうぅううううっ」

「このっ、獣の分際で調子にっ」

空を蹴り付け、ウサミミをなびかせながら、ぶっ飛ぶ速度に追いつくイナバ。

洗練された怒濤の脚撃が縦横無尽に振るわれる。

上中下、高速の三段蹴りが閃光の如く放たれたかと思えば、刹那、側宙からの逆脚が襲い来る。更に、そのまま独楽のように回りながら連撃。

一撃一撃が鞭のようにしなって軌道変化し、防ぎ切れずに何度も戦装束へヒット。衝撃で体内がミキサーにかけられたかのように錯覚してしまう。

パァンと乾いた音が響いた。蹴り脚を中心として空気の壁が可視化され、ソニックブームが発生する。

回転運動と共に加速し続ける蹴り脚の速度が、遂に音速を超えたのだ。

剛脚を受けた大剣が半ばから粉砕された。

「冗談きついってっ。フリードだってっ、ここまで進化させた魔物はっ」

高速飛行にすら宙を走って併走してくるイナバに、恵里の顔が盛大に引き攣る。

まるで質の悪い冗談だ。

嵐のように激しく、流水の如く滑らかな脚撃を暴風雨のように浴びて、既に戦装束はあちこちが破損し、大剣は三本目に突入した。

もし、守りに特化した剣術を、それも達人級の技量を降霊術で降ろしていなかったら、今の攻防だけでミンチにされていたかもしれない。

そう思い至った瞬間、怒りが爆発した。

イナバの蹴りを片腕に受けて粉砕されたのも気にせず、分解魔力を全身から噴き上げる。

これには流石のイナバも堪らず、一足飛びで鈴の傍らへ退避した。

荒い息を吐き、少し俯いた状態で、前髪の隙間から鈴を見やる恵里。

灰屍徒はやはり、鈴の〝城塞〟を破れていない。

それどころか、手負いだった十数体が結界に封じられ、バリアバーストを喰らって戦闘不能にされてしまっている。

残りの灰屍徒は、もう二十体と少ししかいない。

「……なんなの？　なんで僕が押されてるの？」

ぽつりと言葉が零れ落ちた。

鈴の視線が、恵里へと戻る。

「強い体に変えてさ、能力も手に入れて、灰屍徒なんて軍団も揃えて……なのに、なんで？　なんで、僕がやられ役みたいに追い詰められなくちゃならないの？　相手はあの化け物じゃないんだよ？　鈴じゃん。脳天気に笑ってるだけの馬鹿じゃん。それなのに、なんで？　ねぇ、なんでお前はっ、そこに立ってんだよっ」

醜く歪んだ顔で、ヒステリックに叫ぶ恵里。髪が千切れるのではないかと思うほど頭を掻き毟っている。

思い通りにいかない現実を前に駄々を捏ねる子供……と表現するには少々無理があった。見た者の精神さえも乱し兼ねない狂気が渦巻いている。

そんな危険な雰囲気を撒き散らす恵里を、鈴はひたと見つめた。

とても、静かな瞳だった。凪いだ湖面のように相手の顔を映し込む澄んだ瞳。返した声音もまた、静かだった。

「決まってるよ。鈴がここに立っているのは、恵里と話がしたかったから」

「……は？」

思わず間抜けな声が漏れ出る。少し考え、恵里なりに解釈して顔を歪める。

「つまり、あれだ。今度は僕を這い蹲らせて、嘲笑いながら罵りに来たってわけだ？　鈴ってば、そんなことのために必死だったわけ？　アハッ、随分と良い感じに歪んできてるねぇ～っ。いいよぉ？　好きに罵ってみればぁ？　聞いてあげるよぉ？」

鈴の心の裡を推測し、嘲笑を浮かべる恵里。

親友と言いながらその実、恵里には鈴を利用する意図しかなく、裏切って踏み躙った挙げ句、自分との関係を信じる鈴を嘲笑った。

そのことに対する復讐のためというなら実に分かりやすい。

浅ましい行為に鈴という人間の底の浅さを再確認できた気がして、少し余裕を取り戻す。

だがしかし、恵里の言葉に鈴は欠片も動揺せず。

「罵る？　嘲笑う？　まさか。そんなことできるわけないよ。だって……恵里を利用していたのは鈴も同じだから」

「……どういう意味ぃ？」

恵里が目を眇めた。どうやら鈴の話に興味を持ったらしい。鈴の願った通りに。

相棒の気持ちを汲んで、イナバは灰屍徒の警戒に回った。

もっとも、その灰屍徒も恵里が止めているのか、包囲するだけで停止している。

時が止まったような戦場で、鈴は、言葉に心を込めていく。

「恵里の言う通り、鈴はヘラヘラ笑って馬鹿丸出しにして、広く浅い、だけど誰にも嫌われない——そんな生き方をしてきたよ。一人は嫌だったから。寂しいのには耐えられないから。いつだって人の輪の中にいたかったから」

「まぁ、鈴はそうだよねぇ」

「うん。そんな鈴だから〝親友〟という存在は必要だったし、ありがたかった。だって、誰にも嫌われないけど特別仲の良い子もいないなんて、それだけで異端だもの」

誰にでも公平で平等。特別な存在はおらず、誰も贔屓しない。

なるほど、聞こえはいいが普通とは言い難いだろう。

言い換えるなら、八方美人というやつだ。

「もちろん、そんな考えを意識して恵里と親友していたわけじゃないけどね。今、振り返ればそうだったんだって思う」

必死に気が付いていないふりをしていたけれど、本当は、恵里が裏切ったあの王宮での夜より前に、〝親友〟という自分達の関係への疑いは抱いていた。

オルクス大迷宮で危機に陥った時、雫と香織が最期まで共にあろうとした姿を見て、〝あぁ、鈴と恵里は違うなぁ〟と。

「で？　何が言いたいの？」

鈴は、真っ直ぐに恵里を見つめて……頭を下げた。

「……なに？」

「ごめんなさい。恵里は鈴を便利な道具だって言ったけど、鈴にはそれにショックを受ける資格すらなかった。鈴も恵里と変わらない。恵里を便利な道具扱いしてたから」

「あのねぇ。そんなクソどうでもいいことを言いにここまで来たわけ？　僕が、そんなこと気にしているとでも思ったの？　だとしたら、頭の中にも虫が湧いてるって言わざるを得ないねぇ。光輝くんを手に入れた以上、鈴なんてなんの価値もないんだけどぉ？」

心底くだらないことを聞いたと言いたげに顔を歪める恵里。

それに対し、ようやく鈴は表情を変えた。顔を上げて、ニッコリ笑顔に。

「うん、知ってる。これはただの自己満足。鈴が謝ってすっきりしたかっただけ」

「……随分とふてぶてしくなったねぇ。話ってこれだけ？」

「ううん。まだ聞きたいことがあるよ。ねぇ、恵里。恵里はどうして光輝君を好きになったの？」

「はぁ？」

まるでガールズトークだ。かつて、放課後に何気なくしていたような。

場違いにも程がある話の内容に恵里は素っ頓狂な声を上げるが、鈴は構うことなく怒濤(どとう)の質問攻めに出た。

「それとさ、やっぱりお家に問題あったりする？　鈴の家にはよく遊びに来てたけど、恵里の家には一度も行かせてもらえなかったから、居づらかったのかなって。お父さんとお母さんの話もさり気なく避けてたよね？　ご両親とは仲が悪い？　もしかして、それで悩んでいる時に光輝君に助けられて～とか？」

地雷原の上でタップダンスを踊るかのような質問の嵐。

恵里の心の原風景とも言うべき暗がりへ土足でズカズカと踏み込む無遠慮さは、今までの鈴にはまったくなかったものだ。

おまけに、鋭い。推測の内容が微妙に的を射ている。

波風を立てたくないから気が付かないふりをして、分かっていても笑って何も言わなかったというだけで、谷口鈴という少女は本来、いろいろなことに気が付けるとても鋭い感覚を持った女の子なのだろう。

あるいは、わざわざ恵里を〝親友役〟に選んだのも、無意識のうちにシンパシーを感じたからか。

鈴もまた、幼少期は家族関係が上手くいかなかったから。

なんとなく、恵里の隠された内面に気が付いて、だから惹かれるように寄り添ったのか。

なんにせよ。

恵里からすれば、今の鈴は笑顔で古傷をぐりぐりと抉ってくる悪魔のようなもの。

故に、質問への返答は分解砲撃で。灰色の閃光が容赦なく最短距離で鈴を襲う。

しかし、鈴の表情は崩れない。むしろ、自分の推測が的外れではないと察して嬉しそうだ。嬉しそうに〝城塞〟を補充して完全に防ぐ。

結界師の鉄壁は、癇癪じみた攻撃程度には小揺るぎもしない。

「ねぇ、教えてよ、恵里。鈴は恵里のことが知りたいんだ。今まで、親友って言いながら何一つ踏み込まなかった分、今、知りたい」

「これまた随分と性格が悪くなったねぇ、鈴ぅ？　いや、それが本性だったのかなぁ？　でもさぁ、僕には――」

「誤魔化さないでよ、恵里。何があったの？　どうして歪んじゃったの？　どんな気持ちで光輝君を見てたの？　お願い、教えて」

「あぁ、もうっ、ウザったいなぁ！」

　冷静になれ。思考を研ぎ澄ませろ。相手の体は所詮、人間のもの。大規模な攻撃は不要だ。集束し、圧縮し、鋭く一点に集中して貫く。それで事足りる。と己に言い聞かせる。

　大剣に灰色の魔力が凝縮されて輝いた。

「シィッ」

　食いしばった歯の隙間から漏れ出たような呼気が微かに鳴り、同時に、恵里の体が鈴の斜め上へと砲弾の如く飛び出す。

　大剣を逆手に、への字に軌道を変え重力加速も得て突き下ろす王国騎士剣術・大剣の型——〝大墜穿〟。本来は風属性魔法で上空に跳び、そこから重量・速度・技能・魔法の全てを利用して一点突破を図る結界破壊の技。

　凝縮された分解魔法も合わせれば——

「これでもダメなの!?」

「一点集中なら鈴だってできるよ」

　返ってくる冷静な声音に神経があぶられる。

　橙色の輝きの奥から、嘲笑も侮蔑も、それどころか怒りや憎しみもなく、ただただ恵里を知りたいと誠意を宿す眼差しが向けられていることが、どうしようもなく苛立つ。

「それに、完全使徒化って言うけど、本来の使徒に比べたら二割、ううん、三割は落ちるね。分解魔法、香織に散々使ってもらったから分かるよ」

「僕が劣ってるってぇっ!?」

「単純な分析だよ。双大剣術も使わない。使えないからだね？　経験トレースができないんだ。その剣技は、たぶん降霊術で降ろしたメルドさんのもの。あの人の大剣術は守りの剣だった。イナバさんの攻撃を辛うじてでも凌いでいたのはそのせいだ」

全て図星だった。何もかも見透かされているかのようだ。

「っ、調子に乗るな！」

湧き上がったのは僅かな畏怖。

そんな感情、鈴にだけは抱くはずがないと直ぐに振り払う。更に力を込めて大剣を押し込み、分解魔力を注ぎ込んでいく。

だが、固い。壊れない。まるで、術者の心を表しているかのように。

「鈴はもう目を逸らさないよ。見て見ぬふりをして、何もできないまま失うのは嫌だから。何も知らないまま失うなんて嫌だから！　だから、お願い！　恵里のことを教えて！」

「うるさいっ。今更知ったところで、なんの意味があるっての!?」

恵里が結界を蹴って跳び退いた。貫けないと分かっていて、なお分解砲撃を放つ。

突破の算段がないわけではない。持久戦だ。魔力量の差が最大のアドバンテージなら、削りに削って魔力枯渇を狙うまで。

灰屍徒も動き出した。それを、イナバが迎撃に向かう。

「意味ならあるよ」

灰色に輝く殺意こそが、今は二人の架け橋であると言いたげに応じながら、鈴は言う。

「恵里のことをちゃんと知って、ちゃんと見て、感じて、考えて、それで鈴は——」

——もう一度、恵里と友達になりたいんだ

分解砲撃が、思わず弱まった。

「——なに、言ってんの？」

もう何度目かも分からない意味不明な言葉。その中でも今の言葉は、予想の斜め上を行く最もぶっ飛んだものだった。

それはそうだろう。あれだけ手酷く裏切って、大勢の人間を殺して、その後も、今も殺そうとしている相手に〝友達になりたい〟などと、どうかしているとしか思えない。

これが鈴流の精神攻撃なら、むしろ拍手喝采を送りたいところだ。意表を突くという意味でなら、これほど見事な言葉もない。

「おかしいかな？　うん、おかしいね。恵里は酷いことをしたわけだし。今も鈴を殺そうとしているわけだし」

「……やっぱりおかしくなった？」

「ううん、正気だよ。自分でもおかしいかなって思うけど、偽らざる本心なんだ。だって、鈴は覚えてるから」

「覚えてる？」

「うん。恵里の笑顔」

その言葉に、恵里はますますわけが分からないといった表情になるが、鈴は追憶に目元を和らげて、構うことなく言葉を紡いでいく。

「恵里はいつも控えめに一歩引いて微笑んでる子だったけど、今ならそれが偽りの笑みだったって分かる。でも、でもね。恵里が鈴の家にお泊まりに来た時とか、おしゃべりしながら二人でのんびり学校から帰ってる時とか、休みの日に特に何もすることがなくて近くの公園で二人してダレている時にね、ふと見せる気怠そうな笑みとか、ちょっと皮肉気な笑みとか、鈴に向ける呆れたような、でもちょっと楽しそうな笑みとか、そういうのも覚えてるんだ」

「……」

「あれはきっと、〝演じてる恵里〟が見せちゃいけない笑顔だったんじゃないかな？　他の人には見せない、あの笑顔が本当の恵里の欠片だったんじゃないのかな？　恵里は鈴といる時だけ、ほんのちょっぴり心を休めてくれてたんじゃないかな？　鈴はね、そう思うんだ」

恵里は無言だ。いつの間にか、その瞳は前髪に隠れて見えない。閃光が作り出す陰影が恵里の表情をも隠している。

鈴の言葉が響く。嫌われることを恐れて踏み込まない鈴はもういない。

たとえ、欲したものが遠ざかる危険を冒してでも、奥へと踏み込む。いつだって至難の先にこそ、本当に欲しいものはあるのだと学んだから。

「恵里、戻ってきて。光輝君と一緒に。世界に二人だけなんて悲しいよ。鈴は、恵里と一緒にいたい。これからもずっと一緒がいい。今度こそ、本当の親友になりたい」

「……」

鈴は双鉄扇の一つをパチンッと閉じて腰に戻した。

そして、その手を真っ直ぐに恵里へ差し伸べた。

「この手を取ってくれるなら、誰にも恵里を傷つけさせない。誰に何を言われても、たとえ南雲君が相手でも、恵里は——鈴が守ってみせる！」

滅びた都市に木霊する、人の限界まで心の熱量を込めたような言葉。

それは決意であり、覚悟であり、誓いだった。

谷口鈴の、嘘偽りも、誤魔化しも、虚飾もない、切なる願いだった。

灰色の砲撃が徐々に勢いを失っていく。やがてか細い糸のようになって、そのまま虚空へと溶けるように消えていった。

灰屍徒が再び動きを止め、イナバも対峙したまま様子を見る。

鈴もまた〝城壁〟を消した。

差し伸べた手の先に、壁があってはいけないから。

黒紋蝶が一斉に舞い散っていく。遮るもののない二人の周囲をひらりひらりと。

その光景はどこか夢幻めいていて、まるで始まりの季節に桜の木の下で、風に舞う花びらに囲まれながら向き合っているかのよう。

そこで、手を伸ばし続ける。

届け、届けと。私の想い、どうか届いてください、と。

祈るように、懸命に、かつての親友を、これから親友になりたい人を見つめ続ける。

果たして、その結果は——

恵里が、すぅと顔を上げた。

その瞳に浮かぶのは想いに応える熱と喜びの色——などではなく、どこまでも侮蔑に満ちた氷の如き冷たさだった。

「ばっかじゃないの？」

「——っ」

鈴の全身が強張った。指先が震え、瞳の奥に痛みが滲む。

直後、頭上から強烈な光が差した。反射的に視線を転じる。目を凝らさないと分からないほど遥か上空に巨大な魔法陣が出現していた。

「灰色の輝き……いつの間に！」

そう、天空の巨大魔法陣は灰羽で作られているようだった。それすなわち、恵里の一手であるということで。

最初からか、それとも〝城塞〟を破れないと察してからか。いずれにしろ、鈴の話に付き合っていたのは、これを用意するためでもあったに違いない。

「本当は、僕だけの力でめちゃくちゃにしてやりたかったんだけどねぇ。だって、鈴の分際で生意気なんだもの」

天空の巨大魔法陣からドス黒い瘴気が吹き出した。その有様は、【神山】上空に出現した空間の亀裂そっくりだ。

実際、魔法陣は召喚のためのもの。

一拍置いて、黒い雨が降り注いだ。〝神域の魔物〟と称すべき強力な、それこそ奈落の魔物に匹敵する怪物共だ。

「でも、なんかもういいや。魔物の波に呑まれて死んじゃえよ」

「……」

今度は鈴が無言となる側だった。

恵里は今、どんな気持ちなのだろう。

ただ戯言を延々と聞かされてうんざりしているだけなのか。それとも……

その酷薄な瞳と凍り付いたような無表情からは窺い知れない。

おびただしい数の魔物が、個々の姿形が分かるまでに降下してきた。

翼竜タイプが一番多い。獣型でも空中の足場を跳ねるようにして降りてきているので、空中戦可能タイプを集めたのだろう。

その数、百や二百ではきかない。今も続々と溢れ出ている。イナバがいくら強くても数の暴力の前では時間の問題だ。

そして、遠くでは未だに激しい戦闘音が響いており、雫と龍太郎が鈴の救援に来られる可能性は著しく低かった。

救援のない籠城戦に待っている結末など、誰にだって分かる。

だが、そんな矜持や感情を捨てて終結を優先した恵里を前に。

心が通じなくて、伸ばした手は振り払われても。

鈴は咆えた。まだ諦めない、諦めて堪るかと。

「イナバさん！　魔法陣をお願い！」

「きゅきゅう！」

イナバが空中の足場を粉砕する勢いで上空へと飛び出した。虚空を連続で蹴りつける。その度に轟音が響き加速していく。

鈴もまた、一度は腰に収めた鉄扇を引き抜くと眉間にギュッと力を込めて、泣き出しそうな心を抑え込み扇を広げた。

「護衛を離したねぇ」

恵里が灰屍徒に命令を下す。自身も分解魔法を引き続き使おうとする。消耗は激しい方が、この茶番のような、どうしようもなく不愉快な戦いも早く終わると思って。

だがしかし、

「なっ」

恵里から驚愕の声が転がり出た。数体の灰屍徒が恵里に砲撃を放ったのだ。

それを半身になって回避した直後、残りの灰屍徒が上空から迫る魔物の迎撃に打って出る様子を捉える。

「なんでっ。命令は届いているはずなのに！」

「鈴の黒紋蝶を、長く視界に入れすぎたね」

「どういうこと⁉」

灰羽の掃射でかなりの数を落としたし、鱗粉にも気を付けていた。そもそも、黒紋蝶の固有魔法は鱗粉を介した〝麻痺〟のはずだ。

そして、魔物の固有魔法は一種につき一つが原則。

いったい何が起きたのかと困惑する恵里に、鈴は双鉄扇を振るいながら答え合わせに付き合った。

その二房のお下げ髪の片側に、まるで髪飾りのように黒紋蝶の一頭を留まらせながら。

「この子の本当の固有魔法は、この紋様を見た者への幻覚作用。麻痺はフェイクだよ」

「まさか……」

「うん。今の灰屍徒には、恵里や魔物が鈴や従魔に見えてる」

紋様を見た瞬間に発動するようなものではない。まるで催眠術のように、ゆっくりと浸透していく固有魔法だ。

鱗粉は変成魔法の強化で目覚めた派生能力にすぎない。自身を無数に投影して実際の個体数以上に紋様を見せるための、いわば空中投影用のスクリーンのようなものだ。

まんまと騙された。用意周到さは鈴の方が上だったらしいと、恵里から舌打ちが出る。

だが、それでも有利なのは変わらない。

灰屍徒は強力だが、魔物の前には多勢に無勢だ。残りの二十体程度を味方につけたところで防衛線にもなりはしない……

と、精神を苛む嫌な流れを否定しようとした直後、凄まじい爆裂音が轟いた。

それも一度や二度ではない。何度も何度も連続して、廃都市の空に次々と爆炎の華が咲く。上空に舞い上がっていた一部の黒紋蝶が、先行してきた魔物の群れと接触した瞬間、一斉に爆発したのだ。

強烈な爆炎と衝撃から腕で顔を庇いながら、自爆する黒紋蝶という防衛線に唖然と天を仰いでしまう恵里。

おまけに、その爆炎と、粉砕されて血肉を撒き散らしながら落ちてくる魔物の狭間に、パァンッと巨大魔法陣が砕け散る光景まで。

強化された視力が、天を突くような蹴り足を見せるイナバを捉える。

魔物の雨を無視して魔法陣破壊を最優先し、強行突破を図った代償に、防具も半壊状態でボロボロの姿だが彼はやり遂げた。

魔物の流出は止まり、地上へ向かってくるのは五百体ほど。

そこへ、鈴(すず)が静かに告げた。

「何百もの蝶の群れを本当に全部従えていると思ったの？　たった三日程度なのに？」

「……麻痺はフェイク……そうか、偽物。黒刀と同じゴーレムッ」

正解と、鈴が微笑を浮かべる。

事実、黒紋蝶の群れには相当数の蝶型生体ゴーレムが交じっていた。あの〝麻痺〟は鱗粉すら関係なく、普通に麻痺毒を霧状に噴射していただけだったのだ。

「極小の宝物庫がセットされてて、鱗粉の代わりに大量の燃焼粉を積んでるらしいよ。半径十数メートル内なら鋼鉄だって粉砕されちゃう威力だってさ。怖いよね」

そんなことを人事のように口にしながら、しかし、鈴の双鉄扇は凄まじい輝きを放つ。要部分が燦然(さんぜん)と橙(だいだい)色の光を放ち、その光が全ての骨子に伝わり、扇面に刻まれた線が複雑怪奇な幾何学模様を描いていく。

「それでも、あれだけの魔物がいればお釣りがくる。自爆するなら近づかなければいいだけ――」

自らに言い聞かせるような恵里の言葉は、遮られた。

「囲え、隔絶もたらす境界よ。何人たりとも逃れ得ない絶死の領域よ。万物一切を封じ込め、死の揺り籠と化せ――〝聖絶(せいぜつ)・封殺宮〟」

今までにない長い詠唱。迸(ほとばし)る橙色の魔力が放射状に広がった。

直径一キロメートルはあるだろうか。高度に至っては二キロはあるだろう。

円柱形の超巨大結界。橙色に輝く様は荘厳とすら言える。

飛来してきていた魔物達(たち)が全て、すっぽりと範囲に収まっていた。イナバだけは分かっていたのか範囲外の空中で留(とど)まっている。

そして、肩で息をして手も震えている鈴が自分にも結界を張った。

「空間遮断系の結界だよ。あえて無理に壊すことで内部に空間破砕を起こす、ね」

正真正銘の切り札なのだろう。顔色の悪さが、この術で魔力の大半を消費したことを如実に物語っている。

だが、その代償を払うだけの価値は確かにあった。

恵里の大剣を持つ手が、だらりと下がる。

上空で灰屍徒が相打ちになりながらも魔物の群れを迎撃し、黒紋蝶も自爆で時間を稼いでいる。

その轟音の狭間で、なぜか互いの言葉だけは妙にはっきりと聞こえた。

「……詰んだってこと？　こんなところで？　あはは っ、おかしいぃねぇ。僕の計画を壊すのが、まさか鈴だなんて。あのまま這(は)い蹲(つくば)っていれば良かったのに。これも、あの化け物のせいかなぁ」

「南雲君の影響がないとは言えないかな。アーティファクトがなければ、ここまで戦えなかった」

でもね、と続ける鈴。懸命に、必死に、切願を込めて、なお伝える。

「ここにいるのは紛れもなく鈴の意志だよ。恵里をこのまま行かせたら、もう二度と会えないと思ったから。そうしたら、きっと恵里は、欠片(かけら)のような笑顔すら失ってしまうって思ったから」

「僕のためだって？」

「うん。恵里のため。そして鈴のため。恵里ともう一度やり直したいから。だから……」

きっと、これが最後だ。その確信があったから、鈴は叫ぶ。喉が張り裂けても構わないと、ありったけの心を込めて。永遠に続く闇夜を貫くような眼差(まなざ)しと共に。

「恵里っ、鈴の手を取って!!」

恵里は再び押し黙った。

天を仰ぎ、空虚な瞳を晒(さら)して、どこか皮肉げに口元を歪(ゆが)めて、一拍。

「……もう、いい」

灰色の魔力を噴き上げた。自分は悪鬼羅刹なのだと突きつけるような形相になって、死力を尽くすように魔力を練り上げる。

脳が焼き切れるような感覚。額に血管が浮き上がり、血涙が溢れ出る。

やったことはない。でも、今、やるのだと限界を超えた魔法制御を行う。灰羽で複雑精緻な魔法陣を作り上げる。

「堕(お)ちて嘆いて溺れて沈めぇえええっ」

五感の全てを狂わせ、魔力の散逸・阻害・暴走を促す複合魔法。恵里のオリジナルにして、魔法名すらない、ただ怨嗟を叫んで発動する、いわば呪詛。

それを鈴に向けて放つと同時に、

「ァアアアアッ、死ねよぉおおおおっ!!」

自暴自棄にも似た突撃を敢行。だが、それは恵里にとって死に物狂いで放った最後の一撃だったが故に、生涯最高の一撃であったのも確かで。

だからこそ伝わる。恵里の意志が。

殺すか、殺されるか。道は二つに一つしかないのだと。

鈴の手を取ることなど、ありはしないのだと。

鈴は、ぎゅっと唇を噛んだ。血が流れるほど強く、強く。

伝わらない。伝え切れない。

もどかしい。悔しい。伸ばしたこの手が――届かない。

「どうして、こんなことになってしまったんだろう……なんて言葉は、きっと言っちゃダメなんだよね」

泣き笑いのような表情で心を零す鈴の視線の先で、恵里の大剣が結界を紙くずのように消し飛ばし、そのまま鈴の胸を貫いた。

鬼の形相だった恵里の顔が、狂喜に歪む。

そして、ひらひらと形を崩して消えていく鈴を、否、黒紋蝶が集まってできた幻の鈴を見て、

「――――ぁ」

と、目を見開いた。その視界の端で、ザァアアッと霧が晴れるようにして黒紋蝶が飛んでいく。

ぎこちなく顔を向ければ、その先で黒紋蝶の群れの奥から鈴が姿を見せた。きっちり空間遮断結界を張った本物の鈴だ。

察するのは一瞬だった。恵里とて黒紋蝶の紋様は見続けていたのだから幻覚作用は効いている。なら、恵里が呪詛の構築に傾注した隙に、虚像を置いて本体は迷彩化しつつ移動するなんてことも可能だろう。

最高の魔法を放つための極限の集中と時間が、皮肉にも徒となったのだ。

万の感情が氾濫したような歪んだ表情を浮かべる恵里に、鈴は、逆に感情を殺したような無表情となって手を掲げた。

そうして、その決して疲労だけが原因ではない震える手が、

「全てを光の中に――　〝封殺宮・閉門〟」

ゆるりと振るわれた。

双鉄扇の動きに合わせて、巨大な空間遮断結界が一度、大きくたわむ。

諦めたように大剣を下げた恵里の姿が、直後、橙色の光の中に――消えた。

凄絶な轟音と衝撃は、しかし、〝封殺宮〟の外に漏れることはなく、外部から見れば、それはそれは静かな崩壊であった。

逃げ場なき空間破砕の暴威に巻き込まれて無事な存在はいない。己を、同じ空間遮断系結界で守る鈴以外は。

橙色の光が収まり、荒れ狂っていた空間が元の静寂を取り戻す。

〝封殺宮〟が消えた跡には、ただの肉塊となって地に落ちた魔物と、木っ端微塵となった建物、一体の例外もなく原形を留めていない灰屍徒の残骸だけが転がっていた。

当然、その中には恵里もいた。瓦礫の山の上に仰向けで倒れていた。

鈴の頭の上に、ぽふっとイナバが落ちてくる。もふもふの前脚で鈴の額を労るように撫でる。

それに、無理やり笑おうとして失敗したような笑みを返して、一息。

鈴は恵里のもとへ降り立った。

使徒の耐久力で即死は免れたらしい。意識も、辛うじて保っているようだ。

「かはっ、ごほっ…………殺し、なよ」

恵里は空虚な瞳を鈴に向けることもなく、遠くを見つめるようにして止めを要求した。

「恵里……」

「とも、だち？　ハッ、ありえ、ない……死んだ、方が……まし」

「……」

それが恵里の選択。鈴と同じくらい強固な意志だった。

「何もかも、最低、だよ。……僕は、ただ……」

「ただ……なに？　教えて、恵里」

「……」

独白のような心情の欠片を吐露して、恵里は口を閉ざした。

恵里の体から命が零れ落ちていくのが分かる。何もしなければ、このまま果てるだろう。

鈴は、〝宝物庫〟から試験管型の容器を取り出した。

中身は回復薬だ。〝神水〟ほどではないが、瀕死状態から命を繋ぐ程度の効果はある。

だが、それを見て察した恵里は、果てる寸前と思えないほど苛烈な眼差しで鈴を貫いた。

言葉はない。だが、その瞳が何より雄弁に物語っていた。

鈴からの情けなど死んでも御免だ、と。

回復薬を握り締めて、これが自分達の結末なのかと歯嚙みする鈴。

考えていなかったわけではない。それでも、やはり心は締め付けられる。どうしようもなく胸が痛くて、もどかしくて、息が苦しい。

だが、半端なことはできない。

恵里の未来は、力尽くで連れ帰って得られるものではない。そこに納得がなければならないのだ。そうでなければ、あの夜の惨劇が再び繰り返されることになる。

都合の良い未来の盲信、現実から目を逸らした願い。それがどんな結末に繋がるのか、鈴は理解しているから。

だから、心を届けられなかったのなら、せめて誰の手でもなく自分の手で。

それが、鈴の覚悟。

歪で不完全だったとはいえ親友だったから。そして今も、親友になりたいと願えているから、だから……

鈴が回復薬を仕舞う。代わりにその手に鉄扇を握り締めた。

鈴と恵里の視線が交差する――

と、その時だった。

こんな離れた場所にいても目視できるほど、凄まじい魔力が天を衝いた。

白銀に輝く竜巻の如きそれは、やがて呆気にとられるほど巨大な人型に変じた。

――オォオオオオオオッ
それは光の巨人の雄叫びか。それとも、術者の悲嘆の絶叫か。

「……光輝、くん？」

恵里が目を見開いて呟いた。恵里には後者に聞こえたから。

光の巨人が拳を打ち下ろす。激震がここまで伝わってくる。神話の如き光景だ。

だが、それも僅かな間のこと。直後、光の巨人は霧散してしまった。

それはまるで、術者の末路を示しているようで……

「光輝、くんっ……光輝くん!!」

「え、恵里!?」

死に体だったはずの恵里の体が一瞬、灰色に輝く。

どこにそんな力が残っていたのか。明滅する翼を広げ、満身創痍というのも生温い体を無理やり動かして一気に飛び出していった。

光の巨人がいた場所、光輝のもとへ。

驚愕で反応が遅れた鈴も、一拍置いて我を取り戻す。

そして、魔力枯渇でふらつく体を叱咤してスカイボードを召喚し、急いで後を追ったのだった。

# 第三章◆それぞれの結末

鈴と恵里が戦場を移して、少し。

雫と龍太郎は死闘を繰り広げていた。

この戦場に残った灰屍徒約七十体のうち、撃破できたのはたった十数体。

鈴が従魔を置いていってくれたにもかかわらず、なお戦況は少し押され気味だった。

原因は明白。戦場の地形を一撃で変える光竜のブレスと巨体に似合わぬ機敏な直接攻撃、常に降り注ぐ小光竜五十体によるブレスの豪雨、そして、加速度的に〝神威・千変万化〟の扱いが上達していく光輝自身だ。

「――〝神威・砲皇〟!」

本来は水平に竜巻の砲撃を放つ風属性の魔法を、〝神威〟で再現する。

目標を粉砕するためではない。邪魔されずに進む滅光のトンネルを作るためだ。

そこを疾風と化して駆け抜け、一瞬のうちに龍太郎の背後へ回る。

「――〝極大・光刃〟ッ」

『うおぁっ』

モデル・オーガの極太の腕を咄嗟にクロス。自動拡張されている魔拳鐵甲と共に〝二重金剛〟を展開してガードする。

その上に叩き付けられた光の斬撃は、一瞬の拮抗の後〝二重金剛〟さえ斬り裂き、魔拳鐵甲に傷を入れた。

『なめんなぁっ』

オーガの固有魔法〝衝撃操作〟により、衝撃自体は霧散させたので怯みはない。故に、龍太郎は即座に前蹴りのカウンターを放った。

だが、その時には既に光輝は十メートルも飛び退っていて、

「──〝神威・十連〟!!」

正面から放たれるのは散弾の如き滅光の砲撃。

『魔拳鐵甲──〝乱打ち〟ッ』

どっしりと構え、その場で拳の連打を繰り出す龍太郎。オーガの膂力と鐵甲の魔力による拳形成能力が合わさり、一撃一撃が大砲のような深緑の拳が乱れ飛ぶ。

二人の中間位置で滅光と魔拳が激突し、耳をつんざくような轟音が響き渡った。

力は拮抗していた。だが、光輝の方が手札が多かった。

『しまっ──』

背後から迫っていた光竜の顎門に、がっつりと喰らいつかれてしまう。

軽鎧が嫌な音を立て損壊する。〝神威〟そのものである竜の顎門は、本来、触れただけで致命傷級だ。オーガのタフネスで耐えるが、少なくとも〝二重金剛〟は使えなくなった。

「五陣四刀――〝衝破〟!!」

龍太郎の体が解放される。黒妖刀四本による多重衝撃波で光竜の頭部が消し飛んだのだ。

『わりぃ、雫！　助かったぜ！』

返事は来ない。その余裕がないから。

見れば、雫の姿が点在している。出現しては消えて、また別の場所に出現しては消える。昇華魔法〝禁域解放〟による超速移動を継続発動している証だ。効率と消耗抑制に優れた〝瞬時昇華〟では間に合わないのである。

湯水の如く消費される魔力に歯を食いしばりながら、必死に黒妖刀を操って灰屍徒を相手取っているが、小光竜が常に邪魔をして中々決定打を放てない。

気が付けば、その黒妖刀自体も半数程度しか残っておらず、今も小光竜が一本を咥え込み、その滅光に晒した。

頑丈さは折り紙つきであるから、しばらくは耐えられる。〝空間断裂〟も発動して脱しようともしている。

だが、それで小光竜一体を霧散させても、直ぐに別の小光竜が襲来して捕らえ、遂には半ばから消滅させられてしまった。

従魔もそうだ。既に半数を割っている。

蟷螂の姿はもう戦場になく、周囲の建物が光竜によって軒並み破壊されてしまっているので三次元的な動きができなくなった蜘蛛も生き残りは一体のみ。

（まだか、雫っ。ちぃっとキツいぞ！）

なんて内心で苦笑いしつつ、

「――〝天翔裂破（てんしょうれっぱ）〟!!」

小さな三日月の群れ、と見紛（みまが）う数の斬撃に対応する。

『ぬおぉりゃあああっ』

技も何もない。ただ、十メートル四方はありそうな瓦礫を持ち上げ、ぶん投げたのだ。オーガ形態だからこそ可能な力技である。

〝天翔裂破〟に正面からぶつかった瓦礫は、瞬く間に裁断機にでもかけられたみたいにバラバラにされてしまったが、数と威力が減じたなら問題はない。

『どりゃあああっ』

残りの〝天翔裂破〟を強引に蹴散らし、そのまま光輝へ肉薄。

『鐵甲変化――〝鎧貫（よろいぬき）〟ッ』

右手の魔拳鐵甲が変形した。右手全体を覆う馬上槍（ランス）とでも表現すべきか。それが一瞬のうちに赤熱化し、触れた対象を融解し穿（うが）つ〝貫手（ぬきて）〟となる。

「見え透いてるよ、龍太郎」

速度差がありすぎた。光輝は脇をすり抜けるようにして離脱。同時に、龍太郎の左側面に回り込んでいた光竜にブレスを命じた。

遅滞なく放たれる滅光の砲撃。回避しようとして、背後に感じた気配に総毛立つ。

腰を落として再びクロスガードしつつ、警告を叫ぶ。

『雫！　回避だぁっ』

直後、龍太郎にブレスが直撃した。自前の〝金剛〟を突き破ってくる激痛に深緑の肉体が悲鳴を上げる。

雫の気配が背後から消えたのを確認して、横っ飛びに身を投げ出す。

通り過ぎた砲撃が地面を抉り飛ばしながら彼方まで伸び、運悪く斜線上にいた灰屍徒と従魔の一体が塵も残さず消滅してしまった。

『光輝ぃ。てめぇ、わざと射線を重ねやがったな。やってくれるじゃねぇか』

「幼馴染みだ。行動パターンは熟知している。動きを誘導するのは容易いよ」

『ハッ、言うじゃねぇか』

と、そこで雫が龍太郎の隣に出現した。

「龍太郎！　無事!?」

『応よ、問題ねぇ』

なんて言うが、その肉体からは白煙が上がっており、体表がボロボロと崩れ落ちている姿を見れば、あまり言葉通りには受け取れない。

ひとまず、光輝を注視しながら〝宝物庫〟から取り出した最高級回復薬をぶっかけ、自分も服用して魔力回復を行う。

『それより、合流したってことは期待していいんだろうな？』

「ええ、よく光輝を引きつけてくれたわ。おかげで、ちゃんと視えた」

龍太郎の口から『ハッ』とご機嫌な声が飛び出た。

『そいつぁいい。反撃開始だな！　鈴も気張ってるだろうし、二人がかりで勝てませんでしたとは言えねぇぜ？』

「まったくね。さっさとあの馬鹿をぶちのめすわよ！」

そんな二人の会話に、光輝はどこか呆れた顔を見せた。

戦場を見て、今までの戦いを思い返して、自分の勝利を確信しているのだろう。

二人の会話を待ったのは降伏の話し合いを期待したからだが、まだ足掻く気概を見せつけられて頭を振る。

「二人にはいろいろと驚かされたけど、スペック差は歴然だ。流石に往生際が悪いよ。恵里のことも心配だし、そろそろ終わりにさせてもらう」

大上段に聖剣を振りかぶれば、呼応して光竜と更に倍の数が召喚された小光竜の軍団が一斉にブレスのチャージをする。

追いすがる従魔達には目もくれず、灰屍徒達が効果範囲から引いていく。

戦場ごと乱れ撃ちで蹂躙する気なのだろう。

それに対して、雫と龍太郎は、

「天上に至れ――〝極天解放〟!!」

『天魔転変混合変成――〝狼鬼〟ッ』

昇華魔法の極致たる〝禁域解放〟の上位互換魔法と、二種族の魔物の利点のみを複合的に取り入れ転変する変成魔法の奥義中の奥義を発動した。

雫が瑠璃色の魔力を燦然と放ち、龍太郎はオーガの体軀と角を持つワーウルフへと変化する。

「まだ手札を!?」

という光輝の言葉は無視。放たれた流星雨の如き光の奔流も無視。

「まずは邪魔な灰屍徒から片付けるわよ！」

『任せな！』

二人の姿が掻き消えた。一瞬のうちに戦場の中心部から離れ、外部から分解魔法と固有魔法による飽和攻撃をしようとしていた灰屍徒の一角に追いつく。

それぞれ二体の灰屍徒ができたのは肩越しに振り返ることだけだった。

次の瞬間には、どちらの首も軽やかに宙を舞った。

「一陣──〝潜行〟！　二陣──〝開門〟！　四陣──〝閃華〟！」

『従魔共！　灰屍徒の動きを妨害しろ！』

残像すら残さぬ速度故に、発する号令は戦場全体から響いているかのようだ。

撃てども撃てども当たらない。薙ぎ払っても消し飛ぶのは灰屍徒と従魔のみ。

「なんて速度だっ」

その間に、黒妖刀の第一陣が地中に消えた。まるで、蟻の魔物の如く地下を潜行し、そして灰屍徒の死角から飛び出して串刺しにする。

かと思えば、第二陣が空間を裂き、同時に灰屍徒の近くに空間の亀裂が生まれる。

それは〝空間断裂〟機能の応用、ほんの数秒の〝ゲート〟だ。

対象に重ねて開くことで空間跳躍斬撃とすることもできるが、確実に狙えるほどの精度は残念ながらない。代わりに、その亀裂に第四陣が飛び込む。

灰屍徒からすれば、黒妖刀や従魔と戦っているところに、突然、空間を越えて斬撃が襲ってくるようなもの。対応し切れず両断される者が続出する。

当然ながら、

「――〝秘閃(ひせん)〟」

雫本人なら、かなりの精度で空間跳躍斬撃を放てる。

全ては究極の昇華魔法〝極天解放〟の状態にあるからこそできる絶技のオンパレード。

今までの苦労はなんだったのかと思うほどの速度で、灰屍徒が殲滅(せんめつ)されていく。

龍太郎の方も同じく。

ワーウルフの速度で襲来し、オーガの膂力で粉砕する。

飛翔(ひしょう)して距離を稼ごうとする灰屍徒も、連携を取ろうとする者達も、残り十体程度になってしまった従魔達の奮戦で動きを妨害され、瞬く間に鬼の狩人(かりゅうど)に仕留められていく。

もっとも、そんな破格の力を振るっていても、二人には決して余裕があるわけではなかった。

（ぐっ、想定以上にやべぇっ。意識が——持っていかれるっ）

自らを魔物に変成させる魔法が危険でないわけがない。まして、龍太郎が媒介に使っているのは、狼王と王鬼という奈落最高位の魔物だ。習熟期間も少なく、ほとんど感覚だけでやっているところへ、更に二種同時変成である。

四十秒。それが限界点。ラインを超えてなお変成し続ければ……戻ってこられなくなる。人から逸脱し、本当の獣へと堕ちてしまう。

その時間制限は雫も同じだ。タイムリミットもほぼ同じ。〝限界突破〟と異なり衰弱して動けなくなるということはないが、魔力枯渇は免れない。

急げ、急げ、急げ！　力尽きる前に灰屍徒を排除し、光輝に最後の一手を放つのだ！　と奥歯を噛み締めて奮戦する。

「このっ、いい加減に眠れ！」

しびれを切らした光輝の怒声が響く。今や、全方位へ砲撃と斬撃を放つ移動要塞のようになっている。

ただでさえ光竜と小光竜軍の猛撃で進路がランダムに限定されているのだ。更に動き辛くされて、弥が上にも灰屍徒の殲滅速度は下がってしまう。

（間に合えっ）

雫と龍太郎の心の声が重なった、その瞬間だった。

ひらりと、黒い蝶の群れが戦場に舞った。

残りの灰屍徒が動きを止める。同じ灰屍徒に視線を向け、困惑したように。

「なんだ!?　何が起きた!?」

動揺する光輝を尻目に、雫と龍太郎の口元は笑みに彩られた。

「全陣！　残りの灰屍徒を片付けなさい！」

『従魔共！　残りは任せたぜ！』

タイムリミットまで残り十秒。雫と龍太郎は地を踏み割るような勢いで踵を返した。

『光輝ぃいいいいいっ！』

ハッとした時には遅かった。光輝の真横に龍太郎が出現。防御する暇もない。辛うじて体を向けられた程度。その腹部へ、渾身の一撃が叩き込まれた。

オーガの膂力と〝衝撃操作〟、ワーウルフの〝加速〟、魔拳鐵甲の〝巨人打ち〟。そして、幼少期からずっと研鑽を積んできた空手の基礎にして、もはや奥義の域にある技――〝正拳突き〟が。

ズドンッと空気が吹き飛ぶような衝撃と轟音が響く。

光輝の体がくの字に折れた。「カハッ」と血反吐が飛び出る。

脳天まで突き抜けるような衝撃に倒れこそしなかったものの膝が笑い、たたらを踏む。

『よぉ、少しは眼ぇ覚めたかよ、親友』

「ぐっ、りゅうた――」

『おまけだ。いつまでも寝ぼけてんじゃねぇぞ！』

「ッ!?、ぐぁっ」

第二撃。動きの鈍い光輝の胸元に、今度は掌底が打ち付けられた。

肺の中の空気が一瞬で飛び出し、強烈な圧力に心臓が不自然な鼓動を刻む。

呼吸もままならず、視界すら明滅する中、地面と平行に吹っ飛ぶ光輝。

――体勢を立て直せ。光竜で追撃を防げ
反射的に思考するが、それよりも本能が訴えた危機に意識が持っていかれた。

いる。自分の吹き飛んだ先に、己の知る限り最も優れた剣士が、と。

慄然とする。肌が粟立つ。

その危機感は間違っていなかった。

死に体状態で飛ばされた先には、雫が抜刀術の体勢で待ち構えていた。

凄絶なまでの魔力が納刀状態の黒刀へと凝縮している。

その密度に耐え切れないと言うかのように鞘からギチギチと軋む音が鳴っているほど。

鯉口からは壮烈な瑠璃色の魔力が溢れ出している。

「しず、くぅっ」

妙に遅くなった意識の中、光輝は聖剣を地面に突き立て急制動をかけながら雫の名を呼んだ。なんのためかは自分でも分からないまま。

「甘んじて受けなさい、この一撃――〝真閃〟」

静かな起動ワードの詠唱と同時に、雫の姿が掻き消える。

そして、りんっと。

抜刀一閃。空に見事な真一文字が刻まれた。光輝の体を両断しながら。

「────ッ」

体の中を刃が通り抜ける確かな感触に、声にならない悲鳴を上げながら光輝は間違いなく斬られたと思った。

そう思って、地面に倒れ込み、しかし、痛みがないことに気が付いて困惑する。

自分の体に片手を這わせてみるも、やはり斬られた痕など見当たらず、体は泣き別れになどなっていない。

「雫、もしかして……っ、なんだ!? 魔力がっ」

一瞬、斬られたのは気のせいで、雫はやはり自分を斬ることができなかったのではないかと、都合の良いことを考えた光輝だったが……

直後、雫の一閃は己を斬っていたのだと思い知らされることになった。

最初の異変は光竜。唐突に、その滅光の巨体が斜めにずれた。

一拍置いて小光竜の軍団も同じくずるりと。

〝神威・千変万化〟が、両断されたように二つに分かたれて雲散霧消していく。

だが、光輝の意識はそんな些細なことには向けられていなかった。

魔力が抜けていく。無尽蔵の魔力が【神域】から供給されているはずなのに、まるで穴の開いたバケツにでも注いでしまっているみたいに流出していく。

「げ、限界突破までっ」

あっという間に魔力枯渇の状態に追い込まれ、〝限界突破・覇潰〟まで解除されてしまった。膝が折れて、四つん這い状態で辛うじて体を支える。

少し離れた場所で雫と龍太郎が立ち止まる。二人共、〝極天解放〟と〝天魔転変〟を解除した状態で、荒い息を吐いているが足取りは確かだ。

「し、ずく、何を、したんだ……」

光輝が震える声で尋ねる。

雫は、黒刀を少しだけ持ち上げ、視線を落としながら答えた。

「魂魄魔法はね、人の非物質的エネルギーに干渉できる魔法なの。黒刀には、それを斬る能力が備わってるのよ」

昇華魔法を得た後の改良で、元より黒刀には魂魄に直接ダメージを与える能力が備わっていた。それを更に発展させた能力。それが、

――黒刀新機能　真閃

魂魄のみならず、対象の魔力、体力、精神、あるいは支援魔法や状態異常魔法に至るまで、肉体に一切干渉せず斬ることができる。

「貴方の中に巣くう〝魔力供給〟と〝縛魂〟の術式を見極めるのに、随分と時間がかかってしまったけれど……」

明確で絶対的な選別こそが絶技に至る要。そのために必要だったのが〝情報への干渉〟

を神髄とする昇華魔法の、〝情報看破〟という対象の情報を視る高難度魔法だ。

アーティファクトの補助を受けながら、雫はずっと見極めようとしていたのである。だから、キャパシティ的に今の今まで黒妖刀の高難度機能も、〝真閃〟も使えなかった。

「斬りたいものだけを選んで斬る。剣士の極致へ、ズルして進ませてもらったのよ」

「なんだよ、それ……」

愕然とする光輝。話を聞いたうえでも、なお理解し難い。

確かに剣士の極致というべき絶技、否、もはや神域の技だ。

雫の目を見れば、アーティファクトの機能だけでは成し得ないことだと、なんとなく分かる。絶対に他の一切を傷つけずに、斬るべきものだけを斬るのだという揺るぎない意志のもとになされたのだ。

堅忍不抜にして明鏡止水の極み。そんな境地に、目の前の幼馴染みは至っている。

勇者である自分だって、そんな領域には指先さえ届いていないというのに……

「でも、少し失敗したわ。〝縛魂〟の呪縛も断ち切ろうと思っていたのだけど、斬り損ねた。……まだ、都合の良い夢を見たままなのでしょう？」

灰屍徒を全滅させた黒妖刀二十刀と生き残りの従魔四体……百足、蜂、蟻二体が戻ってくる。それらを背後に従えながら、黒刀を構え直す雫。

光輝は顔を歪め、縋るように言葉を吐き出した。

「しず、く。俺を、斬らなかった、のは……まだ俺を想って、くれる心が……残っているから、だろう？……その証拠に、殺意を……感じなかった」

「光輝……」

「大丈夫、だ。龍太郎も、俺を殺そうとは、しなかった。二人とも俺が救って――」

光輝の言葉が途切れた。

黒刀を振り抜き、残心する雫の姿が全てを物語っていた。

「斬れたか？」

「斬ったわ」

傍らで腕を組みながら眉間に皺を寄せていた龍太郎が、お疲れさんと言うように雫の肩を優しく叩く。

一息吐いて納刀した雫が、光輝を見下ろす。

四つん這い状態で俯いているので表情は分からない。だが、今度こそ確実に〝縛魂〟は斬った。ならば、恵里に植えつけられた矛盾だらけの認識は崩れるはず。

「光輝。洗脳は解けてるはずよ。自分が何をしていたのか。今、何が起きているのか……もう分かっているわね？」

「……」

雫の厳しい声音に続き、龍太郎の少し気遣うような声音が届けられる。

「まぁ、なんだ。取り敢えずド反省しやがれ。そんでな、さっさと南雲達を追って、クソ神をぶっ飛ばして、地上で戦ってる連中を助けて……帰ろうぜ、光輝」

「……」

光輝からの返事はない。代わりに少し震え始めた。小さな小さな、囁くような声が微かに聞こえる。徐々に大きく、荒くなっていく。

「──嘘だ、あり得ない。こんなの絶対に間違ってる。だって俺は正しいんだ。ただ洗脳されていただけなんだ。俺が敵だなんて……雫に……龍太郎に……なんてことを……こんなはずじゃなかったのに……ただ正しく在りたかっただけなのに……ヒーローに……じいちゃんみたいになりたくて……ただ、それだけで……どうしてこんなことに……全部奪われて……雫も香織もあいつが奪ったから……龍太郎もあいつの味方を……」

「光輝！」

「お、おい、光輝！」

怪しい雲行きに、雫と龍太郎の表情が引き攣った。

爪が割れるのも気にせず地面を抉る光輝の異様な雰囲気に、思わず身構える。

「そうだ……俺は悪くない。元凶はあいつだ。あいつさえいなければ全部上手くいったんだ。なのに、香織も雫も龍太郎も鈴も、皆、あいつのことをっ。……裏切りだ。俺はっ、裏切られたんだ！　お前等に！」

ガバッと上がった顔。前髪の隙間から覗く瞳には憤怒と憎悪が……

否、根底にあるのは悲嘆だろうか。あるいは、罪悪感や自責の念、もう戻れないという不安、焦燥、絶望か。

溢れ出す自分への、負の感情が飽和して、誰かのせいにしなければ今にも壊れてしまいそうな精神。恐慌状態というべきか。その姿は、やはり幼い子供のよう。

「ァアアアアアアァッ!!」

光輝から絶叫が迸った。枯渇したはずの魔力が途轍もない勢いで噴き出す。轟々とうねりを上げて天を衝く純白の魔力の螺旋。

その輝きは、まるで……

「光輝！　やめなさい！　それ以上は命に関わるわ！」

「命って、おい、雫！　どうなってんだ!?　なんで魔力が溢れてんだよ！　無くなったんじゃなかったのかっ」

「無いはずよ！　魔力の器というべきものを確かに斬ったもの！　今だって、周囲の魔素を吸収して自力で回復しているわけじゃないわ！」

「じゃあ、なんでだっ!?」

「そんなのっ、無いなら他から持ってくるしかないじゃない！　大方、生命力とか魂とか、その辺から無理やり引き出しているんでしょ！　元々〝限界突破〟が使えるんだから！　いずれにしろ碌なものじゃないわ！」

「くそったれ！　光輝ぃ！　正気に戻りやがれぇ！」

そう、まるで光輝の命の輝きのようだった。

実際、そうなのだろう。通常ではあり得ないことが起きているなら、相応のあり得ない代価を支払っているに決まっているのだ。

そして、常軌を逸した方法であるが故に、代償もまた看過できない恐ろしきものであるのは自明のこと。

暴力的なまでの輝きとプレッシャーを放つ魔力の嵐を前に、雫と龍太郎は足を踏ん張り、腕をかざしながら必死に光輝へ呼びかける。

だが、光輝は狂乱したまま何も聞こえていない様子。それは物理的に聞こえていないのではなく、きっと無意識のうちに幼馴染み達の声を拒絶しているから。

ただ己の裡に沈み、眼前の現実を壊そうとするかのように、あるいは、自分自身を壊そうとしているかのように、命の輝きを強めていく。

「……なにもかもおしまいだ。どうして、こんなことになったんだろう。香織がいて、雫がいて、龍太郎がいて、恵里や鈴もいて、皆一緒に困難を乗り越えて……そうなるはずだったのに」

空虚と諦観の入り交じる、くしゃりと歪んだ顔で独白するように呟く光輝の声が、やけに明瞭に響く。

「こんなの俺が望んだことじゃない。全部、失ったって言うなら……何一つ取り戻せないと言うなら……いっそのこと全部、俺の手で！」

魔力の奔流に当てられた周囲の地面や瓦礫が塵となって消滅していく。

今や、荒れ狂う魔力は〝神威〟の輝きとなっていた。同時に、その滅光は徐々に集束されて形が作られていく。

〝千変万化〟と同じく、けれど、異なる造形、より巨大で強大な存在へと。

それが暴れて、力尽きた時、きっと光輝の命もまた尽きるのだろう。

「そんなこと、許すわけねぇだろうが」

滅光の暴威に耐えながら、ずんっと一歩を踏み出したのは龍太郎だ。

「なんのために、ここまで来たと思ってんのよっ」

雫もまた、奥歯を噛み締めるようにして一歩前へ。

二人共、復讐のために来たわけではないのだ。まして、罰するために死地へ踏み込んできたわけではないのだ。

絶望とか、道理とか、そんなものは脇に置いて。

罪とか罰とか、そんなことは後でいいから。

この大馬鹿野郎をぶん殴る！　ぶん殴って連れ戻す！

そのために来たのだ！

だから、

「雫！　神威は俺が引き受ける。光輝を頼むぜ」

「あの神威、光竜より遥かに危険よ。あれでも耐え切れないわ。……死ぬわよ？」

顔をしかめる雫に、龍太郎は不敵な笑みを返した。

「へっ、死なねぇよ。あいつの手で殺されてなんてやるかよ。死ぬわけにはいかねぇから、

「この脳筋。理屈も何もないわね。……でも、いいわ。今は理屈が必要な時じゃない。あの不貞腐れて自棄を起こしている馬鹿が泣いて謝るまで、ぶん殴るわよ！」

「応よっ！」

龍太郎が飛び出す。必ず親友を連れ戻すのだと、決意を込めた拳を巌のように固く握り締めて。

体は疲弊の極致だ。変成しすぎて、思考能力も低下している。

だが、その突進の勢いは凄まじい。

「く、来るな！　俺に近づくなぁっ」

光輝が聖剣を突き出した。ノータイムで〝神威〟が放たれる。

まるで壁だ。視界全面が滅光の巨大な砲撃で埋まってしまっている。

なるほど、先程までより確かに凶悪だ。たとえ〝狼鬼〟であっても塵にされるのは免れないだろう。だから、

「来いよっ。光喰らう奈落の魔樹!!――〝天魔転変・王樹〟ッ」

最後の手札を切る。

体の至るところが節くれ立ち、肌は黒褐色に染まり、瞳は赤黒い光を炯々と放つ。

樹木の如き肉体へと変容した刹那、〝神威〟が直撃した。

歩みが止まる。だが、塵にはならない。

クロスガードで顔を庇いながらも、その肉体は滅光に耐えている。

「う、嘘だろ……」

光輝が驚愕に目を見開いた。心の片隅で、龍太郎も雫も回避するだろうと思っていたのに、まさか正面から受け止められるなんて想像の埒外だ。

吹き飛びもせず、後退ることさえもなく、それどころか、

『オォオオオオオオッ』

裂帛の雄叫びを上げて、ずんっずんっと一歩ずつ大地を踏み締めるようにして前進する。

絶対的な滅びの光を前にして揺らがぬその姿。まさに、そびえ立つ大樹の如く。

──天魔転変　モデル・トレント

物理的な防御力はさほどない。炎にはめっぽう弱い。膂力もほどほど。

何より致命的なのが足の遅さ。最高でも人が早歩きする程度の速度しか出せないのだ。

およそ近接戦闘では使えない捨て札である。

だが、たった一つ、特効というべき性質があった。

それが〝光喰〟。光属性の魔法の全てを喰らい己の力に変える固有魔法。光輝に背を向けないと示すために、決して目を逸らしはしないと示すためだけに用意した手札だ。

故に、〝神威〟に耐えるという点でだけは、今この瞬間だけは、最強の切り札になる！

光の奔流の狭間を縫って、龍太郎の目が真っ直ぐに光輝を捉えた。

──絶対にお前のもとに行く。逃げんじゃねぇぞっ

言葉より雄弁に伝わる意志に、光輝は知らず後退った。

恐ろしかった。その意志の強さがあまりに眩しくて、自分が惨めで。

「く、来るなって言ってるだろうっ。それ以上近づいたら殺す！　たとえ龍太郎でも、本当に殺すぞ！」

その言葉に、むしろ龍太郎は笑った。〝本当に殺す〟だなんて、心の奥底では殺したくないと思っている証拠じゃねぇか、と。見れば、〝神威〟の激しさに反して聖剣の輝きはどこか弱い。使い手の心裏を映しているかのように。

肉体は既にボロボロだ。雫の予測通り完全に許容量オーバー。喰らい切れなかった滅光で全身の至るところがひび割れ、鮮血が噴き出しては消滅している。

だが、それでも龍太郎は笑って、また一歩、前進した。

「あ、あ、あぁあああああああっ！」

錯乱したような、泣き叫ぶような表情で絶叫を上げる光輝。

もう、自分でも何をしているのか分からなかった。ただ、心の中でこんなはずじゃなかったと繰り返しながら、目の前の現実を否定するように力を振るう。

轟ッと大気を震わせて、巨体が立ち上がった。

巨人だ。神話で語られそうな巨大な光の人型。

光の巨人は大きく腕を振りかぶり、拳を握り締めた。

そして、光輝の絶叫を糧にしたように光を爆発させると、そのまま眼下の龍太郎に向けて恒星の如き拳を叩き付けた。

　大地に激震が迸り、龍太郎のいた周辺の地面に無数の亀裂が走る。

「あ、ああ……」

　光輝が呻き声を上げた。呆然としながら頭の隅で確信する。

　自分は、今、親友をその手にかけたのだと。

　光輝の心が軋みを上げる。瞳は焦点を失い、意味のない思考がぐるぐると頭を巡る。

　そうして、光輝の精神が崩壊しかけた、その時。

『よぉ、親友。なぁにクソ情けねぇ面ぁ、さらしてんだ？』

「え？」

　聞こえるはずのない声が聞こえた。はっきりと。

　よく見れば、巨人の拳の下に隙間がある。

　そもそもの話、亀裂が走った程度で地面が無事な点でおかしかったのだ。巨人の拳は超高密度の〝神威〟なのだから、直撃地点は消滅して穴が空くはずである。

　つまり、だ。

「りゅ、龍太郎？　そ、そんな、なんで、受け止められるはずが……」

　龍太郎は生きていた。巨人の拳と地面の間で、確かに。

　それどころか、獰猛な笑みを浮かべながら掲げた両腕で鉄槌を受け止めていた。

　全身から白煙と血風を噴き上げ、体中に亀裂が走って今にも砕け散ってしまいそうな有様だが、二本の足でしっかりと立っている。その瞳に宿る力強さには些かの衰えもない。

『馬鹿……野郎。こんな、気合いの一つも……入ってねぇ拳が……俺に効くかってんだ……なぁ、光輝。お前じゃあ俺は……殺せねぇよ。なんでか……分かるかよ？』

「え、え？」

『それは、な。今の俺が……無敵だからだ。馬鹿野郎な親友をっ、連れ戻すと決めた時からっ……俺は無敵だ！　だからっ、お前は俺を殺せねぇっ。お前を連れ戻すまでっ……俺は絶対に……殺されてなんてやらねぇッッ』

「ぅ、ぁ……な、なんで、そこまで……」

龍太郎の壮絶な言葉と姿に、光輝は声を詰まらせる。

そんな光輝に向かって、龍太郎は満身創痍なままニカッと笑って告げた。

『んなもん……決まってる、だろ？　道を間違えたってんなら……殴って、止めてやるのが……親友の、役目じゃねぇか』

「しん、ゆう、だから……」

『応よ。……だが、まぁ……今回は、その役目、あいつに譲るぜ。情けねぇが……俺の拳は届きそうに……ねぇからな』

「え？」

龍太郎の言葉に、一瞬呆ける光輝。その視線の先から、龍太郎が受け止める巨人の鉄槌の下を黒い影が走り抜けてきた。

トレードマークのポニーテールをなびかせて、凛とした眼差しを真っ直ぐに向けるのは、幼馴染みの女の子。

「――〝真閃〟!!」

「ッ――!?」

不可視の斬撃が、光輝の中の魔力を再び斬り裂いた。

斜めにずれながら霧散していく〝神威〟の巨人。

その拳の下で龍太郎が力尽きたように倒れ込む姿と、眼前で黒刀を振り抜いた姿のまま自分を見つめる黒曜石のような眼差しが視界に映る。

極度の衰弱で体に力が入らず、そのまま仰向けに倒れ込みかけた光輝は、その瞳に見て取った。未だ、攻撃の意志が消えていないことを。

(あぁ、これが報いか……)

妙に静かな気持ちで、幼馴染みの女の子の刃を受け入れるべく目を閉じる――

黒刀が放り捨てられた。え、と思うのも束の間、絶望を吹き飛ばすような怒声が迸った。

「歯ぁ食いしばりなさいっ!　この大馬鹿者っ!」

「っ!?　ぐぁっ!?」

ドゴッ!　と生々しい肉を打つ音が響くと同時に、光輝の頬に強烈な衝撃が伝わった。

頭の芯まで痺れるような威力に一瞬意識が飛ぶ。視界もチカチカと明滅し、脳震盪を起こしたのか手足から自然と力が抜けていく。

歪む視界に空が見えて、光輝は漠然と自分が倒れたのだと理解した。

その直後、追加の衝撃が反対側の頬に発生。首がもげそうな勢いで頭が弾かれる。と思ったら、次の瞬間にはまた反対側から衝撃、すかさず逆から衝撃。

そのまま続けて衝撃、衝撃、衝撃……

光輝の頭がもげそうな勢いで右へ左へとブレまくる。

「これは迷惑をかけられた私の分！　これは厄介事を押し付けられた私の分！　これはフォローを台無しにされた私の分！　これは説教したのに適当に流された私の分！　他にもいろいろあるけど取り敢えず私の分！　これもあれもそれもどれこれも私の分！」

「がっ！　げっ！　ぼっ！　ばっ！　ごっ！　ひっ！　ぎっ！　げぇ！　おぼっ！　あべしっ！　ぶべらっ!?」

オラオラオラオラオラオラオラオラオラッと聞こえてきそうな勢いで、ひたすら自分の分だと言いながら光輝の顔面を往復ビンタならぬ往復殴打する雫。キラキラと宙を舞う白い物体は、きっと光輝の歯だ。

「し、しずっ、まっ――」

「待たない！　あんたが泣いて謝るまで殴るのをやめないわ！　もうね、いい加減、堪忍袋の緒が切れたって話よ！　いつまでも駄々を捏ねて！　思い通りにいかないからって不貞腐れて自棄を起こして！　そのツケを周りに押し付けて！　このクソガキっ。あんたの言い分はもう聞かない！　言って分からない馬鹿には殴って教え込むわ！　覚悟しなさい！」

　雫の怒声が戦争跡地といった有様の廃都市に木霊する。仰向けに倒れた光輝の上に馬乗りになって左右の拳で情け容赦ない殴打を繰り返す。

　同時に、光輝の心に届けと、龍太郎の想いも乗せて言葉を紡ぐ。

「こんなはずじゃなかった？　そんなの当たり前でしょう！　思い通りになる人生なんてないわよ！　皆、歯を食いしばって、頭抱えて、〝それでも〟って頑張ってんのよ！　目の前の事実から逃げ出しておいて、戦おうともしないで、望んだ未来なんて手に入るわけないでしょう！」

「し、しずっ、ガハッ」

「あんたはね、結局、ただの甘ったれたガキよっ。都合の悪いことからは目を逸らして、言い訳ばかりに頭を回して、それも間に合わなくなったら他人のせいにして！」

　殴打が止まり、拳が解かれる。代わりに力強く光輝の胸ぐらが掴み上げられた。

「何もかもおしまいですって？　ふざけんじゃないわよっ。簡単に終われると思ったら大間違いよ！　死ぬなんて楽な道、絶対に選ばせてやらない！　引きずってでも連れて帰るわ！　これから先も同じよ！　言って分からないなら何度でもしこたま殴ってやるわ！」

「しず、く……」

　まだ御託を並べる気ならしゃべれなくなるまでぶん殴ると、間近にある煌めく瞳が物語っていた。

口からも鼻からも血を流して、まるでゴブリンのように醜く腫れ上がった顔となった光輝は、呻き声にも似た声音で疑問を口にする。

「な、ぐもを、選んだんじゃ……」

「そうよ。私が好きなのはハジメよ。あんたじゃないわ。それが何？」

「……どうして、見限らないんだ、こんな俺を……酷いことしたのに、どうして……」

ハジメを選んだはずなのに、大切な親友と幼馴染みに酷いことをしたのに、勇者が一番必要とされる時に人類を裏切ったのに、どうして自分を見捨てないのか。

自分にそんな価値があるなんて今の光輝には到底思えなくて、困惑せずにはいられなかった。

そんな光輝を見て、雫はようやく憤怒の表情から少し困ったような顔になった。

「決まっているでしょう。あんたが幼馴染みだからよ。小さい時からずっと一緒で、同じ八重樫の門下生で家族も同然だから。家族はね、絶対に家族を見捨てないわ。まぁ、こんなに手のかかる弟分は勘弁してほしいところだけどね」

大切な家族も同然だから見捨てられない。どんな馬鹿をやらかしても、見捨てないから家族なのだ。

そう、微笑みと共に告げられた光輝の中で、ストンと何かが落ちた。

世界のためだとか、顔も知らない誰かのためだとか、自分は勇者だからとか、正しいことをしなければならないとか。

今まで自分が拘っていたものが急に小さなことのように思えた。

ただ、家族だからと、親友だからと、そう言って以前とは比べ物にならない程の力を身につけて、こんな【神域】にまで自分を追いかけてきて。

裏切ったのは自分の方なのに、死ぬかもしれないのに自分の暴走を受け止めてくれて。

小さな理由のはずなのに、なんて大きく感じるのだろう。

なんて力強く感じるのだろう。

光輝の瞳から、ほろほろと涙が零れ落ちた。

ようやく、心の底から自覚した自分の情けなさと、そんな最低な自分でも最後まで命懸けで手を差し伸べてくれた幼馴染み達に、言葉にならないぐちゃぐちゃの、されど決して嫌なもののない感情が湧き上がる。

「ご、めん。本当に、ごめん……俺、こんな……ぁあ、俺は、なんてことを……」

「泣きながら謝ったわね。この大馬鹿者」

幼馴染み達への言葉にならない気持ちの後に湧き上がってきたのは、筆舌に尽くし難いほどの罪悪感と自責の念。

正しくあることに拘ってきた光輝にとっては、自分のしたことは最低最悪の行為だ。それこそ、死を以て償うべきだと思うほど。

だが、それでは、身命を賭した幼馴染み達の行為を無駄にしてしまう。

何より、それは結局――

「逃げるんじゃないわよ、光輝。生きて、闘いなさい。それ以外の道なんて、私達が許さない」

死は逃げである。辛くとも、居場所を失っても、誰にどれだけ罵倒されようとも、生き続けること。生きて自分と向き合い、現実を受け止め、償うこと。それこそ光輝がしなければならない闘いだ。

そう告げる幼馴染みの厳しくも真っ直ぐな眼差しに、光輝は泣きながら唇を噛み締めた。雫と龍太郎の想いを魂に刻むように。今までの自分との決別を決意するように。

「……俺は……死んじゃいけないんだな。生きて、今度こそ、闘わなきゃいけないんだな。他の誰でもない、俺自身と」

「ええ、そうよ。だから、今は泣いて、それから立ち上がって頑張るのよ。間違ったら、また泣くまで殴ってやるわ」

雫の物言いに、光輝は悔しいやら情けないやら、でも少し嬉しいやら、なんとも言えない複雑そうな表情を浮かべる。

そして、胸ぐらから手を離し脇に退いた雫に、真っ赤に腫れた目を向けた。

立つことはできなくとも、震える体を叱咤し、きちんと上体を起こして、憑き物が落ちたような落ち着いた声音で誓う。

「……その必要は、ない。俺、変わるから。変わってみせるから。少なくとも、同い年の幼馴染みに弟扱いされないくらいには」

「そう？　まぁ、たとえそうなっても男扱いはしないわよ？」

「うっ、予防線張るなよ。……そんなに南雲が好きなのか？」

「ええ、大好きよ。ベタ惚れよ。独占できないのは悔しいところだけど、仲良くシェアでもするわ。その辺の苦労は、彼なら軽く背負ってくれるでしょう」

「ボロボロの弟分の前で惚気ないでくれよ……」

光輝が苦笑いを浮かべる。その眼差しには悔しさが多分に含まれてはいたが、嫉妬で心を乱したような様子はなかった。心の裡に納得があったからだ。

雫が、ハジメのどこに惹かれたのか。

至難の現実に直面した時、立ち向かう生き様。打ちのめされようとも立ち上がる強さ。

それこそが自分とハジメの、あるいは雫や龍太郎との差であり、自分が敗北した理由だと、ようやく分かったから。

と、そこで、

「……お前等、俺のこと忘れてね？」

トレント形態も解けた元の姿で、這いずってきた龍太郎が不機嫌そうな声を響かせた。

「あら、龍太郎。そんなにボロボロでよく動けたわね？」

「最後のチートメイト食ったから辛うじてな」

しんどそうにしつつ、龍太郎の視線が光輝に向いた。

光輝の視線も龍太郎に向けられていて、自分のせいで満身創痍となっている姿を、それでも最後まで〝親友〟と叫び続けてくれた男の姿を、心に刻むように見つめていた。

視線が絡んで、少し。無言の時間は、

「龍太郎……悪かった」

光輝の謝罪で破られた。

頭は下げない。下げてしまえば、龍太郎の目を見られないから。もう二度と、どんな事実からも、現実からも、目を逸らさないと決めたから。

そんな光輝の眼差しを受けた龍太郎は、少しの間、静かな眼差しを返した。

そして納得したようにニカッと笑うと一言だけ、

「おう」

余計な言葉はいらないと、それだけを返した。

龍太郎らしい返しに、光輝は僅かに笑みを見せる。

二人の間には、それだけで十分だった。

そんな、少し弛緩した空気の中に。


「なに、これ……」

ぽつりと、背筋に氷塊でも滑り込んだような寒気を覚える呟きが落ちてきた。

雫が弾かれたように身を翻し黒刀に手を添える。龍太郎もどうにか構えようとするが無

茶をした代償は重く、まだ立ち上がることもできない。

倒れたまま空を仰ぎ、光輝が彼女の名を呼ぶ。

「恵里……」

四肢が砕けているどころか、骨格全体が歪んでいるかのような歪な姿。

灰翼は明滅し、今にも消えて墜落しそう。全身血まみれで無事な箇所を見つける方が難しく、目は血が流れ込んだのか真っ赤に染まっている。

悲惨……その一言に尽きる有様で、恵里はただただ呆然と光輝達を見下ろしていた。

その後ろから、直ぐに鈴も追いついてきた。

一瞬、恵里から視線を逸らして鈴と目を合わせる雫と龍太郎。互いの無事を喜び合い、直ぐに緊迫した表情で恵里を見つめる。

恵里は鈴のことにも気が付いていない様子で、ひび割れた声音を発した。

「ねぇ、なんで？　なんで、そんな温い雰囲気なの？　ねぇ、光輝くん。そいつらは敵だよ？　光輝くんから大切なものを根こそぎ奪った憎い憎い敵についた裏切り者だよ？　どうして仲良くおしゃべりしているのかな？　ねぇ、なんで？」

問いただしながらも、その焦点を失った瞳は光輝を見ていない。自問自答でもしているみたいに虚空に向けられている。

それがまた酷く異様で、砕けているが故にゆらゆらと揺れる手足と相まって、まるで出来の悪いマリオネットでも見ているかのようだ。

「恵里……すまない。俺はもう、雫とも、龍太郎とも、鈴とも、戦えない。戦わない。俺はずっと戦うべき相手を間違えていたんだ」

ぴたりと、恵里の動きが止まった。

「……なにそれ？」

コテンと首が傾く。首の骨が折れているのではと錯覚してしまいそうな角度だ。

瞳が別の生き物のようにぎょろぎょろと動き出し、そして、狂気が垂れ流された。

「なにそれ？　なにそれ？　なにそれ？　なにそれ？　なにそれ？　なにそれ？　なにそれ？　なにそれ？　なにそれ？　なにそれ？　なにそれ？　なにそれ？　なにそれ？　なにそれ？　なにそれ？　なにそれ？　なにそれ？　なにそれ？　なにそれ？　なにそれ？　なにそれ？　なにそれ？　なにそれ？」

延々と、壊れた音声機械のように同じ言葉が響き渡る。

空気がねっとりと張り付くようで、肌が粟立つ。

雫も龍太郎も、そして鈴ですら口を挟めない。恵里の狂気に当てられて心臓が締め付けられ、血の気が引く。

「え、恵里、聞いてくれっ」

そんな中、光輝が叫んだ。

ぶん殴られて気が付けたことがたくさんあるから。

今、叫ぶべきは自分だと思うから。

「俺は、俺はなんにも分かっていない馬鹿野郎だけど、きっと恵里を傷つけたんだってことだけは、今なら分かるっ。だから、何を今更って思うかもしれないけどっ、もう一度、話をっ」

必死な声音だった。がむしゃらな呼びかけであり、心からの訴えだった。

だからだろうか。

恵里の目が、ようやく光輝へと向いた。

能面のような顔でじっと光輝を見つめている。背筋が震えるほど感情のない目だった。

まるで、眼孔に凝縮した暗闇を詰め込んだかのように。

けれど、光輝は決して目を逸らさなかった。

どうすればいいのか、どんな言葉を選べばいいのか。

自分のことすらままならない状態では見当もつかなかったが、それでも、恵里から目を逸らすことだけはしてはいけないと思ったのだ。

たとえ、歪んだ執着だったとしても、自分を求めてくれた少女だ。

何より、眠る度に悪夢にうなされ藻掻く姿を知ってしまったから。

今度こそ、知らなければならない。きっと彼女を変えてしまった自分が、真正面から向き合わないといけない。

そんな想いを込めた眼差しが、初めて中村恵里という少女を見ようとしている光輝のそれが――

逆に、恵里の中の何かを納得させたらしい。

させて、しまったらしい。

恵里からふっと力が抜けた。そして、今までで一番人間らしい笑みが顔に浮かんだ。

それは、諦観と嘲笑、皮肉と呆れが綯い交ぜになったような不思議な笑顔で……

そうして、一言。

「うそつき」

最期の言葉を世界に響かせた。

次の瞬間、強烈な閃光が恵里の胸元から迸った。

「あ、あれはっ、恵里、あなたっ――」

光の正体を看破した雫が、驚愕と焦燥に声を張り上げる。

恵里の胸元で強烈な光を発するそれ。

かつて、【オルクス大迷宮】で追い詰められた光輝達を救おうと、メルド・ロギンスが使用した自爆用魔道具――〝最期の忠誠〟だ。

もっとも、恵里が放つ光はあの時の比ではない。

おそらくアーティファクト級。破壊力は想像もつかない。

雫の声が途切れる。龍太郎と光輝が何かを叫んだが、それも呑み込まれる。

爆光が周囲一帯を蹂躙し、全てを光の奔流の中へと呑み込んで白く染め上げる。音も消えて世界が静寂に包まれる。

できることは何もなく、反射的に腕で顔を庇う雫と龍太郎、光輝。

そして、気が付く。

そうやって手をかざせていることに、世界が白と静寂に染まったと認識できていることに。同時に、自分達に向かって長く伸びる影に。

それは、自分達の頼れる守護者の影。

今まで幾度も仲間を守り通してきた結界師の女の子。

広げた双鉄扇を盾のように構えて一歩も引かず、光の奔流の前に立ち塞がる。その背中には支えるように寄り添うイナバの影もあった。

声は届かない。だが、雫も、龍太郎も、光輝も一心に祈った。それしかできないから、せめて届けと、力になれと。

鈴が小さく頷いた気がした。

直後、その姿も光に埋もれて見えなくなった。


気が付けば、鈴は不思議な空間に立っていた。

白い空間だ。先程までの光も衝撃もなく、広さも高さも分からない。

そんな不可思議な場所には、鈴以外にもう一人だけ存在していた。

「恵里……」

「……鈴」

一定の距離を置いて向かい合う二人は、揃って少しだけ目を丸くした。お互いに傷一つなく、しかも学校の制服姿だったのだ。まるで、異世界召喚なんてなくて、あの頃のままのように。唯一違うのは、恵里が眼鏡をかけていないことくらい。

やはり、ここは普通の空間ではないのだろう。

けれど、不思議と二人とも心は落ち着いていて、ただ無言で見つめ合った。

しばらくして、恵里が先に口を開いた。

「変な場所だね。走馬灯……とはちょっと違うかな。臨死体験……も、死ぬのは確実だから違うね」

どうしたことか。余計な感情のない、けれど無感情でもない、言うなれば普通の声音だ。

雰囲気も、気負いのない自然体。

鈴も、まるでかつてのように、特に意識することもなく自然と話し出していた。

「なら、鈴達も死ぬのかな。守り切れると思ったんだけど」

「さぁ？　できれば道連れにしたいところだけど？」

「やだよ。鈴は生きたい。雫にも、光輝君にも、龍太郎君にも……恵里にも生きていてほしいよ」

きゅっと眉間に皺を寄せて言う鈴を馬鹿にするように、恵里は鼻を鳴らした。

「ふん。僕を容赦なく吹き飛ばしておいて、よく言うよ」

苦笑いを浮かべる鈴に恵里はますます不機嫌になった。そして、その不機嫌さを隠そうともせず、むしろ思いっきり叩き付けるようにぶちまけ始める。

「この世界も長くはなさそうだから、今の内に言っておくよ。鈴ってマジキモイから」

「……へぇ。例えば？」

「そうだね。いつも、へらへら笑ってるところとか。陰口叩かれても、やっぱり笑ってるところとか。中身エロオヤジなところとか。殺し合いしているのに友達になりたいとか痛いこと言っちゃうところとか。他にも挙げればキリがないけど、一番キモイのは、その歳で一人称が自分の名前なところ。いや、ほんと、あり得ないよねぇ」

鈴の額に青筋がビキッビキッと浮かぶ。一呼吸置いて、にっこり笑うと反撃に出た。

「そっかぁ。でも、恵里も大概気持ち悪いよね？」

「はぁ？」

「いつも一歩引いてニコニコしちゃってさ。陰口叩かれても、やっぱり微笑むだけだし。中身はただの根暗だし。メガネで控え目で図書委員って、狙い過ぎだよね。って言うか、一人称については文句言われたくないんだけど。なに、〝僕〟って。僕っ娘メガネ図書委員とか盛りすぎて痛いだけだし。しかも、〝僕はヒロイン〟って。ププッ、いつまで中二の気分？　いい加減に卒業しようよ」

恵里の額にビキッビキッと青筋が浮かんだ。当然、にっこり笑って反撃に出た。

「中二？　リアルで『お姉様～』とか言っちゃう痛い奴には言われたくないなぁ。鈴って百合の気あるよね。何度か身の危険を感じたことあるし。あり得ないくらい変態だよね。マジキモイ」

「あはは、あんなの冗談の範疇でしょ？　初恋こじらせて、明後日の方向に突っ走っちゃった勘違い女に変態扱いはされたくないなぁ。ほんと、あり得ないくらい痛いよね。マジキモイ」

「……」

「……」

「「アァ!?」」

そこからは泥沼だった。

どちらも花の女子高生には見えないチンピラのような表情で言葉の暴力を振るい合う。聴衆がいれば間違いなく耳を覆っているだろう罵詈雑言が飛び交って、どれくらい経ったのか。

やがて、語彙力の限界に達した二人が「はぁはぁ」と肩で息をしながら口を閉じた直後、白い空間に亀裂が入り始めた。

「ふん、やっとこの世界も終わるみたいだね」

「……」

清々したといった表情の恵里に、鈴は答えない。両手を膝について俯きながら顔を隠している。だが、その下に滴り落ちるものまでは隠せていなかった。

「……なに泣いてんの？　ばっかみたい」

「う、るさい、よ。馬鹿って言う、方が、馬鹿なんだから……」

嗚咽を堪えながら溢れ出る涙を乱暴に拭う鈴。本当に別れが近いことを察して、込み上げるものが抑え切れない。

「……さっきはああ言ったけど、たぶん、そっちは死なないよ。だって、鈴が守るんだから。逝くのは僕……私だけ」

「え、り？」

突然変わった、否、戻った一人称に、鈴は流れ落ちる涙もそのままに顔を上げた。

恵里は、そっぽを向いたまま、ますます不機嫌な表情になっていく。

「鈴も本当は分かってるでしょ？　なのに、なんで泣いてんの？」

「そ、れは」

鈴は言葉に詰まるが、恵里も本気で疑問に思ったわけではない。

泣いている理由くらい、分かる。

「……本当に馬鹿。こんな裏切り者で、最低のクズの何が惜しいんだか」

白の世界が端の方から崩壊していく。

それを見るともなしに見ながら、恵里は言葉を零していく。

「〝一緒にいたい〟だとか〝守る〟だとか……そんな大事な言葉を本気で、私なんかに使っちゃだめでしょうが」

「恵里、鈴はっ」

「ほら、キモイから一人称変える」

「うっ、恵里……」

崩壊が二人の間を隔てた。二人の足元以外はほとんどが消えて、きらきらとした輝きだけが空間を埋めていく。

もう、言葉以外は届かない。だからせめて、言葉だけはと思ったのだろうか。

恵里は独白じみた言葉を、でもその時、確かに心に湧き上がった言葉を虚飾なく、そのまま響かせた。

「……あの時、あの橋の上で出会ったのが鈴だったなら、どうなってたのかな？　な～んて、うん、私が一番の馬鹿」

「恵里、鈴は――私はっ、恵里と親友で良かった！　たとえ偽りでも、歪でも、楽しかった！　私はっ」

足元が霧散する。二人の体も足元からサラサラと砂が風に吹かれるように消えていく。

叫ぶ鈴に、そっぽを向いていた恵里が顔を向けた。

表情に乏しく、けれど、どこか安堵しているような、迷子の末に帰る家を見つけたような、そんな雰囲気を感じさせる笑みが唇の端に浮かんでいて。

そうして、中村恵里という少女の本当に最期の言葉が、かつて親友であった、もしかすると、今でもそうなのかもしれない谷口鈴という少女にだけ届けられた。

「……ばいばい。鈴と一緒にいる時だけは、ちょっとだけ安らいだよ」

「――ッ」

鈴の叫びは、消えていく世界に呑まれて音にならなかった。

だけれど、恵里が最期の一瞬に見せたのは呆れたような微笑だったから、きっと届いたと、鈴は信じた。


ほろりほろりと想いが涙の雫となって頬を撫でる。

鈴の背後以外、周囲一帯が更地となった廃都市。そこに嗚咽が響いていた。

女の子座りで、天を仰ぐようにして涙を流すのは鈴だ。両手から、役目を終えたとでも言うかのように双鉄扇がボロボロと崩れていく。

その後ろで完璧に守られた雫達だったが、声は掛けられずにいた。

鈴が体験した不可思議な現象を雫達は知らない。

それでも、鈴の流す涙が大切な友を想ってのものだと察することはできた。

それだけ、鈴の後ろ姿は痛ましくも神聖なものに見えたのだ。

見守ることしばし。

やがて、十分に泣いたと区切りをつけたのか、ゴシゴシと涙を拭った鈴は真っ赤に腫らした目元をそのままに、ぐっと力を込めて立ち上がった。

大丈夫。立ち止まったりしない。前へ進める。そう伝えるように元気よくターンを決めて振り返る。

「さぁ、雫、光輝君、龍太郎君。先へ進もう！」

天真爛漫な笑顔。いつも見ていた、結界とは違う意味で仲間達を守っていたそれが、今は少し大人びて見える。

日本にいた頃より、迷宮で仲間を励ましていた時より、ずっとずっと魅力的だった。

雫と光輝は目を丸くし、龍太郎など見惚れているのか耳を赤く染めるほど。

恵里には手が届かなかった。連れ戻せなかった。

その痛みとやるせなさは雫や龍太郎も感じているところ。心が軋むようだったが、そんな鈴の笑顔を見せられては頬を緩めずにはいられない。

誰よりも、恵里を求めていたのは鈴なのだから。

ただ、光輝だけは逆に、後悔と憂慮に押し潰されそうな雰囲気で直ぐに顔を青ざめさせてしまったが。

何かを言おうとした光輝はしかし、鈴と目が合った瞬間、言葉を呑み込んだ。

その眼差しを、どう表現したらいいのか光輝には分からなかった。

ただ、何も言うべきではない。鈴は、どんな言葉も求めてはいない。

それだけは分かった。

恵里とのことは、きっと、鈴の心の中にある宝箱に仕舞われているのだろう。今、彼女に言葉をかけることは、その宝箱を無理に開けるようなもの。

たとえ光輝でなくても、無粋の極みに違いない。

だから、代わりに光輝は胸元を握り締めた。一生忘れないと誓う。恵里のことを。この胸の奥に突き立った後悔の刃がもたらす痛みを。

雫と龍太郎に目を向ければ、二人から頷き(うなず)が返ってくる。

「よっしゃ！　さっさとあいつら追いかけるか！」

「って言っても、俺も龍太郎もまともに動けないけど……」

「それに、時計塔も倒壊したわよ？　空間を繋げる(つな)出入り口があるようには見えないけれど、どうしましょうね？」

努めて意気を揚げ、鈴の気持ちに応えて先へと心を向ける。

「そう言えば、この空間にある廃都市は、ここだけじゃないって話を聞いたような気がする。同じ文明の他の時代の都市もあるって……」

「なら他の都市を探そう！　スカイボードで空から探せば、きっと直ぐに見つかるよ！」

「それなら移動しながらでも回復できるわね」

「おぉう、休む時間もなしかよ。まぁ、しゃあねぇか」

仲間を促すように、さっそく空高く舞い上がった鈴に苦笑いを浮かべつつも、スカイボードを取り出す龍太郎。光輝と一緒に座り込むようにして乗り、空へと浮かせる。雫もそれに続く。

全員が上がってきたのを確認して、鈴は一度、眼下を見下ろした。

切ない痛みと寂しさに少し唇を嚙んで、小さく何かを呟く。

誰にも聞こえなかったが、それはきっとお別れの言葉。

直後には、鈴らしい力強さと元気に満ちた笑みを浮かべて、声高に号令を響かせた。

「さぁ、者共、私に続け！」

「もう、鈴ったら」

「ははっ、お前はやっぱ、そうじゃなきゃな！」

「鈴には敵わないな」

伸ばした手が摑めたもの、摑めなかったもの。

それがもたらした様々な想いを胸に、少しだけ心を強くして、四人は異界の空を駆けていった。

# 第四章◆白神竜と白金の使徒

　黒々とした嵐雲が広がる空。

　雷鳴と稲光が絶えず迸り、暴風雨が吹き荒れ、下は見渡す限り大時化の海。

「うへぇ。この空間が一番いやですぅ」

　スカイボードで嵐の中を進みながら、シアがうんざりした表情で愚痴を吐いた。

　一応、ティオが風の結界で風雨を弾いているので濡れ鼠の憂き目にはあっていない。

　だが、うんざり気味なのはハジメとティオも同じだった。

「これで四つ目の空間。……うぅむ。これはやはり嫌がらせを疑うべきかのぅ？」

「かもな。奴の領域だ。どこに転移させるも自由だろう」

　雫達と別れ、廃都市の時計塔から次の空間に転移したハジメ達は、既に三つの空間を踏破していた。

　最初は大地と空が反転した世界。重力が局所的に狂っていて、上に下に右に左にとあらゆる物体が行き交っていた。

　二つ目は、端的に言えば美術館。迷宮のように広大かつ入り組んだ地下空間に、おびただしい数の彫像が整然と飾られていた。人間、魔人、亜人の他、小人や巨人、見たこともない魔物に巨大生物、果ては生物かも怪しい異形など。

三つ目は図書館だ。空も大地もない白い空間で巨大な書棚が迷路を作り、あらゆる言語、あらゆる装丁の書物が収められていた。

「あぁ、やたらと面倒そうな敵ばっかりだったのも嫌がらせってことですかね？」

シアが得心がいったと両手をぽんっする。

天地反転空間では、生物というより機械に近い、けれど材質も構造も不明の四角錐形の何かの群れに襲われた。重力干渉の能力を持っていて、まるで戦闘機の編隊飛行のような動きと空戦を仕掛けてきたのだ。

ハジメがアグニ・オルカンで全て撃墜したが。

彫像地下空間では、案の定、彫像が動き出して襲いかかろうとしてきた。なので、ハジメがアグニ・オルカンで全て吹き飛ばした。

図書迷路空間では、書物自体が魔法やら生物やらを召喚して襲ってきた。なので、ハジメがアグニ・オルカンで全て焚書にした。

「ちっとも嫌がらせになっておらんかったがの」

「アグニちゃん大活躍です。そして私達は役立たずですぅ……」

「お前等を消耗させるより弾薬を消費する方がいいだろう。自分でも過剰と思うくらい用意してんだから」

羅針盤で行き先を確認しながら、ハジメが肩を竦める。

なお、ハジメ達が雲上を進まないのは、この空間の面倒そうな敵がわんさかと飛び交っているからである。嵐雲より下には来ないので暴風雨や落雷にだけ注意すれば、むしろ嵐の中の方が進みやすいのだ。

とはいえ、何事にも例外はあるようで。

シアのウサミミがピクッと反応。一拍遅れてハジメとティオが頭上を仰ぐ。

次の瞬間、硝子を引っ掻いたような鳴き声が大音量で響き渡った。

嵐雲が攪拌され、そこから巨大な翼竜が落ちてくる。翼をたたみ砲弾の如く嵐雲を突破し、そのままハジメ達を降下強襲してきた。

なので、ハジメは一瞬でアグニ・オルカンを取り出す――寸前。

「させませぇんっ」

シアが叫んだ。〝宝物庫〟から一抱えもある鋼鉄球を虚空に取り出すと、ヴィレドリュッケンを手に上半身を限界まで捻って、フルスイング。

圧縮錬成で見た目以上の大質量を有す鋼鉄球が直上へとかっ飛ぶ。打ち出し時の轟音といい速度といい、完全に砲弾だ。

その冗談みたいな人力砲弾は、大鷲が獲物を捕獲するが如く翼を広げて脚を前に突き出した襲撃者の腹へ、見事に直撃した。

肉の潰れる凄惨な音と、ぐぇえええっという苦悶の声が響き渡る。

体長四十メートル。両翼を合わせた長さに至っては二百五十メートルはあろうかという巨大な翼竜だが、鋼鉄球による腹パンは効いたらしい。

　ぐらりと揺れて、そのまま仰向けに大時化の海へと落ちていく。

「ふふんっ、今度は私の方が早かったですね！」

「させませんって、俺にやらせませんってことかよ」

「だって、いい加減に体が疼いて仕方ないんですもんっ」

「戦闘狂かよ」

「チートメイトのせいで、体が火照って火照って」

「そんな効果はねぇよ」

　なんて軽口を叩き合う二人を横目に、ティオは下方へ向かって片手間感覚で〝竜の咆哮〟を放った。

　翼竜が海に落下した瞬間、餌を投げ入れられた鯉の群れの如く海棲の魔物が群がり、その内の一体が襲来したのだ。

　水の竜巻が海面より発生し、それに乗って上がってくる体長三十メートルはありそうな巨大鮫の頭部を、腕ほどの太さしかないブレスがあっさり貫通する。

　更に、そのまま薙ぎ払われたブレスは、尾ひれ側へ向かって巨体を切り裂き真っ二つにしてしまった。

　溶断されたような傷口を晒しながら、霧散した竜巻の水と共に海へ還る巨大鮫。他の魔物が二つに分かたれた肉塊に群がっていく中、何事もなかったかのようにティオが言う。

「まぁ、実際のところ多少の肩慣らしはあってもよかろう？」

昇華のネックレスとチートメイトによるスペック倍加状態での戦闘や、その恩恵化で可能な新技を実戦で試しておきたいという意見には、確かに一理あった。

「早く先に進みたい気持ちは分かるがの？」

「別に焦っちゃいないぞ？」

「そうじゃったか？　こうも異空間をたらい回しにされておるんじゃ。ご主人様なら、このまま延々と回らされる可能性を考えておらんわけではあるまい？」

ハジメ自身が言ったことだ。

ここは【神域】、エヒトの領域。転移門を見つけようと、その行き先を神が選べるなら、ユエのもとへ辿り着けないようにすることも確かに可能なはずだ。

まして、ハジメはずっとアワークリスタルの中にいた。現実ではたったの三日だが、ハジメからすれば遅延空間の中で一ヶ月弱は準備していたことになる。

誰よりもユエを求めて、誰よりも長く会えていないのがハジメなのだ。

ここに来ての回り道の連続には、流石に焦燥と苛つきを感じているのではないか。

そんなティオの案じる気持ちは、実際のところ杞憂だったらしい。

「心配してくれんのは嬉しいが、その可能性はねぇよ」

「……というと？」

「エヒトの中に必要性やら合理性なんて概念はない。あるのは愉悦だけだ」

先を急ぎながらも、ハジメの声音は落ち着いていた。

「敵を来させたくないなら、確かに延々と彷徨わせるのが合理的だ。だが、奴はそれを絶対にしない」

「その方が面白いから、というわけか」

「ああ。転移門自体を封鎖しないのが、その証拠だ」

「そもそも止めたいなら転移門自体を閉ざせばいいんだからってわけですね」

「なるほど。確かにそうじゃな」

シアが腹立たしそうにウサミミのウサ毛を逆立て、ティオが苦笑いを浮かべる。

最悪の愉快犯たるエヒトの考え方は実に分かりやすい。それに思い至らないとは、どうやら鬱憤が溜まっていたのは自分の方だったようだと。

一呼吸を置いて、頭をクリアにする。

「つまり、ご主人様が速攻で全てを潰しているのは、〝お前と遊ぶつもりはない〟と言外に告げるためというわけか。ククッ、お人が悪いのぅ」

「あ、そういう……。想像するとやばいですねぇ。あれでしょう？　エヒトが遊戯盤を持って遊ぼ～って来る度に、それを踏み躙って壊してる的な」

様々な異空間へ呼び込み、どんな敵を用意しようとも、羅針盤で最短ルートを突き進みながら障害は全て問答無用に粉砕する。

なるほど、ゲームも何もあったものじゃあない。もし、エヒトがこちらを観察しているのだとしたら、むしろ苛立っているのはあちらかもしれない。

待っていても興が冷めて姿を現す可能性が高いが、このやり方の方がよほど早く相対できるだろう。

受け身なんてまっぴら御免。攻撃こそ最大の防御を地で行く、実にハジメらしいやり方だった。

「奴は、希望を抱いて足掻く俺が苦しんで嘆きながら果てるのを望んでいる。相対しないという選択は取り得ない。その上で、道程を楽しめないとあれば……」

「おそらく、もう直ぐじゃな」

「ですね。……ユエさん……」

シアが、ぐっと眉間に力を入れ、先を見据えた。暴風雨で判然としない薄暗い世界の先にある光を見つめるように。

きっと、ユエを心配し、心から想って……

「まったく、奈落に捕らわれたり、過去に捕らわれたり、挙げ句の果てには邪神に捕らわれたり、最強吸血姫のくせにヒロインムーブしすぎですよ！」

むしろ、憤っていた。情けねぇ！　根性と気合いってものを一から叩き直してやりますぅ！　とウサミミをウサウサしている。

「くくっ、そうじゃな。取り戻したら説教の一つでもしてやらんとな」

「いいえ、ティオさんに説教されるのはダメージ深すぎるんで、やめたげてください」

「酷くない!?」

二人のやり取りに、ずっと鋭い表情だったハジメの口元が堪え切れないというように笑みを作る。

「まぁ、ユエのことだ。体を取り戻す手札の一つや二つ、用意して俺等が来るのを待ってるさ。ほどほどにしてやってくれ」

「なんですか、その旦那さんっぽいセリフ。腹が立つんですけど」

「お前、イライラしすぎじゃね？」

「疼くんです、魂が。はよ戦えと！」

「ご主人様よ。チートメイト、本当にやばい成分は入っとらんのよな？」

ブォンブォンとヴィレドリュッケンを振り回し戦意を滾らせるシアから目を逸らし、ハジメは羅針盤に視線を落とした。

あたかも、戦々恐々としたティオの質問が聞こえなかったみたいに。

ティオがめちゃくちゃ不安そうな顔になって問いただそうとする。が、ハジメの目が鋭く細められ、握り拳を掲げる形で制止の合図がなされたことで口を噤んだ。

「惑う、じゃと？　羅針盤が機能しとらんと？」

「……惑わされてんな」

「いや、違う。これは……」

空を見上げるハジメ。険しい視線のまま推測を口にする。

「おそらく、この嵐自体が結界だ。空間をループさせるタイプのな」

確かに転移門に近づいていたのに、まるで、今までの道行きをリセットされたみたいに唐突に距離が開いたのだ。

奈落の最下層域の魔物と同等以上の力を有する雲上の魔物達が降下してこないのは、おそらく、この嵐が普通のものとは異なるためだろう。

「どうするんです？」

「結界なら要があるはずだ。それを探せばいい」

羅針盤に別の場所を望む。この大嵐の原因たる存在は、どこにある？　あるいは――

「いたな」

ハジメの視線が冷徹の光を帯びて眼下を見やる。

「でかいのがいるみたいだ。そいつが、この嵐の原因だろう」

「つまり、魔物ですか……」

「この規模の、空間に干渉する大嵐を発生させる魔物とはまた……」

シアとティオが海中に潜む存在に目元を険しくしていると、ハジメが虚空に直径一メートルはある金属球を十個ほど取り出した。

そのままキャッチすることもなく落下するに任せる。

「シア、ティオ。念のため、もう少し寄れ」

シアとティオの顔が、まさかと引き攣る。慌ててスカイボードを操作して傍に寄る。

ハジメが〝可変式円月輪オレステス〟をスカイボードの下に飛ばして変形させ、大きな〝ゲート〟を作り出したのと、海面が噴火したのは同時だった。

腹の底に響くような爆音が響き、巨大な水柱が噴き上がった。水蒸気がもうもうと上がり、嵐に流されてたなびく。

オレステスの空間放逐防御のおかげでハジメ達への影響はゼロだったが、まるで海底火山が大噴火でもしたかのような有様だ。

「今のはあれじゃな、奈落のタールを満載した爆弾じゃろ」

「ええっと、確か水蒸気爆発ってやつですかね？」

「ああ、大抵の魔物は仕留められるだけの破壊力なんだが……」

どうやら、仕留められなかったらしい。

シアとティオが信じ難いと言いたげに目を見開いた直後、海面が急激に渦を巻いた。

大渦だ。それも途方もないほどに。中心部が大きく凹んでいる。

その外周部を長大で巨大な生物が泳いでいた。千メートルは超えているだろう。胴の太さは大型の潜水艦ほどもある。

海面越しでも、全身を覆う金属質の黒い鱗と、剣山の如き背びれが確認できた。

その直後、

――ォオオオオオオオオオオンッ

再び海面が爆ぜた。生きとし生けるものの生存本能を根本から粉砕し、恐怖の底に叩き込むような圧倒的な威圧が放たれる。

山のように隆起した海面が大瀑布となって海に戻る中、その奥から鎌首をもたげた怪物が姿を見せた。

竜の頭部に、赤黒い竜眼、大人の身長と同じ大きさの牙が二重に並ぶ顎門。海面から三百メートルは飛び出した大樹の如き巨体。鱗の一枚一枚がハジメの大盾ほどもあり、硬質そうな黒色の中に赤黒いラインが毛細血管のように入っている。

さながら、地球の伝承として語られる海の怪物――リヴァイアサンのよう。

ハジメ達の高度の方が高いが、もし船舶で海を渡っていたら、きっと壁が出現したと錯覚したに違いない。

「西の海で戦った〝悪食〟並の、いえ、それ以上のプレッシャーを感じますね」

「太古の怪物、というわけじゃな。神域の魔物という点を考慮するなら……〝神獣〟といったところかの？」

今までの襲撃者とは存在のレベルが違う。あるいは、上空の魔物達が降下してこなかったのは、暴風雨域が神獣の縄張りだったからか。

何はともあれ、その神獣の眼光は完全にハジメ達を捉えていた。

「あ、かなり怒ってますね？」

「言っとる場合か。来るぞ！」

ティオの警告と同時に、神獣の顎門ががばりっと開いた。中心に莫大な質量の海水が信じられない速度で圧縮されていき――

「なんであれ他と一緒だ。遊ぶ気はねぇよ」

それより早く、真紅の雷がスパークした。

シアとティオがハッと横を見れば、そこには長大な兵器を右脇に挟んで構え、左手で上部のハンドルを握って支えるハジメの姿が。

四メートルを超える銃身、否、その戦車砲の如き口径からすれば砲身と表現すべきか。フォルムは〝電磁加速式対物狙撃銃（アンチマテリアルライフル）シュラーゲン〟に酷似しているが、全てが二回りは巨大化している。

更に、後部から四つのアームが広がっていて、真紅の波紋を広げて空間固定まで。

――電磁加速式狙撃砲　シュラーゲンA（アハト）・A（アハト）

ハジメのロマンと魂が込められた素敵兵器。八十八ミリ徹甲砲弾を用いて、最大十キロ先の標的さえも精密砲撃するレールキャノンだ。

一拍。

一切を貫き破断する〝神獣の咆哮（ブレス）〟が放たれた。

それを、真紅の閃光（せんこう）が迎え撃つ。引き金を引いた瞬間、シアとティオがスカイボードの上でたたらを踏むほどの衝撃が発生した。

傍目（はため）にはどちらも極太のレーザーだ。それが正面から衝突。

果たして、神獣と兵器の一撃ではどちらに軍配が上がるのか、という疑問は湧く暇もなかった。

一瞬である。真紅がブレスを呑み込んだ。弾道がずれることもなく、鋼鉄すら貫くブレスが蹴散らされ、それどころか威力を減衰させることもできず。

砲弾はそのまま神獣の口内に直撃。喉奥を貫通し、内側から後頭部付近の鱗を粉砕して飛び出していく。

絶叫が轟いた。威圧感のない、それは紛れもなく苦悶の悲鳴。

神獣が血肉を盛大に撒き散らしながら、激しくのたうつ。

ジジジッジジジッと激しいスパークを纏い続ける〝A・A〟の威力に、シアとティオが少し引いたような表情になっていた。

左手で摑むハンドルを引くハジメ。

ガコンッと八十八ミリ徹甲砲弾の大きな薬莢が排出され、〝宝物庫〟から直接に次弾が送り込まれる。

ハンドルを前に戻して装塡。猛り狂うスパークを以て一瞬のチャージ。

二度目の轟音。空を切り裂く二発目の閃光は、流石に激しく暴れる頭部は狙えなかったが、吸い込まれるようにして海面近くの胴体に直撃した。

そして、神獣のアザンチウムクラスの鱗を内側からでなくとも粉砕できると完璧に証明した。

粉砕音と同時に胴体に大穴が空いて、そのまま背中から大量の血肉と一緒に真紅の閃光が飛び出る。

二度目の悲鳴が轟き、神獣はついに海中へと没した。

「また出番がありませんでしたよ……」

「いや、シアよ。まだ終わりではないようじゃぞ？」

「へぇ、これで死なないのか……」

神獣はまだ動いていた。よく見れば、海水を傷口や口内から取り込んでおり、そのせいなのか傷口が逆再生でもしているみたいに塞がっていく。

「もしかして、海水がある限りいくらでも再生できるとか、そういう感じですか？」

「だとすると、魔石を破壊するのが一番手っ取り早いわけじゃが……ご主人様よ、見えるかの？」

ティオの質問に、ハジメはなぜか、品定めするような妙にギラついた眼差しで神獣を見ながら首を振った。

「いや、魔石は見当たらない。悪食と同じで全体的に赤黒く染まって見える」

「やはりか。太古の怪物は、どれも魔物とは完全に別物じゃの。となると、頭部を狙ってみるのが定石じゃろうが……」

「激しく動いてますからね。ハジメさんが狙い撃ちできるよう、私とティオさんで動きを止めますか！」

どうです？　とハジメに作戦の最終判断を委ねるシア。ようやく少しは役に立てると気合いを漲らせている。が、当のハジメは何かを投げ捨てていて視線も向けていない。

「……ハジメさん？　今、何を捨てました？」

「俺、思ったんだ。悪食は流石に喰えなかったが、この蛇は良い糧になりそうだな、と」

唐突に飛んだ会話の内容にシアとティオはエッとなるが、聞き間違いではないらしい。

三発目の砲弾を装塡しながらも、ハジメは舌舐めずりしている。

ああ、と納得した。

先程から妙にギラギラした目で神獣を見ていると思ったら、つまり、だ。

神獣を美味しく頂いて、土壇場のパワーアップを図りたかったのか、と。

確かに、並の魔物では、もはやハジメの糧にはならない。先程の翼竜クラスなら別だが、それでも時間をかける価値があるほどの力の上昇は見られないだろう。

だが、あの神獣は別だ。天候と空間と再生まで司る太古の怪物……

「美味そうじゃねぇか。なぁ？」

エッと思ったのは、どうやらシアとティオだけではなかったらしい。

ちょうど七割ほどの再生を終えて浮上してきた神獣の憤怒に塗れた眼光が、ハジメのそれとかち合った瞬間、色を変えた。

ちょっと待って、なに、その目。自分、未だかつて、そんな目で見られたことないんですけどっ。とは流石に思っていないだろうが、未知の眼光に戸惑いが勝ったのは確か。

その隙に、〝A・A〟の暴威が炸裂した。神獣の頭部――ではなく、海面付近でとぐろを巻く胴体の一部に着弾。

やはり鱗は耐えられず大穴が空くが、少し痛みに慣れたのか今度は絶叫を上げることも、のたうつこともなく、むしろ目を覚ましたように憤怒を蘇らせて顎門を開いた。

まさか、今空いた穴に、先程ハジメが投げ落としたものが入り込んだとは思いもせず。

水流のブレスが放たれた。それをオレステスの〝ゲート〟で呑み込み、別の〝ゲート〟から放出してそっくりそのまま返す。

自身の矛と盾では盾が優越するらしく、神獣の頭部にヒットしたもののダメージはほぼなし。

その間にも、首の後ろと二発目の胴体の損傷も全快した。体表を這うようにしてせり上がり全体を覆っていた海水が役目を終えて落ちていく。

その直後だった。

神獣の胴体の一部が内側から弾け飛んだのは。

――ガァアアアアアアアアッ!?

神獣の絶叫が迸る。頭部をぴんっと頭上に伸ばして、口元から火炎を吐き出す。

決して、新たな固有魔法ではない。

「ご主人様よ、何をしたんじゃ？」

「こういう海の巨大生物は、体内に入って内側から攻撃するってのがセオリーだろ？　だからアラクネを傷口から体内に侵入させた」

そして、内蔵の〝宝物庫〟から大量のタールを放出し、火を付けたのだ。

摂氏三千度の業火が広がる体内に海水が流れ込んだらどうなるか。

結果は、眼下で藻掻き苦しむ神獣が示している。

「海中に逃げ込んで一切水を取り込まないなんてことができるのか？　できないなら、もう潜行はできない。体内で水蒸気爆発が起きちまうからな」

「再生のために海水を取り込むこともできん。というか、弾けた場所から流れ込んだ海水で連鎖的に爆破されてしまうと」

実際、眼下ではそうなっていた。

連続する体内の爆発で痙攣するように巨体を跳ねさせ、絶叫を上げて大暴れしている。

もちろん、仕留めるために〝Ａ・Ａ〟も次々に叩き込まれている。

頭部へのヒットだけは奇跡的に避けられているが、体中が穴だらけだ。なるべく海上へと巨体を出そうとしていて、その部分の傷口からは炎が噴き出している。

「えぐいですねぇ」

と、シアが思わずウサミミをぞわぞわさせるほど悲惨な光景が、そこにはあった。

「初撃でアラクネまで吹き飛ばないかだけ心配だったが、どうやら体内の奥へとタールを撒きながら元気に駆けているようだな」

「神獣を蒲焼きにする気かえ？　なんて素敵な――ごほんっ。恐ろしいことを」

「本音出てんぞ。どんだけ業を深めていく気だよ」

そのうち、妾も体内から虐めて！　とか言われたらどうしようと慄いていると、「あっ」とシアが声を上げた。

神獣が尾に近い胴体の一部を海上に出し、自らに噛みついたのだ。

大きく抉り取り、首を荒々しく振ると同時に水流ブレスで吹き飛ばす。

「あの野郎、自分の肉ごとアラクネを放り出しやがった」

未だに、残っている業火で体内は焼け爆発も起きている。既に瀕死レベルと言って過言ではないダメージだろう。

だが、このままで終わるとは思えなかった。

西の海での悪食の執拗さを思い出せば、なおさら。

「チッ、しょうがねぇ。体内爆発が続いている間に仕留めるぞ！　二人で動きを制限してくれ。頭部を狙撃する」

「あ、聞いてたんですね。私達の作戦」

「喰えるならなんでもいい」

さぁ、第二ラウンドだ。どうせ殺して嵐をどうにかしないと目的地に辿り着けないのだ。

それなら、せいぜい美味しく喰われて糧になってくれ。

そんな欲望と殺意を煮詰めたような眼光を神獣へと向け。

きっと、神獣も己に屈辱を与えた自分達に凄まじい憤怒を向けるだろうと思って――

――ぴぎゃ

なんか、妙に可愛(かわい)らしい鳴き声が聞こえた。三人揃(そろ)って、目が点になる。

神獣がザァザァと波音を立てて距離を取っていた。気のせいでなければ、あれほど威圧を放っていた眼(め)が泳いでいるように見える。

まるで、野生の熊に遭遇した人が慎重に距離を取ろうとしているような……

「おい」

ハジメが思わず発した呼びかけに、神獣はビクッと震えた。気のせいじゃない。間違いなくビクッとなった。

神獣自身、己の情動と行動にどこか戸惑っている様子で、恐る恐る見上げてハジメと目が合う。

その瞬間、神獣は理解した。

あの小さな存在の、妙に己の本能をざわめかせるギラギラとした眼が示していたのは、敵愾心(てきがいしん)とか殺意とか、そういう分かりやすいものではなく……食欲なのだと。

相対しているのは敵ではない。捕食者(プレデター)だ！

神獣は確信した。このまま戦えば、己は確実に……喰われる、と。

現に今、こうして極限まで追い詰められているのだから疑いの余地もない。

生まれて初めて感じる情動――〝恐怖〟。食物連鎖の頂点に立つ神獣が、未だかつて向けられたことのないそれに、心がぽっきり逝く。

完全なる戦意喪失。

反応は劇的だった。そして、驚くほど俊敏だった。

巨体からは想像できないほどキレのあるターンで身を翻し、頭から海中へと飛び込む。

体内の灼熱や爆発、風穴だらけの体が発する激痛の全てを無視して、ひたすら逃亡のために全力を注ぐ。

一心不乱。脇目も振らず、脱兎の如く。

最強クラスの魔物のあり得ない潔さに、さしものハジメも一瞬、呆けてしまった。それほどまでに見事な逃亡だったのだ。ピュ～ッと効果音がつきそうなほどに。

「てめぇ！　待て、肉ぅ！　逃げてんじゃねぇ！　神獣としてのプライドはねぇのか！」

一瞬、神獣が振り返った。海中からハジメを見る。

そして、己の肉を狙う捕食者の血走った眼と視線が合ってしまい、

――ピギャーーーーーーッ!?

まるで「見てはいけないものを見てしまった」と言いたげに震え上がると、再び身を翻した。プライドなどないらしい。

実はこの神獣、遥か過去に西の海で、某世界一うざったい天才美少女魔法使いに瀕死に追い込まれて海底に沈んでいたところ、惜しいからとエヒトに回収され【神域】でコレクション兼転移門の門番になったという経緯があったりする。

小さな存在に二度も殺されかけて、一方には喰われかけて。

――ぴぃ～～～～～っ!!

いかにも「人、こわい！　もう家から出ない！」と言ってそうな情けない鳴き声を響かせながら、神獣は、とうとう深海の闇の中へと姿を消してしまった。

もう止めないから放っておいてと言わんばかりに嵐雲を晴らしながら。

「ちくしょう！　あのレベルの魔物が即座に逃亡とかあり得ないだろう！　土壇場で大幅パワーアップのチャンスだったたってぇのに！」

スカイボードの上で地団駄を踏むハジメ。シアとティオが呆れ顔を向ける。

「まぁ、嵐雲の結界は解けたんじゃから良いではないか」

「結果的に時間もかからなかったんですから、良しとしましょうよ。ほら、あの島じゃないですか？　この空間の転移門があるのは」

シアが指を差した先、七〜八キロほど先に大きな島が見えた。

魔眼石や身体強化魔法による視力強化で確認した限り、面積は広大だが、山などはない平地続きで全体が森に覆われているように見える。

不機嫌そうにしつつも、ハジメは〝A・A〟を肩に担ぐようにして片手で支え、もう片方の手で羅針盤を確認した。

「間違いないな。あの島の中心だ」

「ううん、距離があるので断言し難いですが、それでも魔物が見えるって相当大きくないですか？」

「大型の……猿かのぅ？　後は蛇に竜、蜘蛛……全部で二十体ほどおるのぅ」

どうやらここは、超大型の怪物共がコレクションされている空間のようだ。

森の木々の上にはみ出すようにして何体もの巨大生物が行き交っているのが分かる。

距離はあっても、感じる力は格別だ。神獣ほどではないが、それに近しい威圧を感じる。

嵐雲が晴れたことで、頭上にいた翼竜の群れもこちらに意識を向け始めている。

「シア、ティオ。もう少し肩慣らししたかったんだよな？　一分でいい、俺を頭上の連中から守ってくれ」

「あ……ハジメさん、まさかここから……」

「まぁ、あんな巨体と近くで戦うのは得策ではないが」

クェエッと数体の翼竜が降下してくる中、シアとティオは肩を竦(すく)めた。

確かに、あの数の準神獣級と戦うのは、どんな力を持っているか分からない以上、時間がかかるかもしれない。遠距離から一方的に間引きできるなら、それに越したことはないだろう。

と、シアとティオが理解して、降下襲来する翼竜達の迎撃に打って出たと同時に、ハジメは〝A・A〟を構え直した。

魔力を通すと、砲身の中間辺りの下部に取り付けられている支え――折りたたみ式の逆V字形二脚(バイポッド)が飛び出した。二脚の先端には空中障壁が展開され、〝錬成〟で二脚の長さも調整される。

その間にも、ハジメはスコープを覗(のぞ)き込み、昇華魔法の〝情報看破〟機能により目標との正確な距離や魔石の位置などを確認しつつ、チャージを開始。

「知覚外からの雷速精密砲撃……対応してくれるなよ？」

その懸念は直ぐに払拭された。呼吸を整え、一拍。

スパーク、轟音、真紅の閃光。

そして、頭部が消し飛ぶ巨大な竜。斜角的に斜め上からであったが故に森に着弾し、周囲の木々が地面ごと吹き飛んでクレーターが生み出される。

ガコンッと素早く次弾装塡。着弾の衝撃に怪物達がにわかに騒ぎ始めるが、動く前に二体目の頭部が吹き飛んだ。

後は、ほとんど作業だった。

約七キロメートル先の遠方から認識不可能な速度で飛来する死の光に、転移門付近をうろついていた怪物達が冗談みたいに弾けて骸を晒していく。

閃光の射線からハジメの位置を特定しても、撃っている間に飛ばしておいたオレステスによる空間跳躍砲撃により、別角度から不意を打たれて四散。

神秘的ですらあった森は禿げ散らかし、怪物の血肉で穢れて見るも無惨な有様となっていく。

「うむ。これはエヒトもブチ切れではないかの？」

「本来はきっと、神獣を倒した後に追加で怪物がわんさか！　広大な森の中心に、どうやって辿り着く!?　みたいな感じなんでしょうね」

翼竜を数体、撃墜したシアとティオが顔を見合わせる。

お互いの微妙な表情を見て、同じ予想をしていると察する。

これは、間違いなく次の空間で大きな変化があるぞ、と。

きっかり一分後。

怪物共を一方的に虐殺し終えたハジメは、その後、迷うことも別の妨害に遭うこともなく、島の中心にそびえる白いオベリスクに到達した。

「行くぞ？」

改めて確認したのは、きっとハジメも次で何かあると感じたからだろう。

三人の直感は、正しかった。

転移門を潜り、次の異空間へと渡る。

広がった光景は、相変わらず特異で不可思議で無駄に壮大だった。

いくつもの大小様々な島が浮遊している天空世界。それが五つ目の異空間。

小さい島で直径数十メートル。大きいものは目測で十数キロメートル。

どういう原理なのか、途切れることのない川の水が流れ落ち続けている浮遊島もある。

高さ故に途中で滝からただの霧に変わって、白い霧が周囲に漂っている光景は中々に幻想的だ。

浮遊島の上はどこも緑に溢れているようで、草原もあれば森林もある。ただの岩の塊といった浮遊島は一つもなかった。

眼下に広がるのは真白の雲海。大地は見えない。

その雲海からふわふわと気泡のように雲の塊が浮き上がって好き勝手な高さで漂っているせいか、空間全体が綿菓子で溢れているようにも見える。

漂う雲の隙間を縫うようにして光の柱——俗に言う〝天使の梯子〟が幾つも降り注いでいるが、奇怪なことに真っ青な空には太陽が見当たらない。

数多の浮遊島と白雲の大地、そして降り注ぐ太陽なき光の柱。

とても荘厳で神秘的。何も知らず、ここが天上の世界だと言われれば無条件に信じてしまいそうである。

もっとも、

「……あの一番でかい島だな」

ハジメには欠片も感動する様子がなかったが。

ちょっと目を奪われていたシアとティオが苦笑いを浮かべつつ、さっさとスカイボードを駆って先を行くハジメに追随する。

そうして、少し近づけば全員が感じ取った。

目的地に、誰かがいる。それも強大な気配を隠しもしない存在が。

やはり、直感は当たっていたのだ。

浮遊島の上空に到達する。草原や森林、枝分かれする小川、緑豊かな山。

この異空間で最大規模の浮遊島は、自然も一際美しかった。

ただ、異物が一つ。

島の中心に、高さ五十メートルはあるだろう白亜のオベリスクが鎮座していた。

そして、そのオベリスクの更に上、輝く魔法陣の上には、座禅を組むようにして座っている白い存在がいた。

その者こそが、凄まじい存在感の正体。

風になびく長髪、背中の翼、神父服にも似た戦装束の全てが純白。肌も透けるように白く、瞳まで純白の輝きを帯びている。

「来ると確信していたぞ、南雲ハジメ」

「……またお前か」

全てが白く染まった男は、しかし、顔立ちだけは見覚えがあった。

忘れるには、少々因縁のある男。

【魔国ガーランド】総大将にして、神代魔法の使い手――フリード・バグアー。

何度も相対した魔人の男は以前と比較にならない力を与えられて、再びハジメ達の前に現れた。

神々しい輝きと、肌がひりつくような威圧感は〝神の使徒〟と同等以上。

彼もおそらく〝完全使徒化〟を施されたのだろう。ただ、その輝き、色合い、感じる圧迫感からすると、恵里より遥かに昇華されているように思える。

ハジメの路傍の石を見るような冷めた目と、嵐の前の静けさを詰め込んだようなフリードの目が数瞬、交わった。その直後。

「邪魔だ。死ね」

「――〝界穿（かいせん）〟」

二人の手が同時に跳ね上がった。

抜く手も見せないドンナーの早撃ち（クイックドロウ）。

無詠唱で発動される〝ゲート〟の魔法。

「!?　んんにぃっ」というシアの力んだ声と、「くぇっ!?」というティオの首を絞められた鶏のような声が一瞬遅れて響く。

「……シア、無事か?」

ドンナーの銃口をフリードに照準したまま視線も外さずハジメが問えば、幸いにして直ぐに返答が届いた。

「はいです！　びっくりしましたけどね」

「げほっ。シアよ、感謝はするが普通に腕を引くだけでも良かったのではないかのぅ」

ふぅと呼気を漏らすシアに、喉をさすりながら少し涙目で感謝と抗議をするティオ。

何が起きたのかと言えば、おそらく意趣返しだ。

フリードは弾丸を〝ゲート〟で放逐防御したのだ。それも、かつて王都侵攻時にユエにやられて多くの同胞を自ら消し飛ばしてしまった時のように、シアとティオの射線が重なる横合いに出口の〝ゲート〟を開いて。

固有魔法〝未来視〟により、その光景を寸前に視たシアが、咄嗟に隣のティオの首にラリアットをかましながら回避したというわけだ。

とはいえ、ユエ並の速度で〝ゲート〟を展開できるとなれば、無闇な遠距離攻撃は慎重にならざるを得ない。

それを見て取って、フリードは泰然自若とした様子で淡々と言い放った。

「以前の私と、同じだと思ったら大間違いだぞ」

「確かにな。真っ白だ。ストレスか？」

後ろのシアとティオから噴き出したような音が。

フリードは特に反応せず、ハジメの姿を目に焼き付けるようにして見続けている。

「アルヴヘイト様が戻らなかった時、私は確信した。主は、貴様が神域に来る可能性を示唆しておられたが、私は確信していたのだ。貴様のおぞましいまでの執念は、必ず神域への道を見つけ出すと」

「俺のことは分かっている、とでも言いたげだな？」

「いったい何度、煮え湯を飲まされたと思っている」

なるほど。ハジメと最も多く相対し、たとえ運の要素も強いとはいえ最後まで生き残った男なだけはあるということだろう。

だから、今の抜き撃ちにも、抜く前に行動できた。

ハジメならそうすると、理解していたから。

「それで？　これはなんのための会話だ？」

お前のことは理解し切った。だから勝ち目はない。というのであれば、理解度が足りないことを叩き込むまで。くだらない会話で時間を浪費する気はない。

そう冷ややかな目で言外に告げるハジメに、フリードは遂に表情を変えた。僅かに口の端を吊り上げる。

「ただの宣言だ。今生の別れとなる前の、な」

「宣戦布告ってんなら前置きが長ぇよ」

「いや。口惜しいが主命だ。私はお前に手を出せない」

訝しむハジメから初めて視線を転じるフリード。シアとティオを視界に収める。

「その二人を置いて、貴様は一人で行くのだ、この先へ。神の御許へ。最愛の女の姿をした御方の神罰を受け、悲嘆と絶望のうちに滅びるのだ」

つまり、ハジメは戦わずしてエヒトのもとへ行けるが、シアとティオだけは残らなければならないということで。

「ハッ。お前等のつまらないシナリオになんざ乗ってやるつもりはない。一切合切踏み躙って、ぶち壊してやるよ」

獰猛に笑うハジメ。今までそうしてきたように、神が用意した遊戯盤そのものを破壊してやるつもりで〝宝物庫〟を輝かせる。シアとティオも、フリードを半包囲するようにハジメの左右に広がって戦闘態勢に入った。

〝ゲート〟による放逐防御をされても複数同時攻撃で掻い潜って仕留めんと隙を狙う。

フリードが立ち上がった。白翼を広げ、白羽を舞わせながら宙に浮く。

「己を慕う女達を守ることもできず嬲り殺しにされる。最愛の女を守れなかったように。それが貴様の運命だ」

「過去形で語るなよ。守り守られの最中だ。この第二ラウンドで、お前も、お前のご主人様も死ぬんだよ」

「ならば試してみるがいい！」

オベリスクがカッと強烈な光を放った。閃光手榴弾でも爆発したような暴力的な光量だ。

フリードの姿はおろか、周囲一帯が光に塗り潰されて見えなくなる。

とはいえ、位置は分かっている。今更、閃光だけで棒立ちになるほど可愛げのある者はここにはいない。

何もさせまい。そう考えて、速攻でフリードへ攻撃を仕掛けようとしたハジメ達だったが、その寸前にシアの警告が飛んだ。

「〝震天〟、来ますっ」

「――〝震天〟」

一拍遅れて聞こえた魔法名に、ハジメは反射的にシュラークを抜き撃ちしていた。

装弾してあるのは〝空間炸裂弾〟。当然、ドンナーとの同時撃ちだ。

目標は、シアとティオそれぞれとフリードの間の空間。

絶技によって弾丸同士が空中で接触し、空間震動が起きる。

それが、正面から津波の如く襲い来たフリードの〝震天〟を、ある程度減衰した。

神代魔法だ。相応に強烈な衝撃が体を叩くが、三人とも素の防御力が高いので多少後退した程度で痛痒は感じない。

だがしかし、隙は与えてしまった。

その結果、あの魔王城での焼き直しのような状況が再び起きた。

閃光が霧散すると同時に、二千体近い魔物がハジメ達を包囲するように出現。

多くが見覚えのある魔物だが、フリードと同じく飛躍的な進化を遂げていた。

四つ眼の黒狼は地獄の番犬の如く頭を二つ増やし、体毛を白に変えている。触手を持つ黒猫だった魔物も、もはや白い触手の体毛で全身を覆った豹というべき体軀に。

馬頭は十メートル超の巨人化を果たし、魔法を喰らう大亀は尾があった場所にも頭が生えていて、キメラはそれら全てが組み合わさったような姿に。

感じ取れる力から見るに最低でも奈落の下層レベルばかりで、おまけに種族に関係なく全て空中に立っている。

そんな魔物の中でも最も数の多い灰竜もまた、一体一体が雪原の境界で対峙した時の白竜と同等、奈落の最下層レベルの力を保有しているようだった。それを示すように灰色の竜鱗はより鮮やかとなり、かなり白に近くなっている。灰白竜とでも呼ぶべきか。

当然ながら。

フリード・バグアー最強の従魔は、より圧倒的だ。

放たれるプレッシャーは他の魔物の比ではない。もはや別の生物と称しても過言ではないだろう。以前の三倍近い二十メートル級の体格に、二対四枚の翼、竜鱗は見惚れるほど壮麗な純白で、体全体に白雷のスパークを纏っている。

さながら、神話に登場する白き竜の神――白神竜とでも呼称するのが相応しいか。

神獣リヴァイアサンさえ超越する存在感は、もはや神々しいと表現する他ない。

殺意の暴風がハジメ達に叩き付けられる中、白神竜ウラノスが、その巨体からは信じられないほど滑らかに宙を進み、フリードの傍らに頭部を寄せて滞空した。

フリードが、舞台俳優の如く流麗に両手を広げる。

「さぁ、南雲ハジメ。進め！　この絶望の中に、貴様を慕う女共を置いて！」

何を馬鹿な、と思ったのはシアとティオだ。

言うことを聞く必要はない。三人で力を合わせた方が確実で安全であることに変わりはないのだから。

だが、肝心のハジメからの反論がない。それどころか、反撃も。

「！　ハジメさん!?」

「その光はっ。ぬかった！　太陽のない世界で光の柱！　注意すべきじゃった！」

ハジメは光の柱の中に捕らわれていた。

そこら中に降り注いでいる〝天使の梯子〟と同じものだ。幻想世界を照らす美しい光は、その実、全てが神の威光だったということらしい。

魔王城の時とは異色の光だが、シアとティオもユエが捕らわれた時のことを思い出したのだろう。少し焦ったような、案じるような目をハジメに向ける。

そのまま駆けつけようとする二人を、ハジメは視線で制した。対策ならある。義手の肘から手首にかけての外側に小型のパイルバンカーを仕込んであるのだ。

弓を引くように後方へ引き絞れば、義手全体に真紅の輝くラインが入り、肩口がスパークし始める。

だが、それを放とうとした寸前で、

「その光は転移の光。貴様の〝最愛〟のもとへ通じている」

ハジメの手が止まった。確かに、今、降り注いでいる光には自分を害する類の影響は一切なく、どこかの空間と繋げようとしているようだった。

「そうか。なら、待たせとけばいい」

神の迎えを前に、傲岸不遜の極みというべきセリフだ。

流石にフリードの目元が引き攣るが、ハジメとしては、どちらも知ったことではない。

だが、そんなハジメを止めたのは、他ならぬシアとティオだった。

「ハジメさん、行ってください」

「うむ。せっかくの招待じゃ。こちらは妾達だけで十分」

ハジメが僅かに目を丸くするが、何か言う前に二人は言葉を重ねた。

「ここは私達に任せて先に行け！って、一度は言ってみたかったんです！」

「な～に直ぐに追いつくさ、じゃったか？　ふふふ」

パチンッとウインクまで決めて死亡フラグを立てるウサギと駄竜に、ハジメは呆れるやら不吉だと腹が立つやら。なんとも言えない顔になって、けれど、軽口を叩きながらも二人の目と声音が本気で訴えていたから。

それは一つの懸念。この招待を蹴った時、とうとう直接干渉してきた神がどう出るか分からないということ。

あるいは、願望。ユエのもとに辿り着くチャンスを逃してほしくない、と。

そして、自分達なら問題ないという自信と、ハジメなら一人でもユエを必ず取り戻すという信頼。

だから、ハジメは決断した。二人の意志と想いを受け取って。

光の柱の中が白金色の強烈な輝きを帯びた。ハジメの姿が薄れていく。

「シア、ティオ」

「はいです」

「うむ」

全幅の信頼を込めた眼差しを二人へ返し、ハジメは体の代わりに言葉を残した。

「出し惜しみは不要だ。蹂躙してやれ。俺もそうする」

「あいあいさ～ですぅ！」

「ふふっ、任せよ！」

返されたのは、猛獣の如き凶悪な笑み。

次の瞬間、光の柱が一層輝いて――ハジメの姿と共に天へと昇って消えた。

それを見送って。

二人揃ってスカイボードを仕舞い、それぞれ〝空力〟と〝竜翼〟を展開する。

シアが、ヴィレドリュッケンで肩をとんとんしつつウサミミをぴんっと。

ティオが、首をゴキゴキと鳴らしつつ、どこか妖艶な笑みを浮かべる。

「さて、なんだか私達を嬲り殺すとか言ってましたが……笑わせるな、ですぅ」

「むしろ、今までもこれからも、嬲られるのはお主じゃろう。学習能力のない男じゃ」

とても、二千に届こうかという強力な魔物の大群に囲まれているとは思えない好戦的な笑みと迸る覇気。

その傲慢とも言える言動に、フリードの目がスッと細められる。

「どうかしぶとく抗ってくれ。南雲ハジメが死ぬより先に力尽きてくれるなよ？　断末魔の悲鳴は全力で叫べ。神域中に響かせろ。主の無聊をお慰めするために、貴様等ができる唯一無二の方法だ」

「御託はいいです。圧殺、撲殺、殴殺、爆殺、格殺。似たようなものですが、ペット諸共に、お好きな方法で鏖殺してあげますよ」

「大言壮語とはこのことじゃな。格の違いというものを思い知るがいい」

互いに啖呵(たんか)は切った。

キシキシと空気が軋(きし)み、極寒の殺意と灼熱(しゃくねつ)の闘気が両陣営から迸る。

そして、

「嬲り殺せっ！」

「ぶっ殺しますっ！」

「滅殺じゃっ！」

戦いの火蓋が切られた。

初手はやはり、全方位からの致死攻撃だった。

上空からは灰白竜による極光の暴雨が降り注ぎ、背後からは三頭狼(さんとうろう)によって業火の津波が吐き出され、サイドからは馬頭(アハトド)の集団による魔力衝撃波の壁が迫る。

正面はフリードだ。こちらも面制圧。分解の白羽が流星群となって殺到する。

視界の全てが死で埋め尽くされる中、しかし、二人に焦りは皆無。

シアの頭上に直径三メートルの紅玉が出現した。重力に従って落ちてくるそれを、半身を引きつつつつヴィレドリュッケンを水平に構え、

「シャオラァアアアアアッ」

ぶっ叩(たた)く。衝突する金属同士のけたたましい轟音(ごうおん)が響くと同時に、紅玉——剣玉が砲弾と化す。

封印石のコーティングが施された圧縮アザンチウム製の超質量の金属塊だ。

それが時速二百キロ近い速度で衝突した際の破壊力は想像を絶する。

魔力衝撃波の壁は、その一角を泥壁を砕く容易(たやす)さで弾(はじ)き飛ばされ、直線上にいた馬頭の巨人数体も、まとめて紙屑(かみくず)の如く粉砕されてしまった。

シアは衝撃波の壁にできた穴をすり抜けて、当然に無傷。

同時にティオの方も。

「これではちと温いのぅ」

業火の津波へむしろダイブ。灼熱がティオを呑み込むが、着物の裾で顔を覆って強行突破する。元より炎と風を司る竜人随一の耐久力を誇る黒竜である。

たとえ人のままでも耐火能力は極めて高く、スペック上昇中の今ならなおさら。

そこにハジメお手製の、爪ほどの大きさの黒鱗をチェインメイルの如く織り込んだ着物風戦装束があれば、この程度の火炎に耐えられないわけもなく。

赤の津波を通り抜けたティオは、そのまま五指を広げて前方へ向けた。

直後、放たれたのは五本の黒い熱線。指先から放つ〝圧縮咆哮〟は包囲網の後方に至るまで貫き、更に指先の動き一つで宙を裂き、軌跡上の魔物をまとめて溶断してしまった。

故に、その新たな技の名――〝竜爪〟。

と、そこへ、

――右に二歩、少し落ちて、前に三歩
ふと脳裏に湧き上がったイメージに従い、礼を口にしながらも反射的に動く。

「うむ、助かる」

一瞬前までいた場所に極光が降り注ぎ、高度を下げたところで無数の触手が頭上を通り過ぎ、前に踏み込んだ瞬間、純白の砲撃が背後を掠めた。

シアもまた、ヴィレドリュッケンに繋がった剣玉の鎖を摑んでぶん回しながら、空中でダンスを踊るかのようにステップを踏んでいる。

くるりくるりと回る度に魔物の攻撃は物理・魔法に関係なく虚しく空を切り、けれど加速していく剣玉は殴殺をもたらす旋風となって次々と周囲の魔物を粉砕していく。

白羽も掃射されているが、まるで白羽の方がシアを避けているみたいに当たらない。

——固有魔法〝未来視〟の派生　天啓視
任意で数秒先の未来を垣間見ることができる能力。シアは、自身のこの能力で攻撃の軌道を予知し、いち早く安全地帯を割り出しているのだ。

加えて、イメージ共有が可能になった改良版〝念話石〟で、ティオの未来も予知し伝えているのである。

もちろん、攻撃の密度は過剰なほどで、元より回避場所などないに等しい。

それを反撃で強引にこじ開け、安全地帯を紙一重で渡り歩く。

「甘い」

その冷めた声は二人の耳には届かなかった。が、シアの予知が結果を見せる。

「ティオさん！　ゲートです！」

少し焦ってしまって、思わず口頭で警告を飛ばすシア。

刹那、ティオの視界一面が極光で染まった。

天より放たれた灰白竜のブレスが途中で消え、ティオを中心に四方八方上下から球状に、槍衾の如く殺到してきたのである。

フリードの〝界穿〟だ。ティオを完全包囲する形で〝ゲート〟を設置し、灰白竜のブレスを転移させたのである。

完全に安全地帯を潰した回避不可能の飽和攻撃の中に、ティオの姿が消えた。

──が。

「……やはり堅いな」

「くぅ、中々効くのぅ。じゃが、ご主人様のご褒美に比べれば生温いわ」

極光ブレスが消えて、その奥から一瞬前までとは様変わりした姿が現れる。滑らかで柔らかな肌は全て黒鱗で覆われ、全身を黒く染めながら黄金の竜眼だけを炯々と光らせる、人型の竜にも見えるそれは。

──竜化・変成混合魔法　竜鱗積層装甲

人型のまま黒鱗を纏い、しかも、それを重ねて防御力を上げた魔法だ。

全身から白煙を噴き上げていて少しはダメージが通っているようだが、それでも痛打というほどではない。

かつて大火山の火口で、ハジメですら一撃で満身創痍されたレベルの極光ブレスの掃射を受けてなお耐え切っている姿が、その防御力の高さを示している。

「お返しじゃ！」

ティオがぐっと仰け反る。天を仰ぐ姿に、フリードは灰白竜への攻撃と読んで〝ゲート〟を作り出す。放たれたティオのブレスが、ティオ自身へと返るように。

だが、その読みは大外れだった。

ぐぐっと膨らむティオの胸部。空気が音を立てて取り込まれる。そして、

――ガァアアアアアアアアッ!!

人の身でありながら、それはまさに竜の咆哮だった。閃光ではない。だが、歴とした攻撃だ。

――魂魄魔法　衝魂
魂魄に直接衝撃を打ち込み、意識の喪失または前後不覚を強いる魔法だ。

それを、咆え声に乗せて肉体と魂の両方を打ちのめす不可視音速の攻撃と成したのだ。

局所的な〝ゲート〟などなんの意味もない。

音と黒色魔力の波濤が天へと伝播し、頭上の二百メートル四方にいた灰白竜達が電撃でも浴びたみたいに痙攣した。かと思えば、次の瞬間には白目を剝いて力なく墜ちていく。

名付けて〝竜威〟。

その影響は上空の灰白竜だけではなく、ティオの周囲に飛び込んできていた白豹や三頭狼、キメラにも及んでいて、直撃は受けていないのに怯んで足が止まるほど。

その隙をティオが逃がすはずもなく、両手を左右へ広げ、刹那のうちに〝圧縮螺旋咆哮〟を放つ。

二条の黒閃が、射線上の魔物を後方数百メートルまで貫き滅し、しかし、それを確認す

ることもなくティオは舞った。

しゃなりと優雅に回り、美しく振り袖を翻し、艶やかな黒髪を後追いさせる。

戦場にあって日本舞踊の如き雅さを見せつけながら、叩き出した結果は苛烈の一言。

薙(な)ぎ払われた黒閃は綺麗(きれい)な円を描き、周囲の魔物百数十体をまとめて輪切りにした。

「チィッ。ウラノス！　かつての雪辱、今こそ晴らしてやれ！」

さりげなく自分をも輪切りにしようとしてきたティオに舌打ちしつつ、フリードは〝空間遮断結界〟でブレスを防いで相棒へと呼びかけた。

その言葉を待っていたと言いたげに、ウラノスは、歓喜と闘志に瞳を輝かせる。

先程のティオを真似(まね)するように、否、実際に対抗心から真似て大きく仰け反り、莫大(ばくだい)な量の空気を取り込んで、そして、

――ゴァアアアアアアアアアアアッ!!

特大の咆哮を迸らせた。

もちろん、魂魄に衝撃を与えるような魔法は付与されていない。

その代わりに付与されていたのは空間魔法だった。おそらく、ある程度は使えるように進化させたのだろう。

音の衝撃波と共に、空間の激震が指向性を持って戦場を蹂躙した。

たまたま間にいた大亀(アブソド)が、その強固な甲羅を粉砕され、周囲にいた魔物達(たち)も一斉に砕け散る。射線上にはいないが少し近い位置にいた魔物すら、目や鼻、耳から血を流して崩れ

落ちていくほど。

遥か上空の灰白竜の一部が萎縮して、王に頭を垂れるような仕草を取っている。

ただ吼えるだけで破壊をもたらし、他の生物を平伏させる。

正しく、神竜の咆哮だった。

力が絶大すぎて、味方が多すぎると下手に動けないからこそ初撃に参加しなかったのだろうが、それを厭わぬのなら……

「ぬおっ!?」

「ふんぎゃぁっ。わわ、私のウサミミがぁっ」

比較的に近い場所にいたティオは衝撃で吹き飛ばれ、空中を錐揉み落下。

かなり上空で剣玉無双していたシアは生来のウサミミの良さが徒となり、少しふらついてしまっている。

だから、直後の展開をティオに伝えられなかった。

隕石のように地上へ落下したティオは、そのまま勢いを殺せず地面に墜落した。地響きを立ててクレーターを作り出し、巻き上がった粉塵で姿が隠れる。

そこへ、容赦のない追撃が放たれた。

迸る白雷のスパークが、開かれた顎門の先で凝縮され――――放たれた。

キィイイッと耳鳴りのような音と共に周囲一体が強烈な光に満たされる。

極光――――正真正銘の〝白神竜の咆哮〟が浮遊島の大地へ、粉塵の奥のティオへ撃ち落とされた。

小さな浮遊島なら丸ごと呑み込んでしまいそうな規模だ。だが、その規模に反して大地を穿たれた浮遊島の震動は、それほどでもなかった。

理由は単純だ。衝撃を伝播できるほど浮遊島に耐久力がなかったというだけ。

衝撃が発生するより早く直撃面が消滅し、そのまま大地を貫通して浮遊島の底辺より飛び出し、雲海に台風の目のような穴を開ける。

恐るべき威力。まるで神罰の光。立ちはだかる一切合切を破壊する滅びの息吹。

閃光が虚空に消える。大地にはただ大穴だけが開いていた。

「ティオさんっ」

シアの絶叫じみた呼び声が響く。だが応答はなく、〝念話〟に切り替えても結果は同じ。

「……しくじった。嬲るつもりが一撃で終わるとは……ままならんものだ」

面白くなさそうに眼下を睥睨するフリードに、シアが猛り狂う。

ヴィレドリュッケンを砲撃モードに変え、否定の言葉と共に砲弾を放つ――前に。

「そんなことあるわけ――」

総身を駆け抜けた悪寒に言葉と指先が止まる。

脳裏に浮かぶ死のビジョンに、声を詰まらせながら半ば無意識に身を捻った。

刹那、シアの周囲の空間が波紋を打ち、そこから間髪を容れず大剣が突き込まれてきた。

攻撃の瞬間という絶妙なタイミングでの空間跳躍攻撃――シアの経験則が完全には回避

し切れないと警報を鳴らす。

「こんのぉっ」

せめて致命傷を回避すべく宙で側転するシアの手足を、四本の大剣が掠める。

血飛沫(ちしぶき)が舞うが、痛みに怯んでいては死に捕まってしまう。

一瞬の停滞もなく頭を振って、虚空から後頭部へ突き込まれてきた大剣を回避。

剣幅の大きさ故に頬を斬られるが、構うことなく左右からの攻撃に対応する。

右の唐竹割りをヴィレドリュッケンで受け止め、左の横薙ぎを剣玉の鎖をぴんっと張って堰(せ)き止めた。

ついでに、下段から跳ね上がってきた弐之大剣はブーツの裏で受け止める。

その勢いを利用して後方宙返りを行いつつ、ヴィレドリュッケンの引き金を引いて激発の衝撃を起こす。

それによって上下逆さの状態で真横へスライドするという曲芸を敢行。

大剣三本が一瞬前まで頭部・胸部・腹部があった場所へ突き込まれたが、辛うじて避け切る。完全ではなくて肩口と二の腕を裂かれるが、どうにかファーストアタックの包囲から脱することには成功した。

猫のように反転し、〝空力(くうりき)〟の足場をザザッと滑るように着地する。

だが、敵は息つく暇も与えるつもりはないらしい。

波紋を打つ頭上の虚空から飛び出してきた白金の髪と翼をなびかせた使徒の一体が、双大剣による強烈な斬撃を放った。

「!?　くぅううっ」

二本の大剣による同時唐竹割り。それをヴィレドリュッケンの柄部分で受け止めつつも、想定外の膂力に瞠目するシア。

凄まじい衝撃と圧力に〝空力〟の足場が耐え切れず粉砕され、鍔迫り合いをしたまま地上へと押し込まれていく。

大剣と戦鎚が火花を散らす中、猛烈な勢いで地面へと落下するシアに、至近距離から異様な力を振るう白金の使徒が口を開いた。

「第一の使徒エーアスト。神敵に断罪を」

大剣が白金に輝いた。途端、爆発的に膨れ上がる力の奔流。

これは知らない。シアの知識にない。極彩色の空間で襲ってきた使徒達の比ではないプレッシャーに目元が引き攣る。

エーアストと名乗った使徒は、そのまま一気に双大剣を振り抜いた。

「わぁっ!?」

気分はまるで小石。それほどの容易さで吹き飛ばされる。

強烈な衝撃と慣性力で姿勢制御もできず、シアはそのまま地面へと叩き付けられた。

先程のティオの二の舞だ。

粉塵がもうもうと広がる中、クレーターの中心で仰向けに倒れ、激しく咳き込む。

「第二の使徒ツヴァイト。神敵に断罪を」
「第三の使徒ドリット。神敵に断罪を」
「第四の使徒フィーアト。神敵に断罪を」
「第五の使徒フュンフト。神敵に断罪を」

空から無感情な声が降ってくる。新たに出現した四体の使徒の名乗りと宣言をウサミミにしつつも、意識は頭に浮かぶ死のビジョンに釘付け。

「んんっ、殺意がたかぁいっ」

必死に飛び退こうとするが、使徒の方が速かった。

白金色の閃光が五つ、一斉に落ちてくる。クレーターを更に広げ、深淵を作るに容易いだろう格別の分解砲撃。

咄嗟にヴィレドリュッケンを傘代わりに掲げる。天頂部分がスライドして面積を広げ、シア一人なら十分に隠れられるだけの盾ができる。

だが、果たして防げるか。シアは切り札の一つを切ることを考えるが……

その前に、「させんわ」とウサミミが歓喜にぴょんぴょんしちゃう声を捉えた。

特大の黒閃が、白金の使徒を下方より狙い撃つ。

同時に、ヒュンと風切り音を響かせて黒い鞭がシアの胴体に絡みつき、凄まじい勢いで引っ張って一気にその場を離脱させた。

白金の使徒は回避することもなく翼で受け止めたが、衝撃で僅かに照準がずれる。

それでできた砲撃の隙間から、黒鞭(こくべん)に引かれるシアが飛び出してきた。

一瞬の後、粉塵すら消し飛ばして白金の砲撃が大地を貫いた。

やはり、普通の使徒とは比べものにならない。従来の分解砲撃でも同じ結果は出せるだろうが、かかる時間が段違いだろう。

「シア、無事かの？」

「ティオさんこそ！」

空中のティオに抱き留められたシアが、黒鞭が解けるに合わせて自力で宙に立つ。

そして、ティオの姿を見て逆に憂慮の声を上げた。

左の振り袖がなくなり、腕からは血が滴り落ちている。他の箇所もあちこち〝竜鱗積層(りゅうりんせきそう)装甲〟が砕け散っていて赤く腫れた肌が見えていた。

「案ずるでないよ、シア。掠り傷(かすりきず)じゃ」

「いや、どう見ても掠ってませんけど……」

声音はしっかりして顔色も悪くはない。試験管型容器をワイルドに口の端に咥(くわ)えたままニッと笑う姿にやせ我慢の気配はなく、本当に問題はないのだと分かる。

安堵(あんど)の吐息を漏らしつつ、シアはシアで追加のチートメイトを取り出した。そうして、白金の使徒達を警戒しながらも高速ポリポリして服用していると、鼻を鳴らす音が耳に入った。

「……逃れていたか。僥倖(ぎょうこう)と言えば僥倖だが、あの男の女らしいしぶとさを見せつけられると、忌々しさが溢れてくるな」

フリードが目元を歪めながら悪態を吐いた。

傍らに滞空するウラノスは露骨に不満げで、ティオを睨み付けている。

ティオは飲み干した容器を、これまたワイルドにプッと吐き飛ばしながら肩を竦めた。

「危うく死ぬかと思ったがのぅ。随分と進化させたものじゃ」

「余裕ぶる必要はない。お前のダメージの深さは分かっている」

「別にぶってはおらんのじゃが？」

「……主の御力を賜ったのは私だけではない。今のウラノスは紛れもなく神域の存在。ブレスの威力は当然、治癒阻害の力も神竜に相応しい進化を遂げている。……再生魔法が上手く効果を発揮しないのではないか？」

「うむ。まぁ、そのようじゃの」

実際、既に試したが、効果がないわけではないものの極めて薄いのは確かだった。

これが香織なら問答無用に再生してしまうのだろうが、天職〝治癒師〟の彼女ほど、ティオの再生魔法の適性は高くない。

我が意を得たりと、フリードの口元が歪む。

「阻害効果だけではないぞ。時間経過と共に悪化もする。今も激痛が走っているのだろう？　そうかからず、全身を蝕まれて死ぬことになる」

当初の目的通り、嬲り殺しが叶いそうで喜悦の笑みを浮かべるフリード。しかし……

「盛り上がっているところ悪いがの、痛いのは苦ではないし死ぬこともないんじゃが？」

「強がりは無様だと——なに？」

嘲笑を浮かべたフリードの顔が、直ぐに訝しむ顔に、そして驚愕へと変わった。

目の前で、ティオの傷口が徐々に塞がっていったから。

「馬鹿な！　再生魔法すら阻害するのだぞ！　あり得んっ」

「馬鹿はお主じゃ。極光本来の阻害効果さえ無効化すれば、普通の回復魔法や薬品は有効じゃろうが」

再生魔法の治癒は、時間干渉に基づく〝復元〟だ。対して、極光の本来の回復阻害効果は、魔力の不活性化による回復効果の減衰。まったく別物だ。

「いったい何度、ご主人様がその光を浴びたと思うておる。対策の一つや二つ、用意してくれているに決まっておろう？」

「……まさか、さっきの液体か？」

「ご明察じゃな」

対極光用魔法薬〝チートメイトDr〟。

【オルクス大迷宮】最下層最終試練〝ヒュドラ〟は、未攻略者が隠れ家手前の空間に入ると出現する。

攻略者が一緒にいれば止めることが可能だが、逆に言えば、ウラノスの極光と同じ力を持つ銀頭の極光を冷静に分析することも可能ということだ。

結果として、自身が極光の影響を受けないよう銀頭の牙や鱗には対極光成分が含有していることを突き止めたハジメは、それを抽出。

後は例の如く回復効果を付与した無害な金属粉末と混合し、アンチ効果をも持った回復薬を作り出したというわけだ。

なお、ティオがウラノスの極光ブレスを受けて生きていた理由も、着物の黒鱗に仕込まれた同成分のおかげだ。

それで数瞬を耐えている間に、穴の真横にブレスを撃って待避場所を作り逃げ込んだのである。想像以上の破壊力に危うく左半身が消し飛ぶところだったが。

自分に対する再生魔法の効果が著しく減衰している点は確かに脅威だが、それとて今のティオにとっては特に問題とならない。

フリードが苦虫を噛み潰したような表情となり、ウラノスまで不機嫌そうに喉を鳴らした直後、痺れを切らしたように白金の砲撃が襲来した。

さっと左右に分かれて回避するシアとティオ。

その間に、エーアストがフリードの傍らに移動した。

「フリード様。奴等は、あのイレギュラーの仲間。どうか油断のなきよう」

「分かっている」

言葉遣いが逆転している。どうやら立場はフリードの方が上になったらしい。

使徒は、やはりどこまで行っても神の人形。

同じ位階に上がれば〝人〟の方が上位者になるということか。

フリードとエーアストの視線が駆逐すべき神敵二人へと注がれる。

「「全ては主の望みのままに」」

ここに来て、破格の戦力が五体も追加とは中々に絶望的だ。

しかし、シアとティオの顔には猛々(たけだけ)しい笑みしか浮かんでおらず。

「さぁて、ここからが本番ですよ」

「お互いに、お披露目といこうかの」

それ以上の〝強化〟は、シアの肉体を以(もっ)てしても段階的に行わなければ自壊し兼ねなかったが故に。

その手札をティオが切れなかったのは、包囲中に切ることが悪手で、しかし、今は相対する位置に立てているが故に。

「いっきますよぉっ――身体強化〝レベルⅣ(フォー)〟!!」

「いざ、来たれ。我が眷属(けんぞく)よ――〝竜軍召喚〟!!」

シアとティオの手札が一枚、切られた。

シアの纏(まと)う身体強化の証(あかし)――淡青白色の魔力が更に輝きを増した。

そして、ティオの宣言と共に帯留の装飾たる紅珠が光を放ち、直後、周囲一帯に百体もの黒竜が出現した。

冗談のように、全てがアーティファクトで武装した黒竜の軍団だ。

使徒が双大剣を切り払い、フリードが片手を掲げ、魔物の軍団が雄叫びを上げて応え、ウラノスがスパークを放って唸り声を上げる。

そうして。

第二ラウンドのゴングは、双方の竜軍による雄叫びとブレスの掃射で始まった。

極光と黒閃が相対する流星群となって双方の敵陣営に殺到する。

それはさながら、宇宙系のSF映画でビーム砲を撃ち合う艦隊戦の如く。

その乱れ飛ぶ致死の閃光の狭間を、五条の白金と淡青白色の光がすり抜けた。

極光と黒閃の一部が正面から激突し、モノクロの衝撃波を放射する最中にて、

「ダラッシャーーーッ」

鎖を回してたっぷりの遠心力を乗せた剣玉を投擲する。正面から飛来した特大砲弾を前に、五条の閃光は正面衝突する――寸前、霧散した。

そう見えたのは、使徒の速度がシアの知覚能力を超えている証。

残像すらも残さない圧倒的速度は、まるで瞬間移動の如く。刹那のうちに、シアの正面にエーアストが出現した。

「ぶっ飛べっ！　ですぅ!!」

「この程度ですか？」

心は乱さず、突進の勢いを乗せてヴィレドリュッケンをフルスイング。エーアストもまた勢いそのまま一之大剣を袈裟斬りに繰り出した。

凄絶な轟音と衝撃が発生するが、勝利したのは大剣の方。

シアの腕が、拮抗も許されず強制万歳の如く上へと弾かれる。

目を見開くシアの胴体へ、ほぼ同時に、弐之大剣による横薙ぎが繰り出された。

集中で遅く見える視界の端で、白神竜のブレスが後方へ放たれ、二体の使徒が併走するようにシアを無視していくのが見える。では、残りの二体は？

答えは、シアの左右後方だ。二番目と四番目が逃がさないとばかりに出現。完全にシンクロした動きで上下段の横薙ぎを繰り出してくる。

（レベルⅣは限界の限界超えなんですけどぉ！）

見えなかった。物理的には。けれど、死のビジョンは視えているから。

声にならない悲鳴を上げながらも引き金を引く。激発の衝撃で前へ。

「んぎぃっ」と声が漏れたのは脇腹に大剣が食い込んだせい。だが、両断には程遠い。エーアストに抱きつくほど接近したせいで振り切れなかったのだ。

当然、背後左右からの剣撃も当たってはいない。

大型超重武器の弱点を、同じ使い手であるシアが知らぬわけがなかった。とはいえ、死中に活を求め、躊躇いなく前へと踏み出せるシアの勇気は驚嘆に値する。

その勇気で、またも必殺の包囲攻撃をすり抜けたシアは、そのまま頭を勢いよく前へ
――ヘッドパットを繰り出した。

ズガンッと頭部同士がぶつかったとは思えない音を響かせて、エーアストの頭を後ろへ

いて。

弾く。が、そのエーアストは顔色一つ変えず、仰け反りながらも視線はシアを捉え続けて

やっべ、効いてねぇですぅ！　と慌てて跳躍。

その足裏の直ぐ下をツヴァイトとフィーアトの弐之大剣が薙ぎ払う。

宙返りしながら、シアは思う。パワーもスピードもまったく足りない、と。

——シア流身体強化　レベルⅣ

本来のシアの身体強化術は、魔力操作の派生技能〝身体強化〟と〝変換効率上昇Ⅱ〟によるもので、ステータスの数値で言うなら魔力１に対して全ての身体能力を２上昇させるというものだ。

それをアーティファクトによる強化で〝変換効率上昇Ⅲ〟——つまり〝身体強化・レベルⅢ〟へと限界を超えて底上げしていた。

けど、それでは足りないから、更に上へ。

シア用に成分をカスタマイズされたチートメイトの追加服用で、普段は肉体保護のため無意識にしている脳内リミッターを外し、体と魂の負担を無視して強引に適性なき魂魄魔法と昇華魔法を発動。更に限界を超える力——〝レベルⅣ〟へと至った。

それでもなお、打ち合うことさえ許されないスペックとは……

「考え事とは余裕ですね？」

またも知覚外。一瞬で頭上を取られて、初撃と同じ桁外れの膂力と共に双大剣による振

り下ろしが襲い来る。

「ええ！　余裕ですからね！」

強がりを口にしつつもヴィレドリュッケンの先端に繋がった鎖で受け止める。

力加減を調整してたわめ、自ら回転することで二本一緒に絡みつかせる。

当然ながら大剣は分解魔力を纏っているのだが、ハジメ謹製の装備は全て超高密度の特殊合金製だ。いくら白金の使徒のスペックが想定外に強化されていたとしても数秒を耐えることくらいわけもない。

故に直ぐに分解されることはなく、砲撃モードのヴィレドリュッケンを突きつける時間も確保可能。引き金を引けば、飛び出すのは〝空間炸裂徹甲弾〟。

ヒットの瞬間ではなく、対象を貫通した直後に空間激震を発動する砲弾だ。

これにはエーアストも目の色を変え、咄嗟に双大剣から手を離して両手をクロスガードした。

轟音と同時に、至近距離から貫通炸裂する砲弾を受けて吹っ飛んでいく。

「お返ししますよぉ！」

そのまま後ろへ回り込んでいたツヴァイトへ、ぶん回した鎖を投石紐代わりにして双大剣を投げ飛ばす。その鎖の更に先には当然、剣玉があるわけで。

鎖を踏みつけて軌道を変更すれば、剣玉は下方から分解砲撃を放とうとしていたフィーアトへ恐るべき速度の振り子となって襲いかかった。

フィーアトはさっと後方に下がって最小限の回避を行った。照準をずらさぬために。

しかし、それは悪手だ。最初の時と同じく大きく迂回するように回避すべきだった。

そこは十分に、剣玉の引力圏内だったから。

「!? 引き寄せられる!?」

新機能の〝引天〟だ。避けようとしても大質量の球体が有する引力は絶大で、雫の黒刀の比ではない。

結果、フィーアトは避け切ることができずダンプカーに轢かれた人間のように吹き飛ばされた。が、双大剣を投擲したツヴァイトまで足止めできたかと言えば、そこまで甘いわけがなく。

「ぬわわわっ」

至近距離からの分解砲撃と分解羽の掃射を受けてしまう。

咄嗟にヴィレドリュッケンを盾にして急所を守る。打撃面には封印石がコーティングされているから、分解砲撃といえど弾き返すことだって可能だ。

だが、露出した手足までは守れない。砲撃は凌げても羽までは対応し切れず、シアの手足は瞬く間にズタズタにされてしまう。

慌てて自由落下に任せて射線から出るも、その瞬間、双大剣が飛来。

(得物を手放した!? いや、違います! これはエーアストの――)

身を捻って回避した直後、パシッと掴み取る音が背後から。

肩越しに振り返る。現実に見えるのは、籠手が砕けただけで特に痛痒を感じた様子もないエーアストが、その手に自分の双大剣を取り戻した姿。

冷酷な目が言っていた。その手足では、もう対応できないでしょう？　と。

双大剣がクロスされ、巨大な鋏の如くシアの首を狙ってくる。

完璧な連係だった。確かに、穴だらけのチーズより酷い有様にされた手足ではエーアストの攻撃を捌くことはできない——

「ま、問題ないですけどね！」

「！　傷が」

クロスされた双大剣がシアの首を挟んで閉じようとするが、それをヴィレドリュッケンが堰き止める。空中で反転し防いだのだ。無傷の体にしっかりと力を込めて。

夜空のように美しい黒の光が、いつの間にかシアを覆っていた。

それは再生魔法の証。

上空から高速落下してきたツヴァイトが、シアへ唐竹割りに一之大剣を振り下ろす。その手首にしゅるりと、黒鞭が絡みつき引き寄せた。

それで一之大剣どころかツヴァイト自身の落下軌道がずれて、シアの脇を虚しく通り過ぎてしまう。

「ティオ・クラルスですか」

「大正解！　でっす！」

カシュンッとヴィレドリュッケンの打撃面がスライド。シアは、鍔迫(つばぜ)り合(あ)いを強引に押し切られる前に次手を打った。

持ち手の引き金を引き、〝空間炸裂弾(エリアバーストブレット)〟をエーアストの顔面に放つ。

貫通目的の徹甲弾ではない。範囲攻撃目的の通常の炸裂弾(さくれつだん)だ。これにはエーアストも堪(たま)らず、残像を置いて即座に離脱。

そこで、戻ってきたフィーアトが分解砲撃をシアへ放つが。

「させんわっていったぁあああいのじゃ！」

割り込んだティオが〝竜鱗(りゅうりん)積層装甲〟で受け止めた。ちょっと涙目になりながら。

「ナイス！　ティオさん！」

その肩口から銃口を覗(のぞ)かせてフィーアトに照準し〝空間炸裂徹甲弾〟を放つシア。

肉盾となった仲間を称賛し、そのまま躊躇いもなく利用するという外道な戦法に意表を突かれたのか、フィーアトは身を捩(ねじ)るも肩口に食らったようで錐揉(きりも)み落下した。

合流したシアとティオだが、声を掛け合う暇もない。

空中にあって超近接戦の連続だったシアと異なり、ティオの方には魔物の攻撃もなされいたのだろう。

視界にティオと相対していた三番目(ドリット)と五番目(フュンフト)が白金に煌(きら)めく光の尾を引いて急迫してくるが、灰白竜(かいはくりゅう)の極光と白豹(しろひょう)＆三頭狼(さんとうろう)の突撃で即時離脱を阻止される。

自然と背中合わせになって、ティオが〝竜爪〟で灰白竜をまとめて切り裂き、シアが

〝空間炸裂弾〟を薙ぎ払うようにして連射することで白豹と三頭狼を吹き飛ばすが……

その時には既にドリットとフュンフトが挟撃態勢に入っていた。ドリットはシア、フュンフトはティオの正面から。

言葉はなく、しかし、そうであることが当然のように、シアとティオは回転扉の如くるりと位置を入れ変える。

一瞬遅れて、ドリットからは分解羽の掃射が、フュンフトからは分解砲撃が放たれた。

「羽では軽いわっ」

「単発なら爆砕ですっ」

ティオは分解羽を受けつつも装甲で耐え、その間に〝圧縮螺旋咆哮〟で迎撃。

シアは、クッと鎖を引いて戻した剣玉をヴィレドリュッケンで打ち付け豪速で射出。質量と速度を以て分解砲撃を正面から吹き飛ばした。

更に、二人同時に跳躍。そこを不可視の斬撃――空間割断〝一閃〟が通り過ぎる。

「くっ、やはり予知を共有しているな！」

フリードが忌々しそうに叫んだ直後、ウラノスの特大の極光が跳躍した二人を襲うが、やはり当たらない。分かっていたように左右に分かれて回避してしまう。

シアの頭上と真横からフュンフトとツヴァイトが羽を掃射。逃げ場をなくしてダメージを重ねるが、直ぐに黒色魔力に包まれて無傷となる。

それが分かっているから怪我など気にした様子もなく、引力絶大の剣玉を振り回してティオに肉薄しようとしたドリットとフィーアトをぶっ飛ばす。

エーアストが一瞬の隙を突いて高速回転する剣玉と鎖の暴威を潜り抜けて斬りかかるが、やはりシアを守らんとティオが割り込む。

たとえ竜鱗が削り割られようとも一瞬を確保。

その隙にシアがエーアストの懐に踏み込んで、〝震動破砕〟機能を発動したヴィレドリュッケンを薙ぎ払う。

エーアストが光の粒子を残して頭上に回避した時には既に、やはり、そうなることが分かっていたような動きで黒鞭を振るうティオ。

目標は、急速接近しながら〝震天〟を放ったフリードだ。

ティオは防御の素振りも見せず、それどころか回避もしない。

攻撃したければ好きにしろと言わんばかりに、逆に攻撃を放つ狂気じみた行為はフリードの反応を一瞬、遅らせた。

あり得ないほど長く伸びた黒鞭が、鞭特有の分かりにくい軌道で迫る。先端部分の速度はしなりと遠心力で超音速だ。

おまけに、併走するウラノスには、貫通特化のブレスも同時に放たれる。

結果、ウラノスはそれの迎撃に気を取られ、主のカバーに入れず。

「ぐおぉ!?」

一瞬、意識が飛ぶほどの衝撃。咄嗟に翼で身を包んだにもかかわらず、それを切り裂いて胸元に一文字を刻まれる。

――ティオ専用武具　黒隷鞭

グリップ部分に付けられた極小宝物庫を応用することで、長さ最大三キロまで自由に伸長が可能。黒鱗の欠片を組み込むことで鑢のように対象を削り、同時に変成魔法を併用すれば手足の延長のように操作できる。更には魂魄に衝撃を与える機能と空間切断機能も付与されている。

その一撃を受けて〝震天〟の制御が乱れ減衰し、ティオは「ぬぐぅっ」と苦悶の声を上げつつも表面の黒鱗を砕かれるだけで耐え切った。

シアに追撃を加えようとしていたエーアストが弾かれたように戦線を離脱する。

落下しかけたフリードのもとへ一瞬で駆けつけると、肩を貸す形で支えに入った。

「フリード様」

「くっ、問題ない！」

振り払うようにして自力で滞空するフリード。

他の使徒達も動きを一時的に停止する。やはり、フリードの存在は使徒達にとって無視できないのだろう。あるいは、アルヴヘイトに近い立場なのかもしれない。

「ティオさん、無事……じゃあないですね。肉壁感謝ですっ」

「んんっ♪　仲間からの酷い呼び方！　滾るっ。やはり親しい者のご褒美でなければ気持ちよくないのぅ！　感謝っ感謝！」

いつものように恍惚顔で身悶えているが、実際、ティオの有様は中々に酷い。

自分に対する再生魔法が著しく減衰しているせいで瞬時に癒やせない。

〝竜鱗積層装甲〟は〝竜化〟の派生技能なので自力での修復が可能だが、それが追いつかないくらいあちこちボロボロだ。おそらく、装甲の下は更に酷いだろう。

当然、防具である和装も、かなり破損している。今、装甲を解いたらあられもない姿になってしまうだろうくらいに。

「でも、これ以上は……」

「いや、いいんじゃよ、シア。これでな」

意味深な流し目を送ってくるティオに、シアは「あ、なるほどです」と得心したように頷いた。

「それより、シアの方はどうなんじゃ？」

「ティオさんが守ってくれてたので、もういけますよ！」

「それは重畳。〝守護者〟冥利に尽きるのじゃ」

包囲位置につく使徒に視線を巡らせながらも、お互いに「くくくっ」と不敵に笑い合うシアとティオ。そこに絶望はなく、戦意はますます充溢していく。

一方、フリードは、二人がこそこそと話しているのをいいことに、己に回復魔法をかけつつ、同時に軍団の長として対黒竜戦の戦況を確認していた。

シア達との戦いに寄せ付けず、殲滅しろと命じたのだ。

戦力の差は圧倒的である。シアとティオの初戦でそれなりに数を削られたとはいえ、それでも元々の桁が違う。

当然、数の暴力を前に、今の戦いの間にも殲滅できるだろうと思っていたのだが……

(馬鹿な。ほとんど削れていないだと？　いや、それどころか……)

自軍の魔物が相当数やられている。

黒竜軍の方が十数体程度なのに対し、自軍の方は百体以上戦闘不能になっているのではないだろうか。

単なる素体のスペック差だけでは説明が付かない。

ならば、この結果をもたらしている原因は一つだ。

(あの装備っ、イレギュラーのアーティファクトか！)

視線の先で、黒竜が兜を輝かせると同時に黒のブレスを放った。

正面から灰白竜も極光を放つが、兜の力で〝圧縮螺旋化〟し、鎧の〝昇華機能〟でスペック上昇している黒閃は、そのまま極光を黒で塗り潰すようにして呑み込んでしまう。

放った灰白竜が撃ち抜かれるのは当然、その背後にいた他の魔物まで数体まとめて貫かれた。

ブレス中の硬直を狙って、馬頭が胴体へ豪腕を繰り出す。赤黒い魔力衝撃波を伴うそれは、普通なら生物を爆散させるに十二分。

しかし、黒竜が纏う鎧に直撃した瞬間、拳の方が砕け散ってしまった。

鎧に仕込まれた衝撃に反応し自動で〝魔衝波〟を返す〝衝撃反応装甲〟のせいだ。

痛打を受けた様子もなく、黒竜が無造作に尻尾を薙げば、先端に装備した〝空間断裂機能〟を有した肉厚の刃が馬頭をあっさり両断してしまう。

当然ながら爪にも外装型の金属爪がカバーのように取り付けられている。空間断裂機能の他、風の斬撃を飛ばす〝風爪〟も付与されており、群がって押さえ込もうとした複数体のキメラがまとめて斬断されてしまった。

血風が舞う頭上では、別の黒竜が曲芸飛行をしている。

バレルロールに宙返り、錐揉み落下からの急上昇。

これもまた鎧の機能による〝重力緩和〟だ。その巨体と装備の重さに反して、黒竜の重量は半分程度に軽減されている。

その軽やかさを以て、四方八方から襲い来る白豹の触手や極光を、まるでシアの如く、来る場所が分かっているかのように回避、回避、回避。

兜に仕込まれた第二の機能〝先読〟の併用だ。シアのように明確なビジョンが見えるものではないが、昇華魔法で底上げされた効果は確実に攻撃の軌跡を感知させる。

同時にブレスも乱舞させれば、黒閃は魔剣となって魔物を切り裂き墜としていく。

「忌々しいっ。あの男は戦場を異にしても厄災をもたらすかっ」

「ご主人様だけではないぞ？　仲間との共同作業の成果じゃ。存分に味わってたもれ！」

ティオが上機嫌に笑う。実際、シアと香織が奈落最下層帯の翼竜を拘束して魔宝珠へ入れ、ハジメが先に武装を創造しておき、隠れ里から帰還した後にティオが従魔化させた共同作業の成果だ。

アワークリスタルの遅延空間でギリギリまで強化した黒竜は、〝竜〟という点でティオと相性が良かったのか想定以上に力を増大させた。そこにアーティファクトの武装が加わった結果、奈落最下層帯の魔物すら超越した凶悪な黒竜軍が誕生したというわけだ。

なお、色が黒なのは単なるティオの好みだ。魔王の女が従える竜と言えば邪竜。邪竜と言えば黒じゃろう！　と、ドヤ顔で色づけしたのである。

「落ち着かれませ、フリード様。意見具申をお許しください」

「ッ……なんだ？」

エーアストから無感情な声をかけられて、湧き上がったハジメへの忌々しさをどうにか呑み込むフリード。その傷が癒えているのを確認して、エーアストは野兎を狙う狩人（かりゅうど）のように細めた目をシアへ向ける。

「連係が面倒です。引き離しましょう。我々がシア・ハウリアを」

「……意味があるのか？」

「ウラノスがティオ・クラルスにブレスを直撃させた時、事前行動が見受けられませんでした。連係が可能なのは、ティオ・クラルスによる回復と防御により、シア・ハウリアに余力があるからです」

分かりやすく、シアから「うわっちゃぁ～。ばれちゃってますぅ」と自白が取れる。

「……いいだろう。私もウラノスも、あの竜人には火山での借りがある」

「では」

連係を取っていても〝面倒〟程度。連係を取らなければ〝容易〟に処理可能。

聞こえよがしにそう告げてくるエーアストに、シアは口の端を吊り上げた。

「ティオさん」

「ふむ。大丈夫かの？」

「問題ありません。たかが神の木偶人形です。それに、ティオさんも私を守らない方がやりやすいでしょう？」

今度はシアの方が意味深な目線を送り、ティオは否定せず肩を竦める。

端から見れば、肉壁をしなくていいからという意味にしか取れないだろうが……

何か、嫌な予感でもしたのかフリードが訝しそうに眉をひそめた。

しかし、問いただす前に、エーアストが双大剣を切り払う。

「たかが兎人が大言壮語も甚だしい。身を以て教えて差し上げます」

微妙に意趣返しのような言葉を吐き出し、白金の粒子を乱舞させて一筋の光芒と化す。

「ハッ。上等！　やれるもんならやってみやがれですっ」

不敵に啖呵を切って、シアもまた飛び出していく。

後を追わず見送るティオに、純白の魔力を渦巻かせるフリードが言う。

「竜化はしないのか？」

「良い的じゃろう？」

「仲間を守る必要はなくなった。ならば、本気を出してもらいたいものだ。その貴様を打倒して初めて、我等の雪辱は晴れる。主に誇れるのだ」

「知らんよ。……と言いたいところじゃが、一応、言っておこうかの」

〝竜鱗積層装甲〟を完全修復。純黒の魔力を身に纏い、ティオは居丈高に応じた。

「若造が。御託は慎め。妾の本気が見たければ引き出してみせよ」

ニヤッと笑って、あくまで格下だと告げるティオに、フリードは一瞬無表情となり、

「ウラノーースッ!!」

ならばと特大の極光を以て返答とした。

それを回避しつつ踏み込もうとしたティオだったが、その前に、射線上に〝ゲート〟が展開される。まるでティオを守るように。

もちろん、そうでないことは直ぐに示される。

ティオがハッとして見上げれば、〝ゲート〟で転送された極光が降ってくるところで、どうにか横っ飛びするようにして回避すれば、通り過ぎた極光がまた別の〝ゲート〟に入り、ティオの真横に出現した〝ゲート〟から放出される。

まるで極光ブレスの乱反射。あるいは、檻とでもいうべきか。

たった一発のブレスが、ハジメの技と同じ〝空間跳躍攻撃〟によりティオを襲い続ける。

驚愕すべきことに、フリードはその隙を突いて更に神代魔法を発動した。

魔力を練りに練って、既に不要となった詠唱すらして威力を高め――

「――〝大震天〟!!」

魔物の軍団と黒竜軍の戦場のド真ん中に、それを発動する。

今までの比ではない空間爆砕が、球状に全方位へ迸る。

自軍の魔物も、黒竜軍も関係ない。一切合切を粉砕せんと放たれたそれに、戦場は一瞬で蹂躙された。

今ので敵の三分の一が散ったが、黒竜軍の被害はもっと甚大だ。八割は墜とされた。

黒竜の多くは、アーティファクト装備が辛うじて命だけは守ったようだが、大半が意識を喪失し、全身が砕けて藻掻き苦しんでいる。

同時に、極光ブレスの檻も効果を終えた。どうにか回避したティオだったが、完全とはいかず、右半身の装甲が剝がれ、血と竜鱗をバラバラと落としている。

その傷に頓着せず、黒竜達の壊滅具合に目を見張る。

「これはまた……」

そんなティオに、フリードが鼻を鳴らした。

「本気とは、こういうことだ」

神命を背負い、必ず勝利すると決めたなら、育て上げた従魔の命すら厭わない。

否、従魔だけでは、きっとない。

「たとえ何を犠牲にしても勝つ気概が、貴様にはあるか?」

それが、たとえ同じ魔人――同胞であっても、今のフリードは突き進むに違いない。

修羅というべきか。それとも狂信というべきか。

問われたティオは、しかし、返答せず哀れみの溜息を吐き、そして、奇蹟のような光景を起こした。フリードの〝気概〟とやらを否定するように。

「――〝竜王の恩寵〟」

黒色の波紋が戦場に広がった。否、降り注いだというべきか。

それは、まさに黒竜達にとっての王による恩寵。

魂魄魔法の〝選定〟により従魔だけを選び、〝魂魄の固定と定着〟及び〝再生〟を施す魂魄・再生複合魔法。黒竜だけを何度でも癒やし、数分以内なら蘇生すら行い、完全復活を遂げさせる魔法だ。

戦場に倒れた黒竜達が、王の祝福を受けて歓喜の咆哮を上げる。

起き上がり、翼を打って再び空へ。竜王の加護を纏い、死と、その恐怖さえも克服した黒竜の群れは、獣が本能で忌避する危険な状況でも躊躇いなく踏み込み、相打ち上等で喰らいつく。その光景は、まさに悪夢そのもの。

故に、フリードはしばしの呆然を強いられ、更なる一手を許してしまう。

ヒュンッと風を切って伸びたのは黒隷鞭。

それが、最も近くにいた三頭狼に絡みつき、そのまま締め上げて拘束する。

そして、

「我が眷属となりて産声を上げよっ——〝竜王の威光〟!!」

王の威厳と、上位者特有の畏怖すら感じさせるティオの声音が響いた。と同時に、

——ギィァアアアアアアアッ
三頭狼が絶叫を上げた。およそ狼種が出すとは思えない血の凍るような叫び。

「な、なんだっ、何をしているっ!?」

フリードが、思わず動揺の声を上げるのも無理はない。

何せ、黒隷鞭に巻き付かれた三頭狼が、ベキッゴキッグチャと生々しい音を響かせながら瞬く間に変形していくのだから。

時間にして、およそ三秒。

それだけの時間で、三頭狼は黒い鱗に覆われ、太く逞しい四肢と尾、鋭い爪牙、そして翼を持つ魔物——黒竜へと変貌してしまった。

己の魂魄から〝竜化〟の情報——〝竜化因子〟を特定・抽出し、それを強制的に対象の魂に組み込み内包させるティオのオリジナル魔法〝竜因浸化〟。

これに変成魔法〝天魔転変〟を組み合わせることで、異種の魔物を強制黒竜化・従魔化、すなわち〝眷属化〟させる魂魄変成複合魔法だ。

普通なら、他人が支配している魔物を、たった数秒で眷属にするなど不可能。

その不可能を覆しているのが、〝黒隷鞭〟だ。

そう、黒隷鞭の真価は、強制竜化の補助にこそあったのだ。

竜化限定ではあるが、適性の高さと黒隷鞭により、ティオは大抵の相手を強制的に眷属化させることができるのである。

鞭打った相手を従わせる……

ドMの変態には不似合いだが、ド変態という大枠では逆に似合いすぎと言うべきか。

シア達が、ティオに黒隷鞭を贈ったハジメにいろんな意味で懐疑的な眼差しを向けてしまったのは仕方のないことだろう。

「今の妾なら、もう少しいけそうじゃの！」

フリードが未だに呆然自失から帰還しない間に、ティオは更に黒隷鞭を振るう。

その機能によって、途中で枝分かれした鞭は一気に三体の魔物を捕らえて、あっという間に眷属化させてしまった。

そこで、ウラノスがオォオオオンッと澄んだ咆哮を上げる。主の目を覚まさせる目的に違いないそれに、フリードは頬を引っ叩かれたかのように我を取り戻した。

「それ以上させるものかっ」

フリードから怒濤の分解砲撃と羽が放たれる。ウラノスからも極光ブレスが迸った。

広がる分解の羽が逃げ道を塞ぐようにして曲線を描いてくる。

ティオはダメージを恐れず、その分解羽の一角へと自ら躊躇いなく飛び込んだ。

どうせ避けられないならフリードの攻撃の方がマシ……という割り切りの良すぎる、というより既に無鉄砲とも言える回避行動だ。

確かに、ウラノスの極光は強力すぎる故、正解と言えば正解なのだろうが、分解の羽とて道理を踏みつけたような威力であることに変わりはない。

案の定、耐えはしたものの少なくないダメージが通る。竜鱗の欠片と血飛沫がまたも地面へ落ちていく。

「ほうれっ、捕まえたのじゃ！」

実は、黒竜軍の方へ、つまり後方へ逃げれば味方を巻き込むリスクはあるものの逃げ切れた可能性は高かった。それをせず、あえて強行突破したのは、軍団同士の戦場から僅かに外れた場所にいた魔物を捕らえるため。

先程より枝分かれの数を増やし、まるで触手のように伸びた黒隷鞭が、今度は一気に五体を眷属化させる。

増えていく黒竜に、しかし、冷静さを取り戻したフリードは嘲笑を顔に浮かべた。

「無様だな。竜人の頑強さに頼り切ったその戦い方、見るに堪えん」

「これも立派な戦術じゃよ？」

「馬鹿な。能力に胡座をかいているだけだろう。私の魔物を奪う変成魔法の使い方には驚かされたが、結局、本人がそれでは決着は近そうだ」

フリードは、ダメージを気にしないティオの戦い方を嘲った。

そして、再び、魔法と分解能力による包囲弾幕を放ちながら、ウラノスに極光ブレスを撃たせる。

ティオもまた、同じようにダメージを受けながらも着実に黒竜を増やしていった。

それを見て、フリードは理解する。戦力逆転か、自分の耐久限界が先か。ティオは、そんなチキンレースをするつもりなのだと。

それは間違いではなかった。確かにティオの作戦だった。

ただ、あくまで第一作戦であり、同時に、できれば使いたくない本命の隠れ蓑になっているなんてことは、流石のフリードも想像だにしていなかった。

# 第六章◆シア・ハウリアは白金の使徒を凌駕する

「本当に分断に応じるとは……感情に流されましたか」

ティオとフリードの戦域から相応に離れた場所で、エーアストの多少呆れを感じさせる声が響いた。

「随分と感情的に見えるのは、そちらだと思うんですが？」

とんとんっとブーツの調子を確かめるみたいに大地を蹴りつけつつ、言い返すシア。

空中では、どうしても使徒に有利だ。下方を気にする必要もある。

だから、戦域を離脱して直ぐに、打ち合うふりをして地上へ急降下し、そのまま走って場所を移動したのだが……

さっさと上がってこいと分解砲撃による空爆でもしてくるかと思えば、シアの望んだフィールドに使徒達は降りてきた。

五芒星の頂点の位置でシアを取り囲み、あまつさえ言葉をかけてくる。

それを奇妙に思いつつも、剣玉を〝宝物庫〟に仕舞う光に紛れて、柄頭の魔晶石から最大値まで魔力を補充する。

「諦めなさい、シア・ハウリア。膝を折り、頭を垂れるのです」

傲慢から来る降伏勧告、には聞こえなかった。

まるで、どうかそうであれと、戦い抜いて死ぬのではなく心折れて死んでくれと望んでいるような、そんな声音に感じたのは気のせいか。

なんにせよ、一笑に付すべき言葉だ。が、なぜかシアは即答できず。

それどころか、頭に霞がかかったようになり、漠然と「そうした方がいいかな……」というあり得ない気持ちが湧き上がってきた。

「――ッ」

その異常性に気が付いて、咄嗟に唇を噛む。鋭い痛みで眠気が晴れたような感覚と共に正気を取り戻した時には、眼前に白金の砲撃が迫っており――

「なめんなってですぅ！」

大上段からヴィレドリュッケンを振り下ろす。封印石コーティングと魔力衝撃、純粋な膂力による衝撃で分解砲撃が霧散した。

直ぐさま担ぐように構え直し、腰を落として警戒にウサミミをわさわさ。苦虫を噛み潰したような表情で吐き捨てる。

「この期に及んで〝魅了〟に掛かりかけるなんて、失態です」

「むしろ、あの一瞬で解呪したことは驚愕に値しますが？　魅了の効果も強化されているというのに」

きっちり言葉を返してくるエーアスト。ついでに、意図まで伝えてくる。

「しかし、たとえ一瞬でも、魅了中は〝死の未来〟は視えなかったようですね？」

どうやら実験したらしいと理解し、ウサミミがピクピクする。

「だったらなんだと？」

「いえ。スペックで圧倒するか、〝未来視〟の過剰使用による魔力枯渇を強いるか。神罰の与え方を決めかねていただけです」

「な、なんか腹たちますねぇっ」

今度こそ、シアのウサミミは荒ぶった。ウサ毛がぶわっとなり、口元も引き攣る。

未来が視えても対応できない攻撃で仕留めるか、じりじりと削るように追い詰めて嬲り殺すか。まるで、貴族が趣味の兎狩りをするのに今日はどんな趣向で行こうかと考えているかのような舐めっぷりだ。

よもや、こいつ本当に精神的なマウントすら取りに来ているのか、と疑ってしまう。

動かぬ表情と虚無の眼差しは相変わらずで、ただ厳然たる分析結果として勝利を確信しているだけなのだろうが。

実際、シアと白金の使徒のスペック差は明らかだ。限界の限界超えたる〝身体強化レベルⅣ〟状態でも数倍の差はあるだろう。

にもかかわらず、こうしてギリギリのところで凌げているのは〝未来視〟によるところが大きいのも事実。

シアの技能としての身体強化自体は、あくまで体内で魔力を身体能力に変換しているに過ぎないので魔力を消費するということはない。

魔力の高い者の身体能力が自然と高くなるのは、無意識のうちに体内の魔力を身体強化に使っているからであり、しかし、だからといって日常的に魔力枯渇の危機に陥っている者がいないのと同じだ。

だが、〝未来視〟は違う。使えば使うだけ魔力を消費する。それもかなり膨大な量を。

魔晶石のストックにも限度がある。ここまでの戦闘だけで既に半分を消費した。

なるほど。確かに、じり貧だ。生殺与奪の権利どころか、与奪方法の選択権まで手にしていると考えるのも自然なことだろう。

とはいえ、だ。

腹は立つ。腹の底が煮え滾るほどに。

だって、それだけの余裕を感じていられるのは、使徒自身への強化のおかげで。

その強化は、エーアスト達の破格の力の根源は——

「それ、ユエさんの魔力ですよね？」

間違えるはずがない。

使徒の本来の魔力光は銀色——それに黄金の魔力が混じり白金となっている。

そして、その黄金の魔力光は、旅の中で何度も見て感じてきた姉貴分で師匠で恩人で、かけがえのない親友である……そう、ユエの魔力だ。

もちろん、ユエに成り代わったエヒトの手によるものだとは分かっている。

だが、それでも、大切な人の魔力を勝手に使われて。

その力をよりにもよって自分達に向けるなど。

「身の程を弁えてくださいよ、木偶人形」

本当は、もうずっと怒っている。グリューエンのマグマよりも熱く煮え滾る感情を、ずっとずっと抑えている。

他の誰でもない。戦いの師匠でもあるユエが、思考だけはいつだって氷の如く冷たく研ぎ澄ませと、そう教えてくれたから。

エーアストの表情が僅かに変わる。またも、どこか反論するような様子で言葉を返す。

「不敬ですよ、兎人。あの素体は既に主の新たな肉体として定着しました。当然、その魔力も主のものです。お前の知る吸血姫は、もう存在しません」

「……」

ギシッギシッと空気が軋んでいるかのように張り詰め、心の深奥まで侵すような冷たい闘志が吹き荒れた。

口が開かれる。家族にもハジメ達にも、絶対に聞かせることのない絶対零度の声音がシアから放たれる。

「くそったれ、よく聞きやがれです」

ヴィレドリュッケンを一振り。暴風を伴ってエーアストへと突きつけられる。

「ユエさんの全て、何もかも、受け取っていいのはこの世にただ一人。お前達がイレギュラーと呼んだ奈落の化け物だけです」

周囲の空気を圧するような気配を発していながら、同時に、まるで賢者の如き厳かな気配をも纏うシアが宣言した。

「未来を垣間見られる天職〝占術師〟たる私が断言しましょう。お前達にも、お前達のクソご主人様にも――〝未来はない〟です」

何か得体の知れない、そう、運命のようなものに捉えられたような気がして、エーアストは言葉を詰まらせた。ティオとフリードの激戦の轟音は聞こえているのに、不気味なほど静寂だと感じてしまう。

それを振り払うように、エーアストは殊更に冷然と返す。

「……戯言を。主は〝絶対〟です。事実、イレギュラーは魔王城で主に手も足も出なかった。それに見なさい、シア・ハウリア。ティオ・クラルスもフリード様に追い詰められ、既に満身創痍。貴女もまた我等には遠く及ばない。理解できないのですか？　それとも現実逃避ですか？　未来がないのは、貴女達の方です」

実に、客観的な指摘だった。エーアストの言葉を否定できる要素は何もない。

ここまでは。

シアが、見た者を慄然とさせるような表情で笑う。

「私の力がこれで限界だと、いつ言いました？」

「？　何を――」

訝しむエーアストが疑問を発しようとして、しかし、噤む。否、閉じさせられた。

突きつけていたヴィレドリュッケンを肩に担いだシアの、その力が、

「――〝レベルⅤ〟ッ!!」

爆発的に膨れ上がったから。

ドンッと大気が揺れる。淡青白色の魔力が螺旋を描いて噴き上がる。

エーアストが目を見開いた。

「まだ増大できたというのですか……」

大地に亀裂が生じる踏み込みで、シアが戦闘を開始する。

正面から振り下ろされたヴィレドリュッケンを、一之大剣で受け止めるエーアスト。轟音と共に周囲の地面が放射状にひび割れるが、大剣を支える腕はびくともしない。

「ですが、それでも我等には及ばない」

自身の言葉を証明するように、エーアストは単純な膂力でシアを弾き返す。

冷酷なまでの事実だった。

追加分のチートメイトが体に浸透し、〝レベルⅣ〟の強化に体を慣らし、その上を行く下地を作ってきたシアの切り札は、なお白金の使徒の領域には手もかけられていない。

もし、両者のステータスを確認できたなら、こう表示されただろう。

筋力：２２０００　⇒［強化限界６６０００］
体力：２２０００　⇒［強化限界６６０００］
耐性：２２０００　⇒［強化限界６６０００］
敏捷（びんしょう）：２２０００　⇒［強化限界６６０００］
魔力：２２０００　⇒［強化限界６６０００］
魔耐：２２０００　⇒［強化限界６６０００］

通常の使徒がオール１２０００、疑似限界突破状態でオール３６０００。つまり、白金の使徒は倍近いスペックを誇る。対して、シアの身体強化〝レベルⅤ〟は。

筋力：１００　⇒［ＡＦ（アーティファクト）：ＣＭ（チートメイト）&昇華ネックレス２００］⇒［身体強化Ⅴ３８２００］
体力：１２０　⇒［ＡＦ２４０］⇒［身体強化Ⅴ３８２４０］
耐性：１００　⇒［ＡＦ２００］⇒［身体強化Ⅴ３８２００］
敏捷：１３０　⇒［ＡＦ２６０］⇒［身体強化Ⅴ３８２６０］
魔力：３８００⇒［ＡＦ７６００］

魔耐：4000⇓［AF 8000］

---

通常の使徒なら僅かに超えるスペックだが、確かに白金の使徒には遠く及ばない。

エーアストの見立ては正しく、しかし、決定的に間違ってもいた。

弾かれたシアが地面と水平にぶっ飛ぶ。

しかし、その表情に通じなかった絶望は皆無。獰猛な笑みもそのまま。

左右からの白金の閃光が迫った。

それを、ヴィレドリュッケンの激発により吹き飛ぶ速度を更に加速して回避。空中でくるりと体勢を立て直すと、後方で待ち受けていたツヴァイトに向かってフルスイング。

白金の使徒達が思わず瞠目する雄叫びと共に。

「――〝レベルⅥ〟ッ!!」

「なっ!?」

双大剣と戦槌が激突し、白金と淡青白色の魔力が放射状に散る。

そう、ツヴァイトは、双大剣を交差し両手でヴィレドリュッケンの一撃を受け止めていた。白金の使徒をして看過し得ない破壊力を感じ取ったのだ。

その危機感は正しかった。ツヴァイトの足下が溝を刻んでいる。根が生えたようだった白金の使徒が、ほんの少しとはいえ後方へ流されたのだ。

とはいえ、まだだ。まだ、シアのスペックは白金の使徒の領域には足りない。

筋力：100 ⇓ ［AF 200］ ⇓ ［身体強化Ⅵ 45800］
体力：120 ⇓ ［AF 240］ ⇓ ［身体強化Ⅵ 45840］
耐性：100 ⇓ ［AF 200］ ⇓ ［身体強化Ⅵ 45800］
敏捷：130 ⇓ ［AF 260］ ⇓ ［身体強化Ⅵ 45860］
魔力：3800 ⇓ ［AF 7600］
魔耐：4000 ⇓ ［AF 8000］

その足りない分をハジメのアーティファクトと神代魔法が補う。

十字に重ねられた双大剣。その中心に打ち付けたヴィレドリュッケンに魔力が注ぎ込まれる。そうすればギミックが起動し、鍔迫り合いしたまま打撃面がスライド。

迸る淡青白色のスパークと、高速回転するそれに、ツヴァイトが目を見開いた直後。

「ぶち抜きやがれです！」

シアの柄を握る指が引き金を引いた。

ゴォオオンッと響き渡ったのは双大剣が粉砕される音。漆黒の杭――内蔵型パイルバンカーが使徒の得物を食い破り、そのまま頭部をも木っ端微塵にせんと迫る。

「――ッ」

声を上げる余裕もなく、目元を引き攣らせて頭を振るツヴァイト。

頭部の防具であるサークレットが弾け飛び、こめかみを抉られ血飛沫が舞う。芸術的な白金の髪もごっそり引き千切れて宙を舞った。

そこへ、上空からドリットが、左右からフィーアトとフュンフトが、白金の羽を散弾の如く撃ち放つ。

更に、ツヴァイトは至近距離から分解砲撃を放とうと腕を突き出し、その射線を避けるようにして後方からエーアストが白金に輝く双大剣を振りかぶって急迫。

逃げ道はない。

シアの身体強化によるスペックの上昇率を少しは脅威と思ったのか。

神罰遂行の方法を〝スペックによる圧倒〟に決定したようだ。下手をすればツヴァイトごと殺りかねないことが雰囲気から分かる。

そして、実際に回避不可能となったシアはというと。

……すっと目を閉じた。

「諦めましたか！」

エーアストの声が響く。確かに、この状況で瞑目する理由など観念した以外には思いつかない。エーアストの推測は当然のものだ。

だが、眼前の化け物ウサギが、そんなに潔いはずもなく。

次の瞬間、全ての攻撃が素通りした。

「「「「ッ!?」」」」

無機質な表情が完全に崩れる。使徒達の表情が、混乱と驚愕に彩られた。

当然だろう。何せ、シアは一歩も動いていないのだから。

微動だにせず、しかし、全ての攻撃がシアの体を虚しく通り過ぎたのである。その原因は、眼前に異常として示されていた。シアが半透明となっているという異常として。

――シア流空間魔法　半転移
自分の肉体を半ば違う位相の空間にずらすという魔法だ。これにより、元の空間からの干渉を一切受けなくなる。代わりにシア自身も攻撃できず、それどころか動くことすらもできないが、ある種の絶対防御だ。

魔法適性の低いシアによる転移魔法の失敗版。強化に強化を重ねたシアでなければ体がバラバラになりかねない非常に危険な欠陥魔法である。

おまけに、消費魔力は膨大という言葉でも生温い。身体強化の最大値を維持するために魔力を消費してはならない今のシアは、魔晶石という外部ストックに頼るしかない。

故に、この戦闘で使えるのは、今の一回のみ。

そのたった一回が作ったチャンスを、シアは逃さない。

攻撃を透過した瞬間、〝半転移〟を解いて元の空間に戻り、正面に踏み込む。

双大剣を失い、白金の砲撃を放ったばかりのツヴァイトの懐に肉迫する。驚愕で反応が一瞬遅れたツヴァイトは、するりと伸びてきたシアの手を回避し切れず。

その美貌を鷲掴みにされた。こめかみに爪が食い込んでロックされる。

そして、

「――〝レベルⅦ〟ッッ!!」

---

筋力：100 ⇒〔AF 200〕⇒〔身体強化Ⅶ 53400〕
体力：120 ⇒〔AF 240〕⇒〔身体強化Ⅶ 53440〕
耐性：100 ⇒〔AF 200〕⇒〔身体強化Ⅶ 53400〕
敏捷：130 ⇒〔AF 260〕⇒〔身体強化Ⅶ 53460〕
魔力：3800 ⇒〔AF 7600〕
魔耐：4000 ⇒〔AF 8000〕

---

上がる上がる、止めどなく。力の奔流が非現実的なほどに渦巻き、シア・ハウリアという最弱種族の少女の位階を加速度的に引き上げていく。

既に、通常の使徒であれば遥かに上回るスペックを以て、ツヴァイトを掴んだまま突進。

他の使徒を置いて包囲を突破する。

踏み込んだ一歩目で景色が流線と化す。

二歩目で強烈な慣性力が働き、ツヴァイトの自由を奪う。

三歩目で音速を突破。大気の白い壁を突き破り、その勢いのまま地面から突き出した大岩へ、ツヴァイトの後頭部を叩きつける。

白金の使徒の耐久力からすれば、頭部がトマトのように潰れるということはない。逆に、大岩の方が粉砕される。

「この程度で――」

「うるっせぇっです！　寝てろぉ！」

シアは止まらない。大岩を粉砕しても勢いを減じず、そのまま頭部を地面に叩き込んだ。ご丁寧に片足を打ちつけて更に深くめり込ませる。

間髪を容れず、追随してきたエーアスト達へ〝空間炸裂弾〟による空間激震の壁を作りつつ直上へ大跳躍。指輪が輝きを放つ。〝宝物庫〟が特大の金属塊を虚空へ吐き出した。

直径十メートル、長さ二十メートルの円柱体。

重力に従って落ちゆくそれの側面に空いた穴へ、シアは柄を伸長させたヴィレドリュッケン自体を突っ込んだ。

そうしてみれば、分かる。それの正体が。

――ヴィレドリュッケン新外装　１００トンハンマー

付与された重力魔法で重さを軽減してもなお、シア以外には操れないだろう巨大超質量の戦槌が、振り子のように半円を描いて天に高々と掲げられる。

ツヴァイトが分解魔力を放出して岩盤にめり込んだ頭部を抜き出す。そして、己に差す影に頭上を見上げて目を剝き――

「大地の染みになりやがれです！」

裂帛の気合いと共に、メテオインパクトもかくやというべき一撃が振り落とされた。

人外膂力に、重力加速、重量増大。

浮遊島の大地が受けた衝撃は、さながら星を滅ぼす小惑星の衝突の如く。

ツヴァイトは咄嗟に、白金の翼で己を包むようにして防御に徹するが……

単純な質量と加速の前には、あまりに脆弱な守りだった。

激震。

浮遊島が僅かに沈み、大地が波打つ。巨大な亀裂が四方へ走る。

その亀裂の中心に、１００トンハンマーの鎚頭が墓標のように突き立った。

凄絶な衝撃でエーアスト達の足が止まる中、ダメ押しが発動する。

ギィイイイイッと鼓膜を突き破るような音が響いた。それは、１００トンハンマーの打撃面が回転している証。

「ハジメさん曰く、ドリルはロマン！」

そう、１００トンハンマーには、その重量で対象を押し潰しながら、無数の刃が付いた打撃面を高速回転させることで対象を削り殺す機能まで備わっているのだ。

当然の如く、表面には封印石コーティングがされているので分解魔法による破壊もできない。凄まじい勢いで地面に埋没していく100トンハンマーの下で、ツヴァイトがどうなったかは言わずもがな。

その光景を尻目に、同胞の危急など知ったことではないとエーアスト達が殺到する。

白金の粒子を振り撒いて、ヴィレドリュッケンを分離した直後のシアの周囲に飛び込んでくる。

100トンハンマー自体が邪魔で後ろへは下がれない。それを分かった上での包囲突撃。

エーアスト達は、シアが〝半転移〟をもう使えないことなど知らない。故に、遠距離攻撃を透過されて逃げられるのを避けるため、近接戦を仕掛ける。

「終わりです！　透過が解けるまで串刺しにし続けて差し上げます！」

エーアストの宣告と共に、四対八本の双大剣が完璧な間隔で繰り出された。

またも回避が許されない状況だ。

なので、別の手札を切る。

ギンッと金属同士が衝突する硬質な音が響いた。

大剣を受け止めたシアの体から。アーティファクトによる装備で止めたわけでも、ヴィレドリュッケンを盾にしたわけでもない。

ただ、その肉体一つを以て双大剣を受け止めたのだ。

――シア流変成魔法　鋼纏衣

文字通り、鋼の衣を纏うが如く肉体を硬化させる変成魔法だ。

ティオの竜鱗装甲と似て非なる体内金属を利用した防御技は、〝半転移〟ほどでなくとも魔力を馬鹿食いする。

とはいえ、頭部、首、肩口、腕、胴、足と、シアを貫き縫い留めるはずだった大剣は、ものの見事に堰き止められていた。

「私の体は、そう簡単には貫けませんよ？」

もはや、大言壮語とは言えまい。シアのしたり顔に、使徒達は言葉を返せない。

分解魔法により少しずつ食い込んではいるが、浅傷を作る程度で突破には数秒の時間が必要になるだろうことは、目の前の光景が物語っている。

そして、その数秒をシアが許すわけもなく。

あまりに特異な神代魔法の使い方に、つい硬直してしまっていたエーアスト達の前で、カシュンッとヴィレドリュッケンの伸張していた柄の収縮が完了する。

シアの口元がニィィと吊り上がった。

そして、まさかと叫ぶ前に、再び、あの雄叫びが上がった。

「――〝レベルⅧ〟ォッ!!」

筋力：１００　⇓　【ＡＦ２００】　⇓　【身体強化Ⅷ６１０００】
体力：１２０　⇓　【ＡＦ２４０】　⇓　【身体強化Ⅷ６１０４０】
耐性：１００　⇓　【ＡＦ２００】　⇓　【身体強化Ⅷ６１０００】
敏捷：１３０　⇓　【ＡＦ２６０】　⇓　【身体強化Ⅷ６１０６０】
魔力：３８００　⇓　【ＡＦ７６００】
魔耐：４０００　⇓　【ＡＦ８０００】

淡青白色の魔力がドクンッと脈動を打った。

シアのスペックがまたしても跳ね上がる。その値は、遂に白金の使徒に迫ろうかというレベル。際限なく上がっていく力に、とうとう使徒達の表情が露骨に引き攣った。

「馬鹿なっ。人の身では不可能な領域ですっ」

「不可能を、いつか必ず乗り越えるから〝人〟と言うんでしょうがっ」

直後、双大剣が一斉に弾かれた。

最初のシアとエーアストの衝突とは真逆の結果が起きる。エーアストの両腕がかち上げられ、無防備な腹部を晒してしまう。そこへ、

「シャオラッ」

気合い一発、全力全開。くるりと回転して遠心力をも乗せたヴィレドリュッケンの一撃が叩き込まれた。

「ガハッ!?」と初めてエーアストの口から呼気と血反吐(ちへど)が噴き出した。

体はくの字に折れ、あまりの衝撃に一之大剣を取り落とし、そのままピンボールのように凄まじい勢いで弾き飛ばされていく。

ドリット達が攻撃直後の隙を狙って大剣を薙(な)ぎ払うが、シアは、それを自由落下で回避し地上へと着地する。直(す)ぐさま、フィーアトとフュンフトが白金の閃光(せんこう)と羽で追撃するも、〝天啓視〟でひらりひらり、ぴょんぴょん。

もはや遠距離攻撃は全方位飽和攻撃以外、掠(かす)りもしない。

エーアストが痛打を受けたことも、ツヴァイトが掘削を続ける100トンハンマーの底で力尽きたことも〝思考共有〟で理解しているドリット達の表情が険しく歪(ゆが)んだ。

使徒は、神威の具現。絶対の象徴が一つ。

強化された第五までの使徒である自分達は、更に特別な存在だ。

だというのに……

事実、つい先程までは圧倒していたというのに……

気が付けば、相対しているのは三体だけ。

シアへと肉迫しながら、ふと先の宣言が使徒達の脳裏を過(よぎ)った。

――お前達にも、お前達のクソご主人様にも、〝未来はない〟です先頭を行くドリットがギリッと歯噛みした。意味もなく、戯言だと胸中で反芻する。

「シア・ハウリア！　お前は、主の盤上に存在してはいけない！」

こびり付いて離れようとしない不吉な予言を振り払うかのように叫んで、シアへと突撃する。白金の輝く粒子を尾のように引き連れて落下する様は、さながら流星の如く。

重力加速も加えた一撃は、間違いなく地を割るほど絶大なものとなるだろう。

対するシアは、ヴィレドリュッケンを下段に迎撃の構え。

位置エネルギーも運動エネルギーも考慮していない体勢に、

（愚かっ、己の力に傲って――）

内心で勝利を確信したドリットだったが、途中で思考が乱れた。

確かにシアの身体能力は驚異的ではあるが未だ自分達には及ばないうえ、この一撃は単なるステータス値を超えるもの。

故に、防げるはずがなく、まして迎撃などできるはずがない！

ない、はずなのに……

（――なぜ、なぜ貴女の口は動くのです!?　いったい何を言葉にするつもりですか!?）

本当は分かっていた。

時の流れが遅くなったような今この瞬間、使徒に唇の動きが読み取れないわけがなく、その動きも既に何度も見たものだから。

だから、その内心はきっと、使徒にあるまじき現実逃避だったに違いない。

亜人種の突然変異というべき、規格外の兎人。

最弱種族でありながら、勇気を振るって戦えば戦うほど強くなり。

五百年以上を生きた竜人に、勇者よりも勇者に相応しいと称された、きっと、現代に生まれたトータスの〝人〟としては、世界最強に相違ないウサギの少女。

少しずつ、少しずつ這い上がってきたその手が、今、かけられた。

至上の領域に。白金の使徒の高みに。

ゾワリと、ドリットの背筋が震える。自分でも知らず懇願した。

「やめなさいっ！」

「――〝レベルⅨ〟ッッッ!!」

筋力：100⇓【AF200】⇓【身体強化Ⅸ68600】
体力：120⇓【AF240】⇓【身体強化Ⅸ68640】
耐性：100⇓【AF200】⇓【身体強化Ⅸ68600】
敏捷：130⇓【AF260】⇓【身体強化Ⅸ68660】
魔力：3800⇓【AF7600】
魔耐：4000⇓【AF8000】

シア・ハウリアは、白金の使徒を凌駕する。

ドリットが振り下ろした双大剣と、シアが振り上げたヴィレドリュッケンが激突した。

爆発じみた衝撃波が周囲に放射され、シアを中心に地面が吹き飛び、大地が陥没しクレーターが出来上がる。

だが、それだけだ。位置エネルギー的優劣があってなお、互いの力は完全に拮抗した。

双大剣とヴィレドリュッケンの接触面から盛大に火花が飛び散る。

「神の使徒に並ぶなどっ、不遜と言うのです！　沈みなさい！　シア・ハウリアッ！」

感情がないなど、きっと嘘だ。

そう思わせるほど激したドリットは、背中の翼をはためかせて推進力を発生させて、何がなんでもシアを叩き潰そうとする。

その激高の奥に、シアは〝畏怖〟を感じ取った。それを誤魔化すために形振り構わず力を込めているのだと見て取った。

自然と、ウサギらしからぬ狼が牙を剝くような笑みが浮かぶ。

「ハッ、良い顔するじゃないですか！　〝人〟みたいですよぉっと！」

しゅるりとドリットの首に何かが巻き付いた。

「これはっ、髪を!?」

そう、シアの長い髪だ。まるで生きているかのように動いたそれが、ドリットを絞め上げながら真横へ引きつける。同時にヴィレドリュッケンを傾けてやれば、ドリットは力を泳がされて一瞬の死に体を晒した。

シアの視界は、既に左右から挟撃を仕掛けてきているフィーアトとフュンフトの姿を捉えている。

「邪魔です！」

「ぐぅっ!?」

腰の入った拳がドリットの頬を捉えた。芸術的なまでの右ストレートに、ドリットは水切り遊びの石のように、地面をバウンドしながらフィーアトの方へ吹き飛んでいく。

それを避けたが故に、二体の同時攻撃には僅かに時間差が生まれた。

シアの視線が、先に到達するフュンフトに注がれる。

そして、口元がすっと開かれた。

そう、あの形に。

「まさかっ、あり得ないっ！　我等を圧倒するなどっ！」

フュンフトの表情が凍てついた。

現実を否定するように叫ぶが、時は止まらない。

「これでっ、最後ですっ――〝レベルX〟ッ!!」

筋力：１００　⇓　［ＡＦ２００］　⇓　［身体強化Ｘ７６２００］
体力：１２０　⇓　［ＡＦ２４０］　⇓　［身体強化Ｘ７６２４０］
耐性：１００　⇓　［ＡＦ２００］　⇓　［身体強化Ｘ７６２００］
敏捷：１３０　⇓　［ＡＦ２６０］　⇓　［身体強化Ｘ７６２６０］
魔力：３８００⇓　［ＡＦ７６００］
魔耐：４０００⇓　［ＡＦ８０００］

シアの瞳が蒼穹のような輝きを放った。暴風の如く吹き荒れていた淡青白色の魔力が一気に凝縮。まるで蒼穹色の星の如く、シアを球体状に包み込む。

その状態がもたらすのは、白金の使徒のスペックを一万以上引き離す前代未聞にして空前絶後の怪物的な身体能力。

故に、一歩を踏み出せば、そこはもうシアだけの領域。

フュンフトには、突然、標的が視界から消えたようにしか見えなかった。

シアの移動速度が、遂に使徒の知覚能力を超えたのだ。

相対していた敵を見失うという〝神の使徒〟にあるまじき事態に、愕然と目を見開いたフュンフトの背後から影が差す。辛うじて肩越しに視線を向けた彼女の目に映ったのは、視界一杯に広がる戦鎚の打撃面だけだった。

「くっ、こんなことが……」

いつの間にか、フィーアトの足は止まっていた。

視線の先には、たったの一撃で上半身から頭部までが叩き潰され、大地の染みにされたフュンフトの凄惨な姿がある。

今、無策で踏み込めば自分もああなる。確信できた。

それは体勢を立て直したドリットも同じらしい。隣に並んだ同胞へ、フィーアトが動揺に瞳を揺らしながら口を開く。

「ドリット……このままでは……」

言葉が続かない。その先を口にしたくない心情が露骨に表れていた。

ドリットもまた直ぐには答えられず、しかし、不意にシアの異変を捉えた。否、正確にはシアの相棒たるヴィレドリュッケンの異変を。

「あれは……」

目を眇めて見れば、ヴィレドリュッケンには無数の亀裂が入っていた。

考えてみれば当たり前のことだ。

度重なる分解攻撃と尋常ならざる衝撃の連続。それを幾度となく正面から受け止めて、しかも、今や使い手たるシアの膂力も常識外の極み。

再生魔法付与による自動修復機能はあれど、この激戦の最中では到底間に合わないだろうことは想像に難くない。むしろ、未だ原形を保っているということの方が、どうかしていると言うべきだろう。

「フィーアト、武器を」

「……なるほど」

それだけで意思の疎通は完了した。

直後、シアの姿が掻き消えた。と認識した瞬間には、ドリットの背後に出現した。

質の悪い冗談のような身体能力だ。

「ぺったんこぉっ」

気の抜けるような言葉に反して、振り下ろされるヴィレドリュッケンの威力もまた冗談じみている。

フュンフトの二の舞を避けられたのは、使徒が有する膨大な共有戦闘経験のおかげだろう。シアを認識できなくなったと同時に、振り返りもせず双大剣を頭上で交差させたのだ。

「ぐぅうううううっ!?」

それでも襲い来た荒唐無稽なまでの衝撃に、ドリットの食いしばった歯の隙間から苦悶の声が漏れ出す。とても踏ん張り切れず、膝が折れて片膝立ちとなり、そのまま地面に叩き付けられそうになる。

双大剣が限界を伝えるようにビキリッと嫌な音を立てた。

「ハァッ!!」

今までにない裂帛を宿した声を上げ、フィーアトが分解能力最大で斬りかかる。

標的は、シアではなく亀裂を広げるヴィレドリュッケン。シアから得物を失わせ、生身だけにすれば、まだ勝機があると踏んだのだ。しかし、

「読んでましたよ？」

固有魔法〝未来視〟の派生〝仮定未来〟。何やら相談していた二人の使徒を訝しんで、〝もし、ドリットに攻撃したら？〟という仮定を元に未来を垣間見たのだ。

故に、このタイミングでフィーアトがどこを攻撃してくるかも分かっていた。

今度掻き消えたのは、シアの美脚。細く引き締まった長い足が、ピンポイントでフィーアトの首に決まった。

骨が砕ける生々しい粉砕音が響き渡り、首が明後日の方向に捻じ曲がる。

直後、疾風迅雷の動きで放たれた逆脚での空中回し蹴りが胴体に炸裂し、フィーアトはロケットのように宙を飛んだ。

代わりに、ドリットが重圧から解放される。

「この化け物めっ」

「いきなり褒めないでください」

飛び跳ねるようにして立ち上がり、ほぼゼロに近い距離で白金の閃光を放つ。

だが、当然のように当たらない。フッと姿が消えて、次の瞬間にはドリットの懐へ潜り込んでいる。踏み込みは激震の如く。繰り出される肘打ちの威力は理不尽そのもの。それ

がドリットの鳩尾に炸裂した。

「がぁっ!?」

悲鳴と同時に血反吐が撒き散らされる。体が自然と前屈みになる。

そこへ、流れるように繰り出されるのは天を衝くような蹴り。上下百八十度に開く美脚は、ドリットの顎を粉砕して宙を舞わせる。

だが、そのまま吹っ飛んでいくことは許されず。

シアの髪が足に絡みついて空中で一瞬の停止。そして、

「爆・砕・ですっ!!」

気合一発。空中で仰向け状態のドリットの上半身に、ヴィレドリュッケンが振り下ろされた。音速を突破し、空気を破裂させる一撃は既に軌道を視認できるレベルにない。振り上げ、気が付けば振り切られた状態で出現する。そういう殴打だ。

ならば結果は一つ。

ドリットの上半身は消滅し、大地にはまた一つクレーターと染みが生み出された。

と、その時、赫灼とした強烈な熱波がシアに襲いかかった。

白金の羽による魔法陣で業火の津波を召喚したらしい。目的は火炎に紛れての奇襲か。

「こんなもの、今の私には効きません!」

視界を埋め尽くす赤の中で、ウサミミをピコピコ。それで気配を感知したシアは、絶妙なタイミングで自分を包む炎の一箇所へヴィレドリュッケンを薙ぎ払った。

そこへ、飛び込んできた二つの影。

「っ!?」

シアが意表を突かれる。気配の感知に優れた自分が欺かれたことに僅かに目を見開く。

フィーアトの気配も、姿を隠す業火も、このための布石。

感知外から最大速度での奇襲だ。

シアの真横の炎が吹き飛び、そこからエーアストが飛び出してくる。

「砕けなさい！」

ヴィレドリュッケンがフィーアトを捉えた瞬間、弐之大剣のみを持ったエーアストが大上段の一撃を繰り出してきた。

まるでフィーアトの命と引き換えにしたような奇襲は、確かに有効だった。フィーアトの上半身が粉砕されると同時に、ヴィレドリュッケンも砕け散ってしまう。

術者の死亡により霧散していく業火の中で、フルスイングの勢いそのままに半回転するシアの横を、エーアストもまた奇襲に勢いそのままに駆け抜けた。

背中合わせになったのは一瞬。

相棒を失ったばかりのシアに止めを刺すべく、大地を抉って急制動をかけ、舞踏のようにくるりと反転し、大剣を脇構えに雷光の速度で踏み込むエーアスト。

シアも同時に、まるで鏡の内と外のような同じ動きで反転し、蒼穹色の閃光となって踏み込んだ。

刹那、交差する視線。引き延ばされた時間の中、互いが無言の意志を叩き付け合う。

（私に敗北はない！）

（勝つのは私です！）

大剣の輝きが、ここに来て膨れ上がる。たとえ〝鋼纏衣〟を使われても、シアの首だけは落としてみせるという気概が見える。それは人形には似つかわしくない強烈なまでの意志の輝きのようで。

あるいは、この瞬間、神や使命よりも、ただ、このまま負けたくないというエーアスト個人の矜持だけが心中を満たしていたのかもしれない。

だが、〝負けたくない〟と〝勝ちたい〟では、意志の強さに開きがあるのだ。ぶつかり合った時、刹那の狭間で、押し通るのはきっと……

後者である。

それを証明するかのように、エーアストは見た。見てしまった。

ゆっくりと流れる時間の中で、シアの手に何かが形作られていくのを。

赤い液体が、まるで生きているかのように蠢き、集束していくのを。

――シア流変成魔法　紅戦槌

〝鋼纏衣〟と同じ変成魔法を使った身体操作術の一つ。自分の血液を自在に操る魔法。

そう、エーアストの驚愕に見開かれていく視線の先にあったのは、自ら傷つけたであろう掌の傷から溢れ出る血を集束・硬化させて作り出した戦槌だった。

時の流れが戻る。二色の光芒が交差し、雷鳴にも似た衝撃音が轟いて――

シアとエーアストは、再び背中を向け合った状態で動きを止めた。

ハラハラと、まるで桜花の如く散っていく血の戦鎚。

残心するシアの首筋から血が噴き出した。

そこへ声が掛かる。

「……この、胸の裡に湧き上がるものはなんでしょう。締め付けられるような、叫びたくなるような、これは。シア・ハウリア。貴女には分かりますか？」

「……悔しいんじゃないですか？」

シアの言葉を受けて、エーアストは「なるほど」と頷いた。

直後、空から降ってきたものが二人の間の地面に突き刺さる。

半ばから折れた大剣だった。

見れば、エーアストの大剣は砕けて柄だけとなり、それを構えたままの彼女の胸部は大きく陥没していた。内側が、そこにある核が粉砕されているのは明らかだった。

エーアストは残心を解くと大剣の柄を投げ捨てた。

そして、同じく残心を解いたシアへ肩越しに振り返り、驚いたことに揺れる瞳と噛み締めた唇を晒して、まるで重大な秘密を囁くような声音で最期の口撃を放った。

「私、貴女が嫌いです」

その言葉は確かに悔しさに溢れ、それどころか未練や嫉妬さえも感じさせるもので……

使徒らしからぬ表情のまま、エーアストはとうとう崩れ落ちた。

背後で響いたドサリという音に、シアもウサミミと髪をなびかせながら肩越しに振り返った。そして、同じく言い放つ。

さも、それこそが勝因であるとでも言うように、

「私は、〝大〟嫌いです」

得意げな満開の笑みを浮かべながら。

一拍。

勝利を噛み締めて、シアは大の字になってパタリと倒れ込んだのだった。

風が吹く。

それほど遠くない場所から激しい戦闘音と咆哮が響いてくる。

だが、シアはウサミミをゆっさゆっさとしただけで動かない。

代わりに、大きく息を吐き「あ～」と無意味な呻き声にも似た声を漏らす。

体が痺れたように動かしづらく、水の中にでもいるみたいに重い。目蓋が今にも落ちてしまいそう。

「さ、流石に、レベルXはキツイですぅ～～。紅戦槌使ったから、貧血ですしぃ」

魔力自体は減少せずとも、人の枠を逸脱した身体強化がもたらす負担は絶大だ。

体の芯から根こそぎ体力を奪われたような感覚と、休息を欲して今にも閉ざされそうな意識に必死に抗いつつ、どうにか〝宝物庫〟から回復薬を取り出し服用する。

そして、視線を咆哮が鳴り響く方へ向けて――

「さて、使徒達は片付けましたが……ティオさんの方は――」

直後、

――オォオオオオオオオオオオオォッ!!

空が落ちてきたと錯覚してしまうような、おびただしい数の咆哮が轟いた。

同時に、先程までの比ではない数の魔物が出現する。

千や二千の話ではない。万や十万でもきかない馬鹿げた数の大群。

「こ、これはヤバいですっ」

寝ている場合じゃないと、シアは必死に体を起こそうとするが、〝レベルX〟の副作用は強烈で直ぐには動けそうにない。

そうこうしている内に、新たな事態が発生した。

上空に凄まじい閃光が奔ったかと思うと、何かが凄まじい勢いでシアの近くに落ちてきたのだ。粉塵が舞い上がり正体は分からない。

もしや敵の攻撃!?　と冷や汗を掻くシアだったが、風が吹いて晴れた先に横たわる存在を見て、顔が蒼白になった。

「……ティオ、さん？」

砕けた大地の中心に力なく横たわっていたのは、見るも無惨な姿のティオだった。

# 第七章◆龍神顕現

時間は少し遡る。

シアが白金の使徒達と死闘を繰り広げている頃、ティオもまた激闘の最中にいた。

「……チッ。しぶとい」

思わず舌打ちをしたのはフリードだ。

当初は、耐久力頼りのティオの戦い方から決着は早々につくと考えていたフリードだったが、想像以上の粘り強さに予測は裏切られていた。

相変わらず、ダメージをさほど厭（いと）わない戦い方だ。血や黒鱗（こくりん）を戦場に撒き散らしながらも着実に、否、むしろ加速度的に黒隷鞭（こくれいべん）による竜軍増強をこなしている。

武装黒竜軍と転生黒竜の群れは、今や総計三百超。

その黒竜軍を統括し、己を中心に球形陣形を組ませて乱戦を可能な限り避けることで、ティオ自身はフリードやウラノスの攻撃に傾注し、即死級攻撃だけは喰（く）らわないよう上手（うま）く立ち回っているのだ。

それどころか、戦略級の大規模攻撃の気配だけは敏感に摑（つか）み、黒隷鞭や〝竜爪〟で的確に妨害まで行う。

傷ついた黒竜達は速やかに〝竜王の恩寵〟で回復し、己に対しても、常に大きなダメージを負った痛々しい姿ではあったが、動きが鈍らない最低限度の治癒は完璧に施せていた。

見るに堪えない戦い方？

現状が何より雄弁に物語っている。

ティオの戦い方は巧い。まるで、未来予知などなくとも、知識と経験則でフリードの思考を読み取っているかのように。

生きた年月の差、磨き続けた爪牙の鋭さは、フリードからすれば忌々しくも伊達ではないということらしい。

もっとも、フリードが思うほど、実際のところティオにも余裕はなかった。

（……もう〝対極光薬〟が尽きる、か。そうなると、損害調整が厳しくなるのぅ）

大規模攻撃は阻止できても、それ未満の攻撃まで防げているわけではない。

フリードの〝ゲート〟と、ウラノスの〝極光ブレス〟のコンビネーションは敵ながら天晴れ見事と感嘆せざるを得ない。

ウラノス自身が転移することもあれば、フリードから分解砲撃や羽による乱撃が来ることもある。必要とあらば、属性魔法の最上級クラスさえ繰り出して、極光ブレスを当てることを優先してくる。

完全回避は至難の技。こればかりは喰らっても耐えるという方法しかない。

必然、喰らえば喰らうほど回復阻害効果は増大し、対抗するには〝チートメイトＤｒ〟

も更に服用して効果を高めるしかない。とりもなおさず、そのストックが尽きた時、形勢は一気に傾くということ。

魔力とて無限ではない。〝威光〟も〝恩寵〟も、破格の適性はあれど相応に消費する。〝咆哮(ブレス)〟や〝竜鱗積層装甲(りゅうりん)〟の維持も同じだ。

戦力逆転より、ティオが力尽きる方が早い。

その見立てはきっと間違ってはおらず、だからこそ約二百体もの魔物を奪われてなお、フリードは焦燥に乱心して隙を見せるような無様は晒さない。

どれだけ痛打を与えて、どれだけ苦しみを与えようとも、竜眼の奥の闘志が揺るぎもしないことに苛立(いらだ)ちはしているようだが。

そんなフリードの内心を察しつつ、視線から攻撃を読んで宙返りするティオ。

一瞬の後、ティオのいた場所で巨大な顎門(あぎと)が猛烈な勢いで閉じられた。球形陣形を無視して背後に転移してきたウラノスだ。

上下に反転した世界で手を指鉄砲の形に。指一本分に圧縮した極細のブレスをウラノスに向けて放つ。

獲物を捕らえられなければ即座に振り返ると予想しての一撃は、見事に的中。

一直線に空を裂いたブレスは、狙い通り、ウラノスの右目に直撃した。

――ゴァアアアアアッ

空間遮断系の障壁すら貫く圧縮ブレスの極みは、遂(つい)に白神竜に手痛い傷を負わせることに成功する。が、逆にそれが、ウラノスの積もりに積もった鬱憤という名の爆弾に火をくべる結果となったらしい。

点火された感情が爆発し、激痛と怯みを彼方へと放り捨てる。苦悶の鳴き声はそのまま憤激の咆哮へと変わり、刹那のうちに極光ブレスと化して放たれた。

ゴウッと大気が唸り、光の壁が押し寄せる。

これにはティオも総毛立った。顔に〝まずいっ〟と焦燥が浮かび、必死に竜翼で風を摑んで射線から退避する。

結果は、両者痛み分けというべきか。

「くぅううぅっ、効くのぅ～」

もう何度目かも分からない激痛にティオの声が震える。

直撃は免れたものの、右肩の竜鱗と竜翼の片方が消し飛ばされたのだ。竜鱗の奥の肌は焼き爛れ、一部が抉れてしまっている。

それでも動きは止めない。〝空力〟で足場を確保しつつ、武装黒竜の一体に〝念話〟で命じて背後の虚空へ黒閃を撃たせる。

「チッ、本当に目ざといっ」

あわや転移直後に撃ち抜かれそうになって、慌てて回避したフリードの悪態が耳に届く。

「お主が分かりやすいんじゃよ！」

追撃は許さんと黒隷鞭をフリードへ振るう。枝分かれする不規則な空間切断に、狙い通りウラノスの方が反応。

巨体に似合わぬ速度で飛翔し、その純白の竜鱗と障壁を以て盾となる。

その隙に、竜翼と竜鱗積層装甲を再展開し、回復魔法も行使するが……肩口の治りが遅い。流石にダメージが大きすぎたようだ。

「まさか、ここに来てウラノスの片目を奪うほどの力を見せるとは……」

フリードが苦々しい面持ちになっている。

先程のティオの極細ブレスは今までで最も洗練されていて威力もあった。魔力も肉体も、そして精神も、著しく消耗しているはずなのに、どこにそんな力が残っているのか。

恐るべき竜人のタフネス。その耐久力は竜鱗のみならず、全てに及んでいるらしい。と、フリードはウラノスの片目に治癒を施しながら冷徹な分析の目をティオへ向ける。

「その薬品の残りは、あといくつだ？」

「さてのぅ？」

〝チートメイトＤｒ〟を服用して回復を図りつつも恍けるティオ。

まさか、これが最後の一本だとは言えない。

（まったく！　これだけ耐えても、まだあれにはいかんとは。使い勝手が悪いにもほどがあるのじゃ！　初代様よ、もう少し子孫には優しくしてたもう！）

痛みに耐えて、耐え切った先にある切り札。里帰りにより望外にも手にした初代クラルスの遺産。その発露までの道のりの遠さに、思わず内心で愚痴が溢れる。

もっとも、いくら文句を垂れたところで現実は変わらない。

時間がいる。まだ、もう少し。切り札を切らずに、神と戦っているであろうハジメに己の最高状態で助力するためには。

そう判断して、ティオは口を開いた。

「そう言えば同胞はどうしたのじゃ？　神域へ渡ったはずじゃろう？」

唐突な、戦場には不相応な世間話のような問いかけ。

フリードは何かの策略かと警戒心をあらわにして身構える。

「なぁに、終わりは近い。その前の小休止じゃよ」

互いに回復に徹し、そして最後の戦いへ。そう告げつつも、ティオの視線は懸念を孕んで周囲の戦況を確認している。

実際、ずっと気になっていたことではあった。魔人は、魔王国軍は、今、どこで何をしているのか。総大将であったフリードがここで戦っているというのに。

「救援を求めんのかえ？」

ただの疑問だったのだが、フリードからすれば力不足を指摘されたと感じたようで、不愉快そうに目を眇めつつも会話に乗ってきた。

「我が同胞達の参戦を危惧しているなら、それは無用の心配であると言っておこう」

「ほう？　なぜじゃ？　呼べばよかろう？」

「同胞は全て、別領域にて眠りに就いている。新天地に辿り着く前に、神の尖兵として相応しい力を身に宿さねばならんのでな」

「……お主と同じ強化を受けている、と？」

　何気ない時間稼ぎの会話から、嫌な情報を得てしまったと口元が引き攣るティオ。

　だが、それこそ無用の心配だったらしい。

「神民としての強化だ。私のように神の眷属に至る資格は与えられてはいない」

「眷属？　使徒ではなく？」

「恐れ多くも、私はアルヴヘイト様の後任だ。……主は、かつて無知なまま主を異教の神と罵っていた愚かな私を慈悲深くも許し、直臣としてお迎えくださった」

「なるほど。その力、あの従魔の強化具合……使徒より上位の力を与えられたが故というわけじゃな」

「そうだ。必然、同胞は眷属神の眷属となり、すなわち、真に選ばれし神の民となるのだ」

　厳しく剣呑だった表情が、この時ばかりは恍惚に歪む。

　変態の代名詞となりつつあるティオですら思わず引いてしまう有様だ。

　だが、同時に哀れみも感じずにはいられなかった。

　魔王城に招待される前、雪原の境界での問答。

　大迷宮攻略者として解放者の真実を知っていて、エヒトこそが歴史を操り戦争を引き起こしていた黒幕で、そのせいで多くの同胞が失われたはずなのに。

「何も知らず散っていった魔人達が哀れじゃのぅ。お主には、同胞を、祖国を、愛する心はもう残っていないのかぇ？」

〝ないのか〟ではなく〝残っていないのか〟と問うたのは、きっとフリードの目が、ティオのよく知るものに似ていたからだろう。

かつて、国と同胞、そして両親を蹂躙した者達と同じ狂信者の目。けれど、彼等は確かに竜人の良き隣人だったのだ。神に狂わされる前までは。

ならば、もしかすると、フリードもかつてはそうだったのではと。

大迷宮は生半可な覚悟や才能だけでは攻略できない。まして、彼が最初に攻略した【氷雪洞窟】は〝己の負の感情との闘い〟を試練とする場所。狂ったまま、己の心と向き合わない者には早々道は開かれない。

そう思って口にした言葉に、

「ふざけたことを。私は愛国者だ。同胞の守護者である。しかし、神の意思は全てに優先される。それだけのことだ」

フリードは一瞬の迷いもなく、大切なものを切り捨てるような淡々とした声音で即答した。それを聞いて、ウラノスの瞳が揺らいだように見えたのは目の錯覚だろうか。

と、その時、フリードとティオは同時に、

「――――ッ!?」

「ほう、至ったようじゃな」

弾かれたように視線を明後日の方向へと向けた。

遠目に見えたのは、天を衝く淡青白色の魔力光。それから感じ取れたのは背筋が粟立つほどの力の奔流だ。

しかもその力は、ドクンッドクンッと強烈な波動を広げる度に、なお一足飛びに増大していく。白金の使徒に凄まじい勢いで迫っていく。

紛れもない全力かつ数体がかりの使徒がたった一人を攻め切れず、それどころか徐々に押されていく光景の現実感の無さと言ったら。

フリードの恍惚顔が氷水でも浴びせられたみたいに変わるのも無理はない。

「馬鹿な……使徒が押されている？　あり得んっ。第一から第五までは、主の力で破格の強化をされているのだぞっ！」

「何を驚くことがある？」

一時、ティオの存在を失念していたのだろう。ハッと意識を戻したフリードに、ティオは、まるで常識を説くような口ぶりで言う。

「臆病な最弱種族。たった十六歳の、一年も前は誰も知らなかった少女。そんな子が大迷宮すら踏破し、この尋常ならざる戦場にいる。それがどれほど異常なことか、分からぬわけではあるまい？」

「それは……」

「魔法の才能も、戦闘経験もない。吸血鬼や竜人という下地もない。それでも想いと肉体一つで艱難辛苦を踏み越えてきた乙女。ご主人様を除けば、世界で一番の化け物とは間違いなくシア・ハウリアのことであろうよ」

我がことのように胸を張って、誇りに満ちた笑みを見せるティオ。

「たかだか人を貶めて悦に浸るしか能のない自称神の兵隊如きが、多少強化したくらいで敵うはずなかろう？」

主への不敬に、フリードは一瞬激高しかけるも、もう一つの戦場で起きている現実はティオの言葉をこそ肯定している。

だから、「……あり得ない」と呟きを漏らすことしかできず、ならば己の力で状況を覆すのみと眼光鋭くティオを睨み付けた。

「使徒の援護に行かねばならん。貴様を嬲るのも終わりだ。早々に果てるがいい」

「そう言うでないよ。本番はここからじゃろう？」

「戯言を。貴様の目論見が叶うことなどない。戦力差は、絶対に覆らん」

ティオの狙いなら看破していると告げ、その上で絶望を突きつける。

片腕をすっと掲げたフリード。あたかも、それを振り下ろした時こそが、ティオの首を落とす死神の鎌が振るわれる時だと言わんばかりに。

確かに戦力差は依然として三倍以上ある。

おまけに、唐突な会話の間、ティオの回復速度が目に見えて減じているのもフリードは確認していた。

破損した和装からはくびれた右腰と焼けた肌が覗いている。竜鱗積層装甲の復元が間に合っていないのだ。肩口の傷も完治はせず、平然と話しているように見えてティオの額には激痛に耐える脂汗が浮いている。

限界が近いのは誰の目にも明らかだ。

ならば、戦力逆転の前に、ティオを仕留め切れると確信するのも当然のこと。

片目を完全に治したウラノスが、唸り声を上げて最後の攻勢に気炎を上げる。

それに対してティオは、

「妾の黒竜が、これで全てと言った覚えはないぞ？」

どこか蠱惑的とすら言える妖しい微笑を返した。

そして、響かせる。竜王の号令を。冥界にまで届けと言わんばかりに。

「一時の王権を以て命じる！　再誕せよっ――〝竜王の覇権〟！」

黒色の魔力が、地上の至るところで渦巻いた。

その魔力は瞬く間に膨れ上がり、まるで溢れ出した水のように地上を、より正確に言うなら地に落ち息絶えた魔物達を覆っていく。

直後、おびただしい数の魔物の骸が一斉に蠢いた。

見覚えのある変形過程。それは紛れもなく〝竜王の威光〟による黒竜化と同じもの。

「まさか……」

「黒竜化に必要なのは、この黒隷鞭だけではない。この戦場で、妾がいったいどれだけの血と竜鱗を撒き散らしたと思う？」

「っ、そうか。己の一部を媒体にして……だが……」

対象が違う。

数多の骸が横たわる直下の大地は血肉で赤黒く染め上げられており、地獄絵図となっている。そこから死んだはずの魔物が再び産声を上げて起き上がってくるのだ。

黒く黒く染まっていきながら哮り、天へと鎌首をもたげていく無数の骸。

その光景は、さながら地獄の釜が開いたかのよう。

一体、また一体と屍山血河から生まれ出でた黒き屍竜の群れは、背中の翼をはためかせ、王のもとへ馳せ参じるべく巨体を浮かせていく。

――魂魄変成複合魔法　竜王の覇権

〝竜化因子〟をもとに、竜の疑似魂魄を創造する魔法〝竜魂複製〟と変成魔法〝天魔転変〟によって、骸から疑似生命体の黒竜を生み出す複合魔法である。

ティオ自身の複製魂魄による仮初めの命を持った人形のようなものであるから、魔法が解ければ骸に戻る。

とはいえ、己が血肉に染めた死骸を利用し新たな軍団を生み出して、しかもその全てが邪竜と見紛うほど凶悪な外見の黒竜ばかり。それは端から見れば冥界の軍すらも支配しているかのような光景で、神の眷属としては思わず叫んでしまう。

「なんとおぞましいっ」

「くくっ、新たに魔王と称される男の女に相応しかろう？」

かつて魔王に仕えた男に対する、なんという皮肉か。艶やかに、口の端を吊り上げて笑う姿のあくどさと言ったら。

ハジメから「すげぇ。殺した相手を利用できるなんてエコで便利だなぁ」と引かれるどころか羨ましそうに褒められたせいもあって、もはや欠片も悪びれた様子はなく、むしろ愉快げですらあり。

純白を纏うフリードやウラノスと対比すれば、どちらが世界滅亡を企んでいるのか分からなくなりそうな光景だった。

「さぁ、生誕祝いじゃ！　竜らしく盛大に咆哮を上げよ！」

ティオの――竜王の勅命だ。

武装黒竜、転生黒竜、そして黒屍竜の軍団が一斉に応えた。

全方位に対する高密度の黒い槍衾。そう表現すべき数多の〝黒閃の咆哮〟が戦場を一瞬で貫いた。断末魔の悲鳴が幾重にも重なって木霊する。

これにより、とうとう逆転した。

魔物の軍団、約四百体。

黒竜軍、約八百体。

フリードが不可能と言い切った戦力の差が、遂に覆ったのだ。

「どうじゃ？　お主の軍団も随分と目減りしたようじゃぞ？」

見た目は満身創痍ではあるが、黒竜の群れを背に威風堂々と宙に立つティオの姿は、まさに竜王というに相応しい威容を備えていた。

フリードは、一度ゆっくりと戦場に視線を巡らせた。

そして、最後にティオを見て、刃のような冷笑を浮かべた。

それは、羽をもがれた虫の足掻きを見ているかのような、ありもしない希望に向かって全力を尽くす者を嘲笑うかのような、酷く歪で、醜い感情の発露だった。

「貴様の目論見は叶わない。そう言ったはずだ」

下ろしていた手を再び掲げるフリード。

直後、オベリスクが燦然と輝き、光の柱を立ち上らせた。

それどころか、この天空世界の至るところからも呼応するように純白の光が噴き上がった。どうやら、オベリスクは一つではなかったらしい。

「これは参ったのぅ……」

思わず苦笑いを浮かべるティオ。

何が起きるのか。そんなことは考えるまでもない。嫌な予測は当然のように的中する。

――オォオオオオオオオオオオオオオッ!!

天空世界を震え上がらせるような、星の数ほどの雄叫び、獣声。

最悪の光景が一瞬のうちに広がった。

視界の全てを覆う魔物、魔物、魔物、魔物の群れ。

この浮遊島の上空だけではない。天空世界の全ての空が魔物で埋め尽くされた。神獣クラスの魔物まで散見できる。

総数はいったい、どれほどなのか。それこそ星の数と同じで数えるのも馬鹿らしい。

ただ、数千や数万などという話ではなく、数十万でもなお足りず、おそらく百数十万単位に上るだろうということだけは分かる。

「これらは神域の魔物。私の従魔ではない」

おそらく、準眷属神としての権限で【神域】の空間や魔物に、ある程度の干渉ができるのだろう。この切り札こそが、〝絶対〟の根拠だったのだ。

「私の戦力だけで完遂したかったが、貴様等の討滅は神命。是非もない。総力を以て片付けさせてもらう」

フリードが、少しの悔しさと愉悦が綯い交ぜになったような昏く濁った目で宣告する。

「さぁ、ティオ・クラルス。覚悟はいいか？　蹂躙の時間だ！」

フリードが腕を振り下ろした。

それを合図に、途方もない数の魔物の大群が一斉にティオと黒竜軍へ襲いかかってくる。

竜王を守らんと黒竜軍が奮戦するが、相手にしているのはまるで大時化の海に生まれる巨大な怒濤だ。

災害級の自然現象に人が生身では抗えないのと同じで、黒竜達も次々に断末魔の悲鳴を上げていく。

（……数が多すぎる。もはや〝恩寵〟でどうにかなるレベルではない、か）

襲い来るウラノスの極光ブレスを回避し、黒隷鞭でフリードを牽制しつつ、ティオはシアの気配を探った。

白金の使徒に勝利したようだが、直ぐには動けない様子。今、魔物に襲われればひとたまりもないに違いなく、その未来は今この瞬間に来てもおかしくない。

（ええいっ、ままならんものじゃ！　しかし、総力と言うのなら、切り札を切るに釣り合うかの！）

ティオは決断した。真の切り札の切り所はここであると。

とはいえ、未だに蓄えた力は必要量に今一歩足りていないが故に、

（仕方あるまい！　女は度胸じゃ!!）

安全マージンを取ったダメージコントロールを放り捨て、一歩間違えば即死しかねない危険な方法を取る。

切り札に必要な力を得るために、友のために、躊躇いはしない！

「来よ、ウラノス！　我が最大の咆哮とお主のそれ、どちらが上か今こそ決着をつけようぞ！」

戦場に凜と響いた挑発に、ウラノスが敏感に反応する。

ティオはこれ見よがしに両腕を掲げ、その先に純黒の魔力を集束していく。過剰なほどに注ぎ込まれる魔力と驚異的な圧縮は、いかにも全てを賭けた最後の一撃に見えた。

応じるに否などあるはずがない。

ウラノスが全身から純白のスパークを迸らせた。巨体を囲う魔力の円環が出現し、収縮しながら顎門の先に集束。それを繰り返すこと七度。目が眩むほどの光の塊が創造された。

撃ち合いは、示し合わせたように同時だった。

かつて大火山で激突した二色の閃光が、【神域】にて再現される。が、結果は真逆。

ティオのブレスは一瞬の拮抗も許されずあっさり呑み込まれてしまった。

まるで、中身のない見かけだけのブレスであったかのように。

両腕をクロスして顔を庇い、足も折り曲げて膝を抱えるような体勢になるティオ。

だが、〝白神竜の咆哮〟を、そんな防御で受け止められるはずもない。

ないのだが……

「!?　待て、ウラノス──」

極光が直撃する寸前、クロスする腕の隙間から見えた覚悟と気炎に輝く竜眼を見たフリードの心中に、猛烈に嫌な予感が湧き上がった。

思わず、ウラノスを制止するが間に合うはずもなく……

直後、轟音と共にティオの姿が光に呑まれて消えた。

天空世界を真っ直ぐ真横に切り裂く光の軌跡。射線上の魔物が巻き込まれて消滅していき、余波だけで周囲に甚大な被害が広がっていく。

その滅びの光の中で、

「――ッッッ!!」

声にならない絶叫を上げながら、ティオは耐えていた。

竜人族最高の耐久力を誇る〝竜鱗積層装甲〟が表面から消滅していき、生身を襲う激痛の嵐に歯を噛み砕く勢いで食いしばる。

ともすれば発狂しかねない地獄の責め苦。

己の身が端から滅びていくのが分かる。死の影が、ずるりずるりと這い寄ってくる姿を幻視する。ハジメに与えられるような甘美な痛みなど微塵もない。肉体が、本能が、全力でレッドアラートを鳴らしている。

許容限界を遥かに超えたダメージに彼方へと飛んでいきそうな意識を辛うじて繋ぎ止めながら、ティオは死に物狂いで耐え抜き、そして――

(……いけるっ)

確信。同時に先程集束し使わなかった魔力をブレスに変えて放ち、自らを吹き飛ばす。

極光の奔流から辛うじて脱出することに成功し、しかし、飛翔の余裕などなく白煙を噴き上げながら地上へ落下。

砲弾のように地面へ着弾し、轟音と粉塵を撒き散らす。

「……ティオ、さん?」

震える声に、苦笑いが浮かぶ。魔物に襲撃される前に間に合ったと安堵を覚えつつも、結局、悲惨な己の姿に不安を感じさせてしまって、やはりままならないものだと。

だから、せめてと声音は明るく、口元にも笑みを浮かべて返事をした。

「う、むっ。げはっ、世界が、愛するド変態の……ティオ、さんじゃ……がふっげほっ」

「いやいやいや、そんな死にかけの状態で何ユーモア出そうとしているんですか！　そもそもド変態モードのティオさんが好きな人なんていません！　人類皆ドン引きするだけです！」

「す、好きな人、いない……人類皆？　あ、しゅごい力がっ、やはり仲間の罵倒はすばらしいっゴファァッ!!　ハァハァ!!」

シアが、焦燥を滲ませながら回復系魔法薬を片手に必死に這っている。

対するティオの、激痛とは違う原因で喘ぐ姿の残念さといったら、もう酷いの一言。

シアが思わずジト目で動きを止めてしまうのも仕方がない。

だが、そのおかげで、危うく頭部を撃ち抜かれるところを回避できた。

飛来した一枚の白羽がシアの眼前に突き立ったのだ。シアから「いったぁっ」と悲鳴が上がる。魔法薬を手ごと撃たれたのだ。幸い手は掠り傷で済んだが、魔法薬の瓶は割れてしまった。

白羽が飛んできた方を見れば、白神竜に騎乗したフリードが睥睨していた。

ついでに光が遮られる。

集まってきた魔物の群れで空が見えない。地上に降り立ち包囲する魔物で水平方向も魔物の壁になる。蠢く暗雲に包まれてしまったかのようだ。

シアとティオは完全に半球状に包囲されてしまっていた。

「貴様の黒竜共は逃げ出したぞ。配下を縛る余裕もないようだな？」

まぁ、その有様を見れば分かるが、と路傍の石を見るような目で見下ろすフリード。

「これが、神に逆らった愚か者の末路だ。魂に刻んで死ぬがいい」

傲然と告げられた言葉に、シアが何か言い返そうとして、その前に。

「ふっ、ふは、ふはははははっ、かふっ、はははっ」

愉快そうな笑い声が響いて、言葉を呑み込んだ。

シアはようやくティオの姿が覚悟の上だと察して落ち着きを取り戻し、ほっと安堵の吐息を吐く。

対してフリードは、鬱陶しげに目を眇めた。

「……気でも触れたか？」

「いや？　いたって正気……じゃよ。おかしかった、のは……お主の滑稽さ、よ。ふふ」

ティオが、死にかけとは思えない笑みを浮かべた。

傷と血まみれの顔故に、それはあまりに凄惨に見えた。

異様な迫力は笑みに留まらず、ふと向けられたティオの竜眼が輝きを強めていくことに気が付く。縦に割れた黄金の瞳に射貫かれて、フリードは無意識に身を引いていた。

極光の直撃を受ける寸前に感じた嫌な予感が更に膨れ上がり、得体の知れない何かに体中を這い回られているかのような悪寒が全身を駆け巡る。

「そんな姿で、今更何ができる」

その問いは無意識のうちに出ていた。悪寒の正体を知らずにはいられなかったのか。

ボタボタと血が滴り落ちる。

ティオが、動けるはずのない体で立ち上がっていた。ぼろ切れに成り果てた装束は未だ辛うじて体を隠しているが、手足をたたんだ防御によって剥き出しとなっている四肢は目を覆いたくなるような有様だ。一部の肉が消し飛んで骨が覗いている。体からはギシリギシリと軋む音が聞こえてきそうだ。

だが、それでも、ティオは天空の覇者に相応しい壮絶な笑みを浮かべた。

「この戦いを……終わらせる。妾がな」

そう宣言を突きつけながら。

直後、天空世界に脈動の音が広がった。唐突に遥か高き霊峰が眼前にそびえ立ったような感覚に襲われ、全ての生物が硬直する。魔物は当然、フリードも、そしてウラノスでさえも。

己が身を引いていることに気が付きもせず、ゆらりと蒸気のような黒の魔力光を立ち昇らせるティオを、瞬きも忘れて凝視する。

あたかも、目を離した瞬間に死ぬと言わんばかりに、蛇に睨まれた蛙の如く。

そこにあったのは――畏怖。

ただ一度の脈動で思考が凍り付いた。

ティオの存在感があり得ない速度、でたらめな規模で増大していく。

二度目の脈動。

バラバラと一部の魔物が落ちていき、地上の魔物の中にも倒れ込むものが現れた。

耐えられなくなったのだ。魂すら圧壊させかねない重圧に。

そして、三度目。

神域の魔物のうちでも下位に属するものが一斉に背を向け逃げ出した。

そこでようやく、フリードの思考が再起動した。

信じ難いことに、信じたくないことに、膨れ上がっていく存在感と力の波動は、フリードにとって集大成たる白神竜をも軽く凌駕(りょうが)していた。それでいて、なお際限なく上昇していく。

息が苦しい。体がどうしようもなく震える。否応(いやおう)なく、本能で理解してしまう。

あれは、あれは手を出してはいけない存在だったと！

(何が、何が起きているっ。死に損ないのはずだろう!?　こんな……こんなものっ、まるで、あの化け物(イレギュラー)と同じではないかっ)

ティオが、動けぬシアを抱き寄せた。

シアの安心し切った表情が、あり得るはずのなかった敗北という未来を予知させる。

二人の視線が、すっとフリードへ注がれた。

シアは、ニシシッと悪戯(いたずら)っぽく笑って中指を立て。

ティオは、怪我など感じさせぬ威風堂々たる立ち姿を見せつけながら、胸元に手を添えた。まるで、大事なものを、あるいは想いを、そこに抱えているかのように。

唇が動き、小さく「初代様」と呟いたように見えた。

「っ、攻撃だっ！　奴に何もさせるなっ！　今直ぐに殺せっ!!」

己の間抜けさに脳が沸騰するような怒りを覚える。

底知れない異常な存在感に気圧されて、敵に僅かとはいえ時間を与えるなど。

思考を回している暇があるのなら問答無用に攻撃するべきだったのに、と。

後悔先に立たず。あるいは、迅速果断に動けていても結果は同じだったか。

ウラノスと神獣クラスの魔物は即応したが、何もかもが遅かった。

「刮目せよ」

極光ブレスが放たれる。超重力場が、空間破砕が、あるいは格別の雷が殺到する。

だが、その全てが無意味だった。

黒色――というより星が煌めく夜空のような色の魔力。それがティオを中心に巨大な竜巻となって天を衝き、一切の攻撃を弾き返したからだ。そのうえ、直上にいた魔物まで一体の例外もなく消し飛んでしまった。

啞然とする。思わず怯んでしまう。

そこに、天から降ってくるような荘厳な響きの声が木霊した。

『これが妾の、竜人ティオ・クラルスの辿り着いた頂きじゃ』

闇夜色の魔力が天頂にて波紋を広げる。

黒い波濤が暗雲のように空を覆っていく。

「馬鹿な……天候操作……だと？」

正確には違った。それは、言うなれば天候の創造だった。

次の瞬間、爆炎が空を舐め尽くした。

赫灼とした大火が、闇夜色の天涯に這うように広がり瞬く間に空を赤に染め上げていく。

雲海ならぬ炎海。

轟々と燃え盛る赤き空の海は、到底この世の光景とは思えない。

炎が破裂する爆音と、雷鳴の轟音が聴覚を乱打する。

その天の炎海に、更に万雷が追加された。

その度に炎塊の雨が降り注ぎ、無数の落雷が発生して、魔物の大群を無作為に、無造作に、無慈悲に、羽虫を散らすが如く滅ぼしていく。

魔物の一部がパニックとなって阿鼻叫喚の地獄の様相を呈していくが、それすら序章に過ぎなかったらしい。

炎雷の海に、何かが蠢いた。

全容が分からない。体の一部が炎雷の海から飛び出してはまた沈んでいく。

黒い鱗に包まれた信じられないほどの長大な何か。

「なんだ、なんなんだ、あれは……」

その呟きに応えたわけではないだろう。だが、そう思えるようなタイミングで、炎雷の海を泳ぐものがその全容と正体を現した。

――ゴォアアアアアアアアアアアアアアッ!!

空が落ちたと錯覚するような咆哮と共に姿を見せたのは――闇夜色の龍鱗と炎雷を纏う巨大な〝龍〟だった。

翼の生えた蜥蜴というべき西洋系の竜ではなく、巨大な蛇のような東洋系の龍。

姿形は神獣リヴァイアサンが最も近く、しかし、更に二回りは巨大。存在感は天地を圧するほどで、降り注ぐ威圧感は比較対象にもならない。

黒龍――否、神獣や白神竜を超越する以上、黒龍神と称すべき存在の正体は、言わずもがな、ティオ・クラルスその人である。

――ティオ流・竜化最終奥義　龍神顕現

これこそ、竜人の隠れ里にある初代クラルスを祀る霊廟にて、〝初代の竜鱗〟に宿っていた怨嗟を征して手に入れた新たな力。

その竜鱗とは、触れた者の理性剥奪・破壊衝動絶大の代償を払わせる代わりに、強制神竜化というべき破格の強化を与える遺物だった。

ティオは、精神的な激闘の末、その〝神竜化〟部分だけを己に宿すことに成功し、自己に合った〝龍神化〟という形で体得したのである。

当然、強制力のなくなった〝龍神化〟を発動するには、膨大な力が必要となる。

アーティファクトや昇華魔法の強化だけではまったく足りない。だからこそ、ティオは耐え続けたのだ。ティオだけが使える〝竜化〟の派生〝痛覚変換〟により、発動に必要な力を蓄積するために。

死にかけるほど耐えて発動した〝龍神化〟の恩恵は絶大だ。

〝限界突破〟のように瞬間的に生み出される魔力は桁違いで、全スペックが数十倍化する。

結果、初代クラルスの雷霆を生み出すことすらできた最強の雷竜の能力と、本来の適性――炎・風属性最上級魔法の無制限使用かつ半径五キロに及ぶ広範囲制御が可能に。

それらを応用した〝天候干渉〟もできれば、〝竜化〟における形状・大きさの変化自在まで。更には、神代魔法と他の全属性の魔法も驚異的な規模・精度で扱うことができる。

まさに、龍の神というに相応しい力だ。

もっとも、まだまだ修練不足の今のティオでは、発動限界は一分ほど。

そして、〝龍神化〟が解けた後は、シアと同じく直ぐには戦えない状態になるだろう。

故に、

(この一分で全てを終わらせるのじゃ！)

宙にてとぐろを巻き、黄金の龍眼を以て睥睨する。

それだけで大半の魔物が怯えたように下がる。ウラノスは己を奮い立たせるように咆えたが、その目には隠しようのない畏怖が宿っていた。

黒龍神ティオの咆哮が轟く。

炎雷の海から再び、炎塊と万雷の暴雨が降り注いだ。

更に、今度は火炎の竜巻が幾本も地上へと伸びていく。その規模は、地球のスケールで言うならF5クラス。逃れようとする魔物達を根こそぎ巻き上げては、火炎の腕に抱き締めるようにして消し炭にしていく。

「ありえんっ、ありえんっ、ありえんっ、ありえんっ、ありえんっ、ありえんっ、ありえんっ、ありえん!!　こんな、こんなことはあってはならないっ!!」

天から降り注ぐ雷は神罰の如く。大地と空を繋ぎ全てを巻き込んで滅ぼす竜巻は、まさに天災。

神威の顕現とは、まさにこのこと。いや、自らを魔王の女と称したティオの所業なら地獄絵図と称すべきか。

いずれにせよ、フリードには耐え難き光景だった。

主の神性を自分の信仰心ごと否定されたようで、気が狂いそうになる。

頭を掻き毟りながらも、その原因を視界から消し去るべく、自身の最高傑作である白神竜に命令を下す。

「否定しろ、ウラノスっ!　あれを、あの存在を否定しろぉおおおおっ!!」

――オォオオオオオオオオンッ!!

白神竜は、主の命令に応えた。

顎門を開き、自身の放てる最大最強の極光ブレスを放つ。

しかし、全身全霊で放ったその一撃は――

『これが最後じゃ、白き竜よ』

ヴンッと大気が震え、黒龍神ティオの前に一瞬で集束した闇夜色の閃光が迎え撃った。

三度目の正直というべきか。

天と地それぞれを斜めに繋ぐような二色の閃光は、空中で衝突するや一拍。

黒が白を塗り潰し、そのままあっさりと白神竜を呑み込んだ。

断末魔の悲鳴もない。

ただ音すら消し去る闇夜色の閃光が、空を引き裂き、大地を穿ち、そのまま浮遊島の一部を消し飛ばして空間の下方へと消えていっただけ。

後に残ったのは、胸部から上だけを残して大地に転がったウラノスの残骸だけだった。

「ウラ……ノス？」

情報の処理が追いつかない。あまりに現実味がなくて、宙にありながら、自分の足元がぐらぐらと揺れているような気さえする。

だが、いくら呼びかけてもウラノスからの応答はなく、従魔としての繋がりも感じられない。

何も、感じられない。

気が付けば、フリードは絶叫を上げていた。

「アァアアアアアアアアッ!!」

百数十万規模の魔物達が途轍もない勢いで駆逐されていくのも、もはや意識の外。

そんなことはどうでもいいと、白翼を打って空を駆け上がる。

その目にあるのは憤怒と憎悪。この時ばかりは、神命すらも頭から消えていた。

渾身の力で分解砲撃を放つ。空間爆砕や空間断裂も、脳が焼き切れても構わないと言わんばかりに連発する。

『馬鹿者が』

その一言に嘲りは含まれていなかった。ただ、冷たく突き放しているようでいて、逆に憐憫の情も感じさせる不可思議な情感を湛えていた。

咆哮を一発。それだけでフリードの攻撃は四散し、本人もまた、

「がはっ!?」

全身の細胞を揺さぶられるかのような衝撃に硬直を余儀なくされた。

すかさず天雷が閃き、狙い違わず撃ち抜かれる。

散ってしまった白翼を再展開することもできず落下しながら、辿り着くことさえできない遥かな高みへ、天に君臨する龍神へ手を伸ばすフリード。

地に叩き付けられ、何度か跳ね転がり、ようやく止まる。

仰向けに倒れ込んだフリードの目には、あれほどいた魔物が今や目算で数えられる程度に目減りした光景が映っていた。

否応なく、終わりなのだと理解させられる。

激情は既に消え去り、今は、なぜか虚しさだけが感じられた。

神に迎えられた自分が、何を諦めているのか。最後の瞬間まで、敵を道連れにする覚悟で殉ずる道を行くべきではないのか。

そう言い聞かせてみても、やはり体はピクリとも動かない。

ダメージで動けないのでは……ない。動こうとする気力が、湧き上がらないのだ。

『言い残すことは？』

重厚で威厳に満ちた声音が降ってくる。

「私は……」

何かを言いかけて、けれど、言葉にはならなかった。

なぜだか凄く疲れてしまって、何もかもが億劫で、ただ、もういいと首を振った。

ティオも、もうそれ以上の言葉はかけなかった。

ヴンッと空気が震える。再び闇夜が凝縮され、放たれた。

光を呑み込む黒色なのにやはり星が瞬く夜空のようで、だからだろうか。フリードは漠然と眺めるようにそれを見つめて――

『むっ？』

困惑の声を耳に、視界に割り込む影を見た。

――クルァアアアアアアアアアアッ!!

龍神のブレスが、驚くべきことに堰き止められた。

絶叫を上げて射線上に割り込み、その身を以て盾となったのは、

「ウラノスっ!!」

そう、既に逝ったはずの白神竜ウラノスだった。

上半身だけとなった体でどうやったのか動き出し、全身から極光を放って闇夜色の閃光を受け止めている。

身の端から崩れていくものの、先は一瞬で消し飛ばされたことを思えば信じ難い光景だ。極光で相殺しているのだろうが、その輝きはまるで命を絞り尽くしているかのよう。

否、正しく絞り出しているのだろう。魂の一滴まで。

ウラノスが僅かに振り返ってフリードを見た。

変成魔法を使っても、やはり従魔としての繋がりは切れているようで言葉は聞こえない。だけれど、その時、フリードには分かった。明確に伝わっていた。

「逃げろ、というのか……」

竜眼は何より雄弁だった。すなわち、相棒は死なせない。

その瞬間、フリードの脳裏を記憶の奔流が駆け巡った。

思い出す。自分が未だ一介の兵士に過ぎなかった頃、なぜ大迷宮に挑もうとしたのか。

（……私はただ、救いたくて……報いたかったから……何にも脅かされない安心できる国に……同胞達の守護者になろうと……だというのに、〝神の意思は全てに優先される〟か……ああ、私は、いつから……）

ウラノスが押されてくる。逃げようとしない相棒に非難の眼差しを向けている。死に物狂いで大迷宮に挑み、実際、何度も死にかけながら手に入れた変成魔法で、最初に従えた特別な翼竜。それからずっと相棒だった。

確かに死んだはずなのに、自分の危機に理を超えて駆けつけたのは、きっと、魔法の繋がりではない、確かな絆があったから。

そして、その絆は同胞達との間にだってあるのだ。

己が、神の意思だと戦争に導き散らしてしまった絆が、たくさん。

だから、フリードは首を振った。神の眷属ではなく魔王国軍総大将の顔で。

「……すまん。共に逝ってくれ。相棒」

――クルァ

それはまるで「仕方ないなぁ」とでも言っているようで。

『お主等、もしや――』

「言葉は不要だ、竜人」

フリードの片手がオベリスクへと伸ばされた。届く距離にはなくとも反応する。

オベリスクが再び純白の輝きを帯びて――

『……よかろう。疾く逝くがよい』

次の瞬間、闇夜色の閃光が全てを呑み込んだ。

後には何も残らず、フリードが最後に何をしようとしたのか、あるいは既に何かをしたのか、分からなかった。

ただ、最後の一瞬に浮かんだ、咎人が罪を受け入れたような、または疲れ切った老人のような表情からすると、悪足掻きを試みたようには到底思えなかった。

あるいは、最後の看過できぬ行動の理由は、ティオの手を緩めぬための……

流石に考えすぎか、と内心で呟きながら、ティオはフリード達がいた場所を見つめた。

『神に魅了されなければ、良き主従、いや、相棒だったのじゃろうな』

決して後味が悪いというわけではない。

ただ、なんとなく、あの主従の結末を些事と切り捨てることはしたくなかった。

だから、

『主等の最期、このティオ・クラルスが覚えておこうぞ』

そう、手向けの言葉を贈ったのだった。

# 第八章◆意外な救援

『ティオさ～ん。そろそろ時間では～？』

〝念話〟によるシアの声が響いた。

発信源は首元の龍鱗の内側にある空間だ。〝竜化〟の時、装備類を格納するのと同じ要領で保護していたのである。

『うむ。そろそろ限界じゃ。一気に殲滅しようぞ！』

龍神化のタイムリミットが近い。あと十秒あるかないか。

魔物の大群は当初の百分の一程度――残り一万体くらいだが……問題などあるはずもなく。最後の一暴れだと一層激しく、炎塊と万雷の豪雨、そして火炎の竜巻で包囲殲滅していく。

咆哮再び。生き物の魂を萎縮させるそれで遠方まで逃げ延びそうだった魔物の動きを止めて魔力を集束。

黒龍神ティオの頭上に巨大な闇夜色の円環が生み出される。

それが収縮し、また円環が生み出されては収縮して重なり、繰り返すごとに大気が虫の羽音のようなヴヴヴッという奇怪な鳴動音に満たされていく。

そして、一拍。

音の消失と共に、天空世界が闇夜色に染められた。全方位へ放射された円環状の閃光が瞬く間に彼方まで波紋を打つ。

それは静かな破滅だった。触れた者を問答無用に破壊する闇夜に一瞬で追いつかれた魔物の群れは、まるで子供が悪戯に積み木を崩すような容易さで砕け散る。

目視可能な範囲から、生命の息吹が完全に消えた。

そして、

『くぅ、げ、限界じゃっ』

苦しげなティオの声と同時に、天空を覆っていた炎雷の海が晴れていく。

火炎の竜巻がふわりと火の粉を散らして解けていき、浮遊島を焼失させかねない勢いで業火に包んでいた炎も幻だったみたいに消えていく。

直後、黒龍神の身からカッと闇夜色の光が爆ぜた。かと思えば、これまた夢か幻だったかのように巨体が雲散霧消し、頭部付近の宙に二人の人影が放り出される。

もちろん、重力に負けて落下する。

「って、ティオさ～ん！　空中ですぅ！」

「あっ、しまったなのじゃ。余力がない。シア、助けておくれ」

「アホですかっ。私だってありませんよ、余力なんて！」

せめて地面に降りてから〝龍神化〟を解けば良かったのだが……ティオも本当に限界

だったのだろう。珍しく頭が回らなかったらしい。

「フッ、案ずるでない。黒竜達に拾ってもらえばよいのじゃ」

「あ、そうでしたね！　その方法がありました！」

「うむ！　さぁ、黒竜ぅ〜、助けておくれぇ〜」

反応は――ない。〝龍神化〟にあたって巻き込み兼ねないので、浮遊島の下へ避難するよう命じていたから。フリードが〝逃げた〟と言ったのは、そういうことだ。

そのことにふっと気が付いて、落下しながら顔を見合わせるシアとティオ。

もう十秒程度で墜落するというタイミングで起きたジョークみたいなミスに、二人揃って顔面蒼白。表情筋も盛大に引き攣る。

「いやぁーーっ。せっかく勝ったのにぃ、こんなんで死ぬなんて嫌ですぅ!!」

「スカイボード！　シア、スカイボードじゃぁ！」

「摑まる力なんてありませんが!?」

「妾もない！　じゃが、こう上手くふわっと乗る感じで！」

「もうそれっきゃぁねぇですぅ！」

実際、ティオは魔力もすっからかんで体にも力が入らないが、シアの方は、体が動かないのは同じでも魔力は残っている。

ティオを摑んで〝空力〟で減速するなんて真似はできないが、スカイボードを呼び出すくらいならば可能だ。

とはいえ、空中で落下の暴風にあおられる中、相対距離と速度を調整して上手く乗ることができるのか……

見る見ると近づいてくる地面に半泣きになりながらスカイボードを呼び出し……

空気抵抗の差で、木の葉のように一瞬で頭上へ消えるスカイボード。

二人して「「あ……」」と声が漏れる。

「ハジメさぁんっ、ユエさぁんっ、愛してますーーーっ」

「辞世の句はやめぇいっ！　大丈夫大丈夫！　妾達なら耐えられるて！」

なんてことを叫んだ瞬間だった。

「きゅうっ!!」

一条の閃光の如き白い影が超速で二人のもとへ駆けつけたのは。

モフッとした感触が二人の腕に絡みつき、次いで衝撃が連続で走ったかと思うと宙づりとなる。肩が抜けそうな痛みに襲われるが、地面までは五メートルほど。

そう、ギリギリで地面に叩き付けられるという事態は阻止されていた。

救世主たるウサギさんによって。

「イナバ!?　あなた、イナバじゃないですか！」

「イナバとな!?　なんでここにイナバ!?」

「きゅう！」

蹴りウサギのイナバが、長いウサミミを二人の腕に絡ませ、〝空力〟で制動をかけて助けてくれたのである。二人の体重でウサミミが千切れそうなほど伸びており、その痛みにぷるっぷる震えながら少し涙目になってはいるが、紛れもなく救世主だ。

　イナバは、空を蹴りながら徐々に高度を落としていき、無事、シアとティオを地面に下ろした。

「た、助かったのじゃ。感謝するぞ、イナバ」

「イナバ、ありがとうございます。でも、どうしてあなたがここに？」

「きゅきゅう！　きゅぅ？」

　気にするなとでも言いたげに、伸びてよれよれのウサミミをふぁさぁっと片手で払うイナバ。シアの疑問には、ウサミミをピンッと明後日の方向に向けることで答えた。

　見れば、遠くからスカイボードに乗って向かってくる雫達の姿がある。

　瞬く間に距離を詰めた雫達が、シア達の傍に降り立った。

「二人共！　無事……じゃなそうね？」

「なんか、もうやべぇことになってたしなぁ」

「はは……神話を見てる気分だったよ。本当に、雫達に止めてもらえて良かった……」

「イナバさんが飛び出した時は何事かと思ったけど……動けないんだね？　待ってて。直ぐに回復するからっ」

　鈴が回復魔法をかけ、雫が回復薬を飲ませて、ぐったりしているティオとシアを各々膝枕しながら介抱する。龍太郎と光輝は、崩壊しかけている浮遊島の惨状を見回しながら引き攣り顔になっていた。

雫に膝枕されながら、シアは嬉しそうに頬を綻ばせた。

「雫さん達も無事だったんですね。どうやらお馬鹿さんも少しは反省したようで。良かったですね」

シアの言葉に、雫は「まぁね」と苦笑い気味に頷き、光輝は「うっ」と呻いた。

「じゃが、もう一人は……いや、何も言うまい。よう頑張ったのぅ」

自分を膝枕する鈴の頬を、ティオの手が優しく撫でた。

どんな結果であれ、それに納得があろうとなかろうと、全身全霊を尽くしたことに疑いの余地はない。鈴の覚悟も理解していたから、慰めの言葉など口にしない。ただ、心を痛めながらも頑張ったことを褒める言葉を贈る。

その気持ちが伝わったのか、鈴は少し息を呑んで瞳を潤ませたが……

それも僅かな間のこと。何も言わず、ただ微笑を返した。とても大人びた、綺麗な微笑みだった。

そんな二人のやり取りに表情を綻ばせつつ、雫は改めて口を開いた。

「それにしても驚いたわ。空間を繋ぐ出入り口を見つけて飛び込んでみれば……世界の終わりみたいな光景だったんだもの」

「目ん玉飛び出すかと思ったぜ。地獄に転移しちまったのかってな」

「あれ、ティオさんだったんだよね？　東洋系の黒い龍」

「そうじゃよ。本当なら、あれでご主人様のもとへ駆けつけ開幕龍神ぶっぱしてやるつもりだったのじゃが……まぁ、神域の魔物をほぼ壊滅できたならよしとすべきかの」

【神域】の魔物の壊滅というパワーワードに戦場のレベルが違うと遠い目になる雫達へ、少し動けるようになったシアが身を起こしながらウサミミを傾げる。

「それより、随分と早く追いつきましたね？　羅針盤もないのに」

シア達が通ってきた異空間は迷路のような場所が多かった。障害の多くは蹴散らしてきたとはいえ、このタイミングで合流できるとは思えない。

シアのウサミミに合わせたように小首を傾げた雫が、不思議そうな顔で答える。

「迷う余地もなかったわよ？　時計塔が潰れちゃったから、他の都市を探すのに少し手間取ったけれど、見つけた場所から転移したら直ぐにここだったのだし」

「ふむ。運が良かったのか、転移先の空間の組み合わせが変わったのか。まぁ、僥倖であったな！　でないと妾達、今頃大地の染みになっておったかもしれんし！」

「ティオさん、それ、笑いながら言うことじゃないよ……」

鈴に呆れ顔を頂戴しながらも、ティオは快活に笑いながら身を起こした。

「ねぇ、それより……ハジメは？」

雫の、きっと最初に聞きたかったけれど、二人の状態を見て堪えていただろう疑問が口に出される。鈴達の表情も強ばった。

シアもティオも深刻な雰囲気ではないから心配の必要はないのかもしれないが……

「おっと、すみません。先に言っておくべきでしたね」

「そうじゃたな。余計な憂慮を与えてしもうた」

シアとティオが苦笑いを浮かべ、事のあらましを手短に伝える。

「……そう。なら、早く追いかけましょう」

強い眼差しで促す雫に、全員揃って頷き合った——その時。

地鳴りのような音を立てて空間が鳴動し始めた。

何事かと周囲を警戒するシア達。

その視界の中で、空間に亀裂が入った。天空世界そのものが崩壊しかけているかのように、あちこちに亀裂が走っていく。

それだけでなく、ただでさえ多大なダメージを受けていたシア達のいる浮遊島が、空間を襲う振動に耐えられなくなったのか、轟音を立てて割れるように崩壊していく。

シア達は、慌ててスカイボードに乗って宙に避難した。

そして、眼下を見下ろして気が付く。

「あ、あれって……もしかして、地上!?」

鈴が驚愕の声を上げた。

いつの間にか真白の雲海も割れたり千々に千切れたりして、その下の空間が見えるようになっていたのだが、そこがぐにゃりと魚眼レンズのように歪んでいた。

そして、その空間の歪みの向こうには遥か下方の大地と、見覚えのある要塞や草原、そして大勢の戦う人々がいた。

歪みが戻って、その光景は直ぐに消えてしまったが、代わりに別の場所にまた歪みが生じる。それも幾つも。

シア達が通ってきた異空間も見えたが、まったく知らない場所も見える。

不気味な鳴動は刻一刻と激しくなっていて、合わせて〝別の空間に繋がりかけの歪み〟も加速度的に発生しては消えてを繰り返していく。

「……きっと、ハジメさんです。ハジメさんが、エヒトと戦っているんです！」

「そうじゃな。ここは神域。ならば、創造主たるエヒトが最も影響を与えるはず。その空間が不安定になっているということは、それだけエヒトが追い詰められているということなのかもしれん」

根拠のない推測だ。いよいよ世界の滅亡が最終段階に入っただけかもしれない。けれど、誰もそうは思わなかった。きっとシアとティオの言う通りだと、笑みさえ浮かべた。

「なら、私達も急がないとね」

「よぉし！　こんなところ、さっさと出て南雲君と合流しよう！」

雫と鈴の言葉に異論などあるはずもなく、全員でオベリスクのもとへ向かう。

浮遊島が崩壊したせいでオベリスクは既に大地になく、ただ純白の柱として宙に浮いていた。

未だふらついているため雫のスカイボードに同乗しているシアが、肩を支えられながらもオベリスクに手を伸ばし触れる。

「?」

しかし、何も起こらない。ハジメが羅針盤を使った時、確かに、このオベリスクを指し示していたし、今までの異空間では転移門の起動に特別な操作は不要だったというのに。

もう一度触れる。雫も、鈴のスカイボードに同乗するティオも、龍太郎と光輝も触れてみるが、やはり何も起こらない。

「どうして!?」

躍起になって触れるシアだったが、何度やってもオベリスクは反応しなかった。

「……この不安定な空間と関係があるのかもしれん。オベリスクは他の浮遊島にもある。そちらを当たってみようぞ」

嫌な予感を覚えつつも、ティオの推察に従って手分けして他のオベリスクを調べていく。

しかし、どのオベリスクも無反応。

そして、天空世界に走った亀裂の部分から、とうとう空間そのものの崩壊が始まった。

砕けた空間の向こう側は、ただの暗がり。ゾッとするほど深くも見えれば、逆にただ黒く塗り潰しただけの壁にも見える。

試しにと雫が小石を投げてみれば、

「……分解でもされたみたいね」

暗がりに触れた瞬間に崩壊し、塵となって消えてしまった。

「不味い、状況じゃな……」

「崩壊に巻き込まれても私達だけは無事……というのは都合が良すぎますよね」

「私達が入って来た時のオベリスクならどうかな？」

鈴の提案に乗って、急いでその場所に向かう。

もう、ハジメのもとへ辿り着く以前の話だ。元来た道を逆戻りすることになっても、今はこの空間から脱出することを優先する。

向かっている間も、崩壊は急速に進んでいるのだ。まるで檻を少しずつ小さくしていくように暗がりが増えていく。今、この瞬間も浮遊島が次々と消滅していく。

突然、進路上の空間が割れて暗がりが出現することもあって少し時間がかかりつつも、シア達は廃都市に繋がっているオベリスクに辿り着いた。

しかし、やはりというべきか。

「そんな……戻ることもできないのか……」

光輝が悲愴な顔で呟いた。オベリスクは反応しなかったのだ。

言葉を失うシア達の視線の先で、絶望を突きつけるみたいに歪んだ空間と、その向こう側の廃都市が見えた。端の方から崩壊していく様子が見て取れる。

ここだけではない。おそらく【神域】の異空間全てが崩壊し始めているのだ。

「ここまで……なのか」

光輝の悲観的な言葉を、咎める者はいなかった。

脱出できない。何もできない。雫も、鈴も、龍太郎も歯噛みすることしかできなかった。

「希望はあります」

知らず俯いていた顔が、シアの言葉で弾かれたように上がる。

シアは、強い眼差しで、遠くを見通すように虚空を見つめていた。

「じゃな。ユエと一緒に、エヒトを倒したご主人様が迎えに来るやもしれん」

ティオも同じように虚空を、その先にきっといるであろうハジメとユエを想って、信じて、見つめていた。

「そうね。それに、手がないわけでもないわ。一か八かだけど、いざとなったら地上の見える空間の歪みにダイブしてみましょう」

「ハッ、上等じゃねぇか。どうせ死ぬならやらねぇ手はねぇぜ」

「うん、ギリギリまで待とう。効果があるかは分からないけど、結界を張れば通り抜けられるかも」

「……そうだな。諦めちゃダメなんだよな。俺も、結界張るの手伝うよ」

どんな状況でも絶望はしない。最後まで足掻くことはやめない。

それこそ、シアとティオが惚れた男の在り方であり、雫達が、異世界に召喚されて学んだ最も大切なこと。

そうして、地上が見える空間の歪みを探し、崩壊の進度のせいか消える様子のないそれを見つけて待つことしばし。

いよいよ飛び込むしかないと覚悟を決めた、その時。

迎えが来た。ただし、思い描いていた相手ではなかったが。

「む？　何か飛んできておらんか!?」

地上側から何かが放たれてきた。と認識した直後、光が爆ぜた。思わず腕で目を庇う。

隙間から覗けば、見えたのは歪んだ空間に突き立ち波紋を広げる一本の矢。

「ま、まさか！」

そのまさかだった。境界破壊の概念魔法を宿した矢、その劣化版を持っている人物など一人しかいない。

そう、こじ開けた空間の穴から飛び上がってきたのはニコちゃん仮面とローブ姿の小さなゴーレム。

空中で器用にも右手を腰に片足をくいっと上げつつ、横ピースにした左手を目元に添えてバチコンッとウインクを決めるという、時と場合も考えずウザったいほど完璧なポージングを取った、

「やほ〜！　元気してるぅ？　みぃんな大好きっ、天才美少女魔法使いミレディ・ライセンちゃん！　参☆上♡!!」

最後の解放者――ミレディ・ライセン、その人だった。

# エピローグ

奈落の底のような暗闇に閉ざされた空間。

光源一つないそこに、白金の光が降り注いだ。

虚空から差し込み、すっと暗闇に線を引くようにして地面――白亜の円柱へと伸びる。

天頂に接触して一拍。

ふっと光が霧散した後、白亜の円柱の上には片膝立ちになった人影がいた。

ハジメだ。ドンナー&シュラークを握り締め、険を帯びた視線を周囲に巡らせる。

暗視の能力など使わなくとも、不思議と視界は明瞭だ。

円柱からは真っ直ぐに白亜の通路が伸びていて、その先は上へと続く階段になっていた。

気配は感じない。熱源も、魔力も何も感知できない。

白亜の通路にも、何か仕込まれている様子は見受けられなかった。

ゆっくりと立ち上がり、前へと進む。

光を拒絶したような暗闇に、ハジメは僅かな懐かしさを感じた。

彼女と出会ったのも、奈落の底の闇の中だった。封印の扉を開けると、差し込んだ光が一本の通路のようになって黄金の吸血姫を照らし出したのだ。

この暗闇と、やけに映える白亜の通路は、その時のことを否応(いやおう)なく思い出せた。

そうすれば、まるで堤防が壊れたダムのように想い出は止めどなく溢(あふ)れ出る。

一心に見つめてくる紅玉の瞳。

抑揚の乏しい、けれど溢れんばかりの心がこもった可愛(かわい)らしい声音。

眠たげなジト目、やたらと艶(なま)めかしい唇に、名を呼ぶだけでほんのり染まり綻ぶ頬。

クールに見えて、意外に茶目っ気に溢れた心の裡(うち)。

黄金を纏(まと)って勇ましく戦う姿の美しさ、得意げに胸を張る愛らしい姿、視線を釘付(くぎづ)けにさせるほど妖艶な仕草。ハジメ、と呼ぶ声にたっぷりと込められた愛情には、何度聞いてもくすぐったくなるほど。

静かすぎるほど静かな空間を油断なく進みながらも、ハジメの瞳の奥は、狂おしいまでの衝動に満ち満ちていた。

それは最愛への深く重い思慕の念であり、敵への明確で絶対的な殺意だ。

ハジメは階段を上り始めた。一段踏み締める度に、その衝動は強くなっていく。

階段の先は淡い光に包まれていた。

ハジメは、そのまま躊躇(ためら)うことなく光の中へ突き進んだ。

視界が白に染まった。

そう錯覚するほど、光の向こう側は白一色の世界だった。

上も下も、周囲の全ても、見渡す限りひたすら白い空間で距離感がまるで掴(つか)めない。

地面を踏む感触は確かに返ってくるのに、視線を向ければそこに地面があると認識することが困難になる。ともすれば、そのままどこまでも落ちていきそうなほど。

そんな白の空間には、一点だけ、黒があった。

「ようこそ、我が領域の最奥へ」

ああ、と心が歓喜し、同時に憤怒に染まる。

求めに求めた最愛の声音だ。だが、どうしようもなく異なる声音だ。

美しい音楽に、汚い雑音が交じっている感覚にハジメは眉をひそめる。

視線の先には、高さ十メートル近い雛壇があった。その天辺には玉座があり、そこに声の主はいた。

足を組み、玉座に頬杖をついて薄い笑みを浮かべる姿は、〝妖艶〟という言葉を体現しているかのよう。

「歓迎しよう」

黒のドレス姿、波打ち煌めく金糸の髪、白く滑らかな剝き出しの肩、大きく開いた胸元から覗く豊かな双丘、スリットから伸びるすらりと長い美脚。全体的に細身でありながら、妙に肉感的にも見える大人の女。

成長した姿のユエが、そこにいた。

# 番外編◆吸血姫に贈る、親愛の喧嘩上等

【オルクス大迷宮】の隠れ家にある、アワークリスタルで時の流れが遅くなった工房に、

「……ダメだな」

ハジメ君の嘆息交じりの声が木霊した。鮮やかな真紅の光が霧散していく。

「うぅ、ごめんね。ハジメ君」

力になれないことが申し訳なくて、私はついしょんぼりと肩を落としてしまった。目の前には穴の開いた作業台がある。そこには先程までハジメ君謹製の合金素材があった。

私が塵に帰してしまったけれど。作業台ごと。

「香織のせいじゃない。分解魔法の性質上、予測はしていたことだ」

苦笑いを浮かべて私の肩をぽんぽんしてくれるハジメ君。

使徒対策のための一手。〝分解〟をアーティファクト化することで、使徒の最強の手札を無効化しようという試みは上手くいってない。

私も出力を調整したり、分解速度の低下を狙って頑張ってみたのだけど、やっぱり〝分解魔法〟に耐えられる素材がないみたい。

封印石と神結晶なら大丈夫みたいなんだけど、封印石だと魔力を弾く性質のせいで付与

できても実戦では使い物にならなくて、神結晶は稀少すぎて使うわけにはいかない。

「それに……なんなんだろうな。この魔法的なプロテクトの数は」

「そんなに多いの？」

「ああ。宝箱が見えなくなるくらい何十本もの鎖を巻き付けて、その鎖同士の輪っか一つ一つが南京錠でロックされている光景を思い浮かべてみろ。まさに、そんな感じだ」

「うわぁ」

ハジメ君曰く、他者が分解魔法に干渉しようとすると、魔法の構築式自体に仕込まれた阻害術式が溢れ出てくるらしい。

私は経験トレースで特に意識せずとも使えるから気にしていなかったけれど、分解魔法に対する他者からの干渉には病的なまでの保護があるみたい。

ハジメ君クラスの錬成師なら時間さえかければ解けるらしいけど……

「まるで、こういう事態を想定していたような……いや、既に起きたからこその、この狂気じみたプロテクトなのか？　だとしたら分解魔法の性質自体も昔より改良されて？」

ハジメ君が、また思考の海に沈む。

かと思えば、すっと天井へ視線が流れた。何もないけど……〝考えることは同じか？〟と笑っているような、〝余計なことをしやがって〟と不満に思っているような、なんとも言えない微妙な表情になっている。

たぶん、何かしらの見当がついているのだと思う。こういう時、ハジメ君の思考についていけないことが、ちょっと悔しい。

「ハジメ君、どうするの？」

「費用対効果が悪すぎる。対抗策は他にもあるから、この方法はやめだ」

即答だった。潔くプランを捨てて、次の考察と実験へ。

そういう即断即決なところ、凄く素敵だと思います！

あと、紙に何かを書き足したり、線を引いて消したり、真剣な表情で問題に取り組むハジメ君の横顔も素敵！　わけもなく見惚れてぼうっとしてしまう……

「……香織？　どうした？　疲れたか？」

「エッ!?　あ、ごめん、聞いてなかった。何かな？」

危ない危ない。うっかりハジメ君に引き寄せられてくっつくところだったよ。

こんなところをユエに見られたら大変……

……今はいないけど。

……見られたら、〝火に寄ってくる蛾みたい〟って意地悪な笑みを浮かべながら酷いことを言われてしまう。隙を見せると直ぐに揶揄ってくるんだから！

「本当に大丈夫か？」

「あ、うん！　大丈夫だよ！　で、なんだっけ？」

いつの間にかハジメ君の顔が直ぐ近くにあって、あわあわしてしまう。

「いや、経験トレースができるなら、使徒の記憶を探るなんてこともできないかって聞いたんだが……少し休むか？」

ハジメ君は私へ、少し探るような目を向けてきた。それが心配から来る眼差し(まなざし)であることなんて直ぐに分かるから、私は苦笑い気味にもう一度「大丈夫」と伝える。

「……そうか。ならいい。で、やれそうか？」

「使徒の記憶へのアクセスかぁ……」

なるほど、と思った。使徒は複数個体で思考と記憶を共有している歴史の記録保管庫でもある。それを探れば、対使徒における何か有益な情報を得られるかもしれない。

とはいえ、問題はある。

その〝記録〟は、人のように脳内に保管されている記憶とは異なっているようで、少なくとも、私は今まで一度もそれを見たことがない。

思考能力に問題はないから興味本位で意識してみたこともあるけれど、使徒としての記憶は何も思い出せなかった。

双大剣術や分解魔法、翼や羽の使い方は体が覚えていて、私はその感覚に慣れればいいだけだったから支障もなかったし。

記憶喪失の人が服の着方や食事の方法は忘れないのと同じ感じ、というのが一番近いのかな？　能力だけは人間離れして高いから本当に人形みたいな肉体だと思う。

なんにせよ、試してみる価値は確かにあると思う。

集中するために、部屋の端に置かれている年季の入った革製ソファーに座る。ハジメ君が私の前に跪いた。跪いた……？

跪いた！　しかも手を取ってきたよ！　指輪まで!?　プ、プロポーズ!?　やっ、ダメだよ！　浮気だよ！　ユエというものがありながら私をどうする気なの!?　このままソファーに押し倒してあんなことやこんなことを!?　ダメダメえっちすぎます！　それに、どうせならユエを連れ戻してから改めてという方が――

「使徒の記憶領域がどうなっているか分からない。干渉した瞬間、カウンターが発動する危険性もあるからな。悪いが保険はかけておくぞ？」

そう言って、真剣な表情で足下に結界の起点を設置していくハジメ君。

私は一瞬ですんっとなった。本当に、変な勘違いしてごめんなさい……

「香織がむっつりなのは分かってるから気にするな」

「心を読まれた!?」

「昇華魔法の〝情報看破〟を併用しろ。この指輪が発動を補助するから使えなくはないはずだ」

真顔でスルーしながら、さっきの指輪を小指にはめてくれる。

この期に及んで、左手の薬指でも……とか思ってしまったうえに、ユエが帰ってきた時に見せびらかせるかな？　なんて思ってしまったダメな私を、どうか叱ってくださいっ。

うぅ、やっぱり少し疲れているのかも。体じゃなくて、心が。

この遅延空間は時間の感覚が曖昧になってしまう弊害があると思う。

外にいるミュウちゃん達からすれば数十分程度でも、中では数時間。こうして長く中にいると世界から取り残されていくような、そんな気がしてきてしまう。

……いない人のことが、どうにも直ぐに頭に浮かんでしまう。決意と緊張で満杯だった心に隙間ができて、必要のない考えや感情がするりと入り込んでくる。

けど、それを言い出したらハジメ君の方が辛いはず。

だって、必要な時以外、ハジメ君はずっと工房にいるんだから。一番会いたい人と、一番長く会えていないのはハジメ君だ。私が感情を曝け出している場合じゃない。

そう思って両手で頬を叩いて気合いを入れ直す。と、その時、工房の扉が無造作に開かれた。私の代わりに素材集めや雑用を引き受けていたシアが帰ってきた。

「追加素材、取ってきましたよ……って、プロポーズ!? ユエさんというものがありながら香織さんをどうする気です!? そのままソファーに押し倒し——」

「ドスケベウサギもこっち来い」

「ドスケベウサギ!? 久々に○○ウサギシリーズが来ましたね!?」

恥ずかしいっ。シアと考えてることが一緒だよ！ 私、あんなエッチな服の趣味はしてないのに！

「今、私の服装に文句がある顔をしましたね？」

「私、分かりやすすぎない!? どれだけ顔に出てるの!?」

「「基本的に全部」」

どうして使徒の経験トレースは〝無表情〟をトレースしてくれないのだろう……

私が若干のショックを受けている間に、ハジメ君が記憶探査の説明をシアにする。

私が記憶に引っ張られて暴走しないか、その検証も含んでいるから、万が一の場合はシアにも拘束を頼みたいって。

魔王城でやられた〝機能停止〟みたいに、他にも致命的な支障がないかの確認もしておきたいみたい。〝情報看破〟を使うのは、そのためでもあるんだね。

私は地上に残って皆を守る役目だから、何かあってもハジメ君は対応できない。今のうちに考え得ることは全て確認しておきたいってことなんだ。

ほんと、抜かりがなさすぎだね、ハジメ君。

それ以上に、私のこと想ってくれているのも分かるから……

「合点承知です。ほら、香織さん。デレ顔さらしてないで始めてください！」

「デ、デレ顔なんてしてないけど!?」

と言いつつも、緩んだ頬を両手でむにむにしつつ表情を改めて……

〝情報看破〟を発動。潜る。深く深く。経験トレースの時に感じる、自分の体を動かそうとする補助力のようなものを頼りの糸に感覚を研ぎ澄ませていく。

何か、少しでも情報を……

私には私の役目があるから、直接、ユエを助けには行けない。けど、だからこそ少しでも、ハジメ君達の役に立つ情報を……

「っ、なんだろう。凄く断片的で……砂嵐のテレビ画面でも見ているみたいな……」

何かが、目蓋の裏を過った気がする。ううん、頭の中に浮かんだイメージかな？

「！　やっぱりプロテクトがかかってる感じか？」

「……違う、と思う。……壊れたものの欠片だけ残ってる、みたいな」

「やっぱ死んだ時に消去されたか……」

「分解魔法や経験トレースは肉体に残ってるみたいですし、記憶の残滓くらいなら肉体に宿ったままってことですかね？」

「だとすると、特に印象の強い記憶かもしれないな。香織、どうだ？」

私は、咄嗟に言葉を返せなかった。

まるで、ボロボロになった写真のスライドショー。

写っているのは、凄惨で残酷な悲劇の欠片。死んでいく、死んでいく。たくさんの人が悲嘆に侵されて命を散らしていく。

海底遺跡で見た船上パーティーと同じだ。平和のために、誰かとの情のために戦った人達が狂気に堕とされて、あるいは狂気に堕ちた人々に殺されていく。

その光景を、舞台を整え世界を狂わせてきた使徒が、高みから眺めている。

私は思わず口元を手で覆った。あまりに無慈悲な世界に吐き気がして。

でも、ハジメ君やシアの心配そうな声や背中に添えられた温かい手が、私の心を支えてくれているから、うん、大丈夫。

片手を握ってくれたハジメ君の手を、強く握り返してそう伝える。

「無理はするな」

その言葉に頷き、私は改めて記憶の断片に意識を集中させた。

そうして、過去の欠片を見ていくうちに、どうして、これらが消去されてなお残っていたのか、分かった気がした。

国を奪われて、世界に蔑まれようとも、なお戦った竜人がいた。

たとえ神を敵に回そうとも、愛しい人のために足掻いた吸血鬼がいた。

教会の騎士でありながら、魔人と手を取り合って異端者を守ろうとした人間がいた。

私の知らない種族の人々が、絶滅の危機にあってなお亜人を守っていた。

そんな必死に足掻く人々の中には、目の前の仲間と同じ最弱の種族の子もいる。

「……兎人……未来？……必ず？」

「香織さん？」

「シアと同じくらいの歳の兎人の女の子……立ち向かったんだ。一人で、使徒に」

「――っ」

同胞を守るための決死の戦いに挑んだ兎人の女の子。死の間際でありながら凄絶に笑って叩き付けた言葉は、不明瞭でも第三者である私ですら気圧されてしまうほど。

シアの表情が変わった。何かを噛み締めているみたいに。

「ふふっ。どうやら遥か昔にも英雄ウサギはいたようですね。まぁ！　森のウサギさんは強いですからね！　当然ですね！」

ウサミミがぶぉんぶぉん。ウサシッポも高速ふりふり。シアが誇らしそうに笑う。

そう、たぶん、それが理由なんだ。

誇りがある。意志がある。身命を賭すほどの願いがある。

記憶の断片に出てくる人は皆、そういう人達。最後の最後まで抗った人達なんだ。

悲嘆に満ちていて、現実はあまりに冷酷で、なのに彼等の生き様はあまりに鮮烈だった。

だから、きっと使徒は忘れられなかったんだ。

感情なんてないというけれど、本当にそうなのかなって思わずにはいられない。

特に、この人に対してはきっと、並々ならない気持ちがあったんじゃないかな？

「ミレディ・ライセンさん……たぶん、世界で初めて使徒を倒した人」

【ライセン大迷宮】の創設者にして、解放者のリーダー。

彼女と正面から戦い、策も何もなく力で捻じ伏せられた事実は、きっと使徒にとって過去現在を合わせても一番の衝撃だったんだろうと思う。

「方法は？　具体的にどうやって倒した？」

「う、ううん。そこまではちょっと。ノイズが酷くて……ただ、ミレディさんが掌を向けた途端に視界が真っ黒に染まって、それで終わりだから」

「重力魔法で圧殺した感じか？　チッ、参考にならねぇ」

「まぁ、今ですら使徒を一蹴できちゃう人ですからねぇ。現役時代とか想像もつかないですよ」

でも、そんな強い人が参戦してくれるっていうんだから心強いなって思う。

長い時を生きるためにゴーレムの姿になっているらしいけど……

「それにしても、人間時代のミレディさんって、すっごい美少女――」

「「それはない」」

「何が!?」

言葉が被さるほどの凄い反応で否定してきたね！　どういうことなの!?

「いいですか、香織さん。奴は、確かに実力は本物ですが、その分、性格がひん曲がってます。もうぐねんぐねんですっ」

「つまり、美少女なわけがない。QED」

「終了しないで!?　本当なんだよ？　使徒を倒した時も凛としてて、髪や瞳も――」

「イヤですぅっ、聞きたくなぁい！　美少女なうえに格好いいミレディなんて絶対に認めなぁい！」

「ミレディはウザッたいニコちゃん仮面！　それでいいんだ！　俺達の脳を破壊しようとするな！」

「そこまでなの!?」

い、いったい【ライセン大迷宮】で、どれだけ嫌な目に遭わされたんだろう。

ちょっとお話しできるかもって楽しみにしていたのに、怖くなってきたよ……

「それより、他に何かないか？」

ハジメ君が話題を逸らすように尋ねてくる。

「……もう少し深く探ってみるね」

もっと深く集中する。具体的な過去の戦闘や使徒の情報はやっぱり完全に消去されているみたいだけど、さっきのミレディさんみたいに、断片からだけでも何か分かるかもしれない。そう思って〝情報看破〟の出力も更に上げて、記憶を探るというよりも、かつて使徒が受けた傷がないか肉体情報に絞って調べてみる。

すると、だんだんと五感が曖昧になっていって、ハジメ君が握ってくれる手の感触も、背中に添えられたシアの手の温もりも、二人の息遣いや声さえも意識の遠くに消えていく。

まるで、テレビ画面に映る砂嵐の中へ入り込んでいくような感覚に少し怖くなるけど、頑張れ、私！　と自分を励ます。

そうすると、少しずつそれが見えてきた。

過去の戦いの断片。長い歴史の中で、ほんの一握りの人が届かせた意志の刃。

相手は判然としないけれど、体に刻まれた損傷だけは分かる。

焼かれ、潰され、削られた。斬られ、砕かれ、封じられた。

そして、重力の渦巻く中心へと消えていく、たくさんの――使徒？

あ、無理だ。脱出できない。破壊もできない。この黒い渦は私を確実に破壊して、暗闇の向こう側に――

「……香織」

そっと囁くような、とても綺麗な声が聞こえて、私の視界は唐突に切り替わった。

あ、危なかったっ。完全に同調してた！　過去に使徒が受けた戦いの傷を、死を、自分のものとして受け入れそうになった！

冷や汗がドッと噴き出て、記憶に呑まれそうになった恐怖に呼吸が荒くなる……ならない？　というか体も動かない!?　それどころか、

「ユエ、こんな時間にどうしたの？」

勝手に口も動いちゃった！　意味の分からない状況にパニックに陥りそうになる。

けど、それも一瞬のことだった。視界の中に、煌めく金色を見つけた途端、すっと心が落ち着いた。落ち着いて、ようやく気が付いた。

耳に届く潮騒、暗い海と水平線まで届く満天の星。

そして、その夜空の光を受けてうっすらと煌めく金糸の髪を揺らす美貌の女の子。

これは……これは私の記憶だ。

海底遺跡を攻略した後、皆が寝静まった深夜に一人抜け出したユエを追いかけた夜の記憶。桟橋に腰掛けて夜空と海を眺めるユエに声をかけた時だ。

たぶん、記憶探査に危機を感じて、本能的に自分の記憶へ意識を逸らしたんだと思うけ

ど……どうして、この場面なんだろう？

疑問には思うし、なぜか過去の自分の中に入り込んでしまったみたいな状況に困惑してしまう。でも、現実に戻る方法が分からないし、なんとなく戻ろうという気も起きなかった。もう少し、この後に続くことを、この鮮やかな記憶の中でもう一度体験したいという思いが湧き上がって。

「……ん～？　香織が私と話したそうにしてたから？」

肩越しに振り返って悪戯（いたずら）っぽく笑う姿は、同性であってもドキッとしてしまうくらい蠱惑（こわく）的だと思う。

事実、私はユエと二人っきりで話がしたくて隙を窺（うかが）っていたのだけど、それに気が付いて、こんな風に何も言わずに機会を作ってくれるところ、本当にずるいと思う。

見た目は私より年下なのに、こういう時、大人の女性なんだなぁって、どうしようもなく少しの悔しさと強い憧れを感じてしまう。

本人には絶対に言わないけどね！

「……その、なんというか……ユエのこと、もう少し知りたいな、と」

過去の自分が赤面している姿に、今の私が赤面してしまう。自分で自分に、どうして告白前みたいな雰囲気出してるの!?ってツッコミを入れたくなる。

「……ふぅん？　ハジメのことじゃなくて？」

「ハジメ君のことは知ってますし！」

くすりと笑って、自分の隣をぽんぽんするユエ。

私は小声で「んっ」とユエみたいな返事をして隣に座った。妙な照れくささに子供みたいな態度を取ってしまって余計に恥ずかしくなったのを覚えている。

でも、そんな私にユエは不快そうにするでもなく、むしろ可愛いものを見るみたいな眼差しを向けて、またくすりと笑ったんだ。

「……生意気」

今、改めて客観的に見ると、たぶんユエは私の内心なんてお見通しだったんだと思う。

海底遺跡でユエとの差を感じて、劣等感に苛まれて卑屈になって。

でも、それを吹っ切ることができて、だからこそ恋敵のことを知りたいと、たぶんその時に初めて、本当の意味でユエと向かい合う決意ができた私を受け入れてくれたんだ。

それから、ユエはたくさん話をしてくれた。

今までに聞いた元女王様であることや、奈落での経緯を越えて。

ハジメ君が封印の扉を開けた時、どう感じたのか。名を贈られた時、どんな気持ちだったのか。ユエの心の大切な部分。柔らかな感情の部分をたくさん。

ユエもまた、私の心を尋ねてくれた。語ったことのある思い出話の、その時に私が感じていたこと、想っていたことを一つ一つ感じ入るように聞いてくれた。

ユエとの間に〝共感〟が芽生えたのは、この時だと思う。

好きな人のことを話すのが、自分の中の宝物を見せ合うような時間があまりに楽しくて、私達は空が白み始めていることにも気が付かないほど夢中でおしゃべりをした。

水平線に見える夜明けの光が、自然と私達の口を閉ざさせた。そろそろ戻ろうって雰囲気になって、私は先に立ち上がった。この時の私は自分でもびっくりするくらい心が軽くて、とても素直な気持ちになっていたと思う。

「きっと、ハジメ君とユエの関係を比翼連理って言うんだろうね」

「……ひよ？　れん？」

「比翼連理。雌雄の鳥が目と翼を分けて共に飛ぶように、二本の木が枝で繋がって一つになるように、決して別たれない男女を指す言葉だよ」

先に立ち上がった私を、ユエは静かな瞳で見上げてくる。

「……なら、諦める？」

そう問われて、私は、差し込む朝日に背を押されるようにして、最後に言うんだ。

「ううん！　改めて宣戦布告するよ！　絶対に離れない！　ハジメ君の中に私の居場所を作ってみせるっ。ユエに独占はさせないよ！」

ユエは、なんだかとても眩しそうに目を細めた。きっと朝日のせいなんだろうけど、この時の私は、なんて優しい表情をするんだろうって、そう思ったんだ。

日の光に視界が染まる。

気が付けば、私はまた違う場所にいた。また夜だ。月や星がとても近い。

私は、横たわって目を閉じる自分を見下ろす位置にいて、眠る私にユエが手をかざしているのが見える。その隣にはノイントの体もある。

ここは……【神山(しんざん)】だ。一度死んで使徒の体に魂を移している時の記憶だと思う。

「……かおりのあほぉ～、ぼけぇ～、まぬけぇ～」

そうそう、この時はすっごくねちっこい嫌みを言われ続けたんだ。

交替制で魂魄(こんぱく)魔法をかけ続けるためにティオは休んでいて、魔力譲渡のためにハジメ君とシアも休んでる時、つまり二人っきりの時、ユエはずぅ～っとねちねちねちねちと私を罵倒してきたんだよね。

『もぉ！　いい加減にやめてよぉ！』

「……うるせぇ～。あっさり死んだくせにぃ。ばぁ～かばぁ～か」

当時は本当にイラッとしたんだけど、今は逆にちょっと照れくさい。だって、

『私だって精一杯やったんだよ！　心臓刺されても皆を癒やしたんだから！　たとえ死んでも、最後まで諦めずに――』

「運が良かったと思えッッ!!」

ユエが初めて、本気で私に怒った時だったから。

唐突な激高に、時が止まったようにさえ感じた。ビリビリと空気が震えるような怒声をユエが上げるなんて、私は想像だにしてなくて、魂だけの存在で幽霊みたいに宙に浮いていたのに思わずビクリと震えてしまった。

「神山の攻略条件が少しでも違っていたらっ、正規の攻略ルートがもっと面倒だったらっ、

少しでも何か違っていたらっ、香織は確実に死んでたッッ!!」

「どうしてもっと注意しなかった!? どうして自分の守りを固めておかなかった!? どうして他人の治療を優先した!? ティオが攻略を認められていなかったらっ…………取り返しがつかなかった……」

『そ、それは……』

山頂の澄んだ空気に、最後には溶けてしまいそうな声音で力なく呟くユエの姿に、私は言葉を失った。怖かったわけでも、困惑したわけでもない。ユエがどれだけ心配してくれたのか伝わってきたから。

ティオが私の命を繋いでくれている間に、ユエとシアは魂魄魔法の取得に挑んでくれていたのだけど、先にクリアしたのはユエ。

後からシアに聞いたのだけど、その時のユエは鬼気迫る様子で、シアさえ置いて多数の試練を正面から強引に捻じ伏せたんだって。

攻撃を受けても〝自動再生〟に任せて、ひたすら極大魔法で蹂躙するっていう、ユエ本来の戦い方ではあるけど必要性のなかった方法で、たったの一時間で攻略したみたい。

山頂に戻った時も息を荒らげていてふらつくほど必死な様子だったって、後でハジメ君に教えてもらった。

意識がなくて、そんなこと知らなかった間抜けな私は、能天気にも新しい強い体が手に入るって浮かれてさえいた。

今思えば、本当にばぁ〜かばぁ〜かである。自分にそう言ってやりたい。

しばらくの間、私達はお互いに何も言わなかった。この時は時間の感覚もあやふやだったけれど、今見ると相当長く黙り込んでる。

なのに、ようやくユエの言葉に心が追いついた私は、結局、

『……うん、そうだね……ごめんね』

そんなありふれた言葉しか返せなくて、今思い出しても自分で自分が情けなくなる。

なのに、ユエは気まずそうに首を振って謝罪の言葉を口にするんだ。

「……謝るな、ばかおり。今のは八つ当たり。謝るべきは私の方。私情で戦いに出て一人にした。ごめん」

『ううん。リリィやクラスメイトが一緒ならって思ったんだよね？　それより、敵の総大将を討った方が安全だって。まぁ、私怨も本当だろうけど……それは仕方ないよ。私に力があったら同じことしていたと思うし』

「……ん」

気まずいような、そうでもないような、言葉で表現するのは難しい心がむずむずするような静かな時間が流れた。

私は、決して私と目を合わせようとしないユエの隣に並んで、その横顔を見つめた。なんだか無性にユエとお話がしたくて、でも何を話すべきか迷って、咄嗟に出てきたのは、

『えっと、そうだ。神山の大迷宮について教えてよ。私も攻略したい』

そんな話題。いやいや、命の恩人だよ？　お礼を言おうよ！って思うけど、どうしてか私は心の中で感謝するだけで口には出せなかった。

たぶん、ユエはその言葉を求めていないって感じたからなんだと思う。自惚れかもしれないけれど、恩人だからとか貸し借りだとか、本当の仲間との間にそんなものを作りたくないって、ユエは思ってくれていたんじゃないかな？

「……使徒の力を使えれば香織でも攻略できる」

『本当？』

「……ん。使えなくても私達が手伝うし。使徒の肉体への魂の定着具合とか、戦闘しても支障はないかとか、最終確認するのにもちょうどいい」

『なるほど。使徒の力、使えるといいなぁ。それで攻略できればセルフ蘇生もできるし、ユエにも少しは心配かけずに済むしね！』

「……死ぬこと前提で語るな！　というか、心配なんてしてませんが!?」

『喧嘩だって、もう負けないよ！』

「……話を聞けっ」

実際のところ、私は三時間くらいで攻略できた。

【神山】の大迷宮は他の大迷宮と違って迷路のような内部構造じゃなくて、ワンフロアごとに再現された過去の神殿騎士と戦うというものだったのだけど、正直な話、現代の騎士さん達とは比較にならない強さだった。全員が強力な固有魔法を持っているうえに、装備まで聖剣や聖鎧のレプリカだったんだから。

昔の教会の勢力はとんでもなかったんだって、少し歴史を知った気分だったよ。

でも、一番厄介なのは、彼等と戦っている間、ずっと魂にさえ作用するような洗脳——神への狂信を植え付ける精神攻撃がありとあらゆる形で襲ってくること。

欠片でも信仰心を持っている人は、自分を保つことが相当難しいと思う。

もちろん、元々欠片も信仰心を持っていないどころか、エヒトに敵愾心さえ抱いている私達なら、強く目的意識を持っていれば撥ね除けられたけれど。

この大迷宮は多分、心や意志の迷宮に捕らえるっていうコンセプトなんじゃないかな？

この世界の人なら、きっと信仰心と真実の間で揺れてしまうだろうから。

なんて、つらつらと攻略内容を思い浮かべている私だけど、現実逃避はこの辺でやめた方がいいかな……

当時の私はユエとのお話に夢中で気が付いていなかったのだけど、うん、視界の端にばっちり入っているね。

瓦礫の陰からトーテムポールみたいに顔を出して、生暖かい目を向けてくるハジメ君、シア、ティオの姿が。

当然だね！　ユエがあんな大声を出して目が覚めないわけないよね！

でも、でもね。そんな微笑ましいものを見るような目で、ずっと眺めていたのはどうかと思うよ！　結局、あの時見られていたなんて今の今まで知らなかったし！

普通に会話してただけなのに、なんだか無性に恥ずかしいよ！

なんて身悶えていたら、山頂から顔を出した朝日に包まれて、また視界が切り替わった。

なんとなく分かってる。

これは、たぶん私にとっての、ユエとの印象深い想い出の回想なんだ。

使徒の弱点を探るための記憶探査から完全に寄り道をしてしまっているのだけど、あと一つ、一つだけ見たい。普通に思い出すよりずっと鮮やかかな、この記憶の世界で。

その願いが通じたのかな。見えたのは月明かりが差し込む樹海の木々。

大樹の攻略を終えた翌日の夜の記憶。私はフェアベルゲンの郊外にある広場で、切り株の椅子に座って月を眺めていて、そこにユエが来るんだ。

「……なんか香織が雰囲気だしてるぅ～」

「空気読んでくれる!?」

「……貴様の空気などどうでもいい。それより、ハジメの表情について語り合おう」

「我が道を行きすぎじゃないかな!?　かな!?」

「……そう言いつつも、香織も語りたいとみた」

「うぐっ、それは、まぁ、その……はい」

ニヤッと笑って隣の切り株に座るユエ。

〝ハジメの表情〟が何を指しているかなんて聞かずとも分かってた。攻略後に概念魔法の存在を聞いて、故郷に帰る具体的な手段を遂に見つけた時の表情のことだ。

あの、昔の穏やかで優しいハジメ君と、今の鋭くて強いハジメ君が交じり合ったような微笑は、確かに誰かと語り合いたいくらい素敵だった。

私達は、それから普通にガールズトークを楽しんで、ちょっと口喧嘩して、また楽しんで、そんな風にそれなりの時間を過ごしたのだけど。

この後だ。ユエが私のもとに来てくれた本当の理由が示されるのは。

ほら、ユエが立ち上がった。私の傍に歩み寄って、頭に手を置いて、ぽんぽんって。

それで、きょとんとする私に、こう言うんだ。

「……故郷のこと、一人で想う方がいい？」

そう、私はこの夜、すっごくホームシックだった。日本に帰れる具体的な希望が見えたこと、ハジメ君の昔の表情や雰囲気を感じたことで、どうしようもなく故郷のことが思い出された。お母さんやお父さんのことが恋しくなってしまっていた。

「……気づいてたの？」

当然と言いたげに肩を竦めるユエ。でも、揶揄ったりはしてこない。

「……同郷の子達はハジメも含めて、今夜語り合うには少し不適当。だから、一人で想ってた。でも、一人になりたかったわけではない。違う？」

まったく以てその通りです。

この夜くらい、ハジメ君のことは想いが成就したシアに独り占めさせてあげたかった。

雫ちゃん達は、気持ち的にゆっくり語り合うのは難しいと思った。鈴ちゃんは恵里ちゃんのことで頭がいっぱいだし、雫ちゃんは……どうしたって話題に出ちゃうハジメ君への気持ちで落ち着かないと思ったから。

もちろん、光輝君や龍太郎君と二人っきりで話すなんてあり得ないしね！

だから、一人で静かに家族のことを思い出していたのだけど、やっぱり一人は寂しい。

そんな気持ちを察してくれていたんだよね、ユエは。

「……ご両親、どんな人？」

「ん……えっとね、お父さんはすっごい過保護で、お母さんはお料理の先生で――」

最後にもう一度、頭をぽんぽんしてくれて、隣の切り株に座り直して話を促すユエに、この時の私は、自分でもどうかと思うほど甘えたい気持ちになっていた。

とつとつと故郷や家族のことを話す私に、ユエは静かに頷きながら耳を傾けてくれた。

普段は本当に意地悪ばっかりで、直ぐに揶揄ってくるくせに。

私が生まれて初めて取っ組み合いの喧嘩をして、きっとこれからもするだろう恋敵は、ハジメ君が惚れ込むのが分かるくらい包み込むような優しさを持った人で。

本当に、ずるい人で……

なのに、今はいなくて――

――か…り。……り！

それが、その事実が、どうしようもなく胸を締め付ける。

連れ戻せるって信じているけれど、少し落ち着いてしまうと直ぐに不安や焦燥が顔を出

して、わけもなく叫び出したくなる。

――かお……さん!!　目をっ

微笑を浮かべて私を見てくれているユエの姿が、また朝日が昇れば消えてしまうのかと思うと震えてしまうほど恐ろしい。

だからこのまま、もう少しだけでいいから記憶の世界に――

「香織！　目を覚ませ！」

「香織さん！」

頬に走った鋭い痛みに、私はハッと目を見開いた。

目の前には、心配そうに私の瞳を覗(のぞ)き込むハジメ君とシアがいる。樹海の木々も、月明かりに照らされた広場も、ユエの姿もない。

「わ、私……ごめんなさい、自分の記憶に」

謝罪しようとして、急速に滲(にじ)んでいく視界に困惑する。頬を伝うものに気が付いて撫(な)でてみれば、指先には涙の雫がたくさん。

「違うの、これは……私に、どうしてもっと注意しなかったって……言ったのにっ、ユエの方が……いなくなってっ、怒ってやりたい……のにっ、いないから！」

自分でも何を言っているのか分からない。でも、一度堤防が壊れて溢(あふ)れ出してしまった感情の波は止めることができなくて、ただ支離滅裂な言葉を重ねてしまう。

すると、急に視界が暗くなった。温かな感触が全身を覆う。

ハジメ君とシアが抱き締めてくれていた。

「悪い。俺が暴走したから、香織が感情を吐き出す機会を奪っちまった」

「本当はずっと、焦りと寂しさでいっぱいだったんですね。……私も、同じですよ」

優しく、ユエみたいに頭を撫でてくれるハジメ君。

シアはウサミミで私の頬をもふもふしてくれる。

「絶対、一緒に帰ってくる。そしたら盛大に喧嘩してやってくれ」

「ユエさんったら香織さんのこと構いたがりですからねぇ。ちょっと妬けちゃうくらい」

そう言って笑いかけてくれる二人に、私は泣いたまま、

「うん……うんっ」

ただ頷くだけ。心は言葉にならなくて、でも、笑うことはできた。心の隙間に入り込んだものが柔らかく解けて消えていく。代わりに、また強い気持ちでいっぱいになる。

ユエ……

世界で一番気に食わなくて、でも世界で一番言いたいことを言える私の大事な恋敵。

早く帰ってきて。

いっぱい語り合って、いっぱい喧嘩しようよ。

心配かけられた分、まずはそのほっぺを思いっきり引っ叩いてあげるから！

# あとがき

「ありふれた」12巻をお手に取っていただき、誠にありがとうございます。
厨二好きの原作者、白米良でございます。

前巻の発売からだいぶお待たせしてしまいましたが、いかがでしたか？
せっかくの書籍版ですからできるだけ加筆したいという考えは常のことですが、今巻の内容は元々最終決戦ということもありＷｅｂ版でも書きたいことを書けた部分なので、あまり入れたい話がありませんでした。

それでも当初のプロットでは、ハジメ達が神獣と相対する前に通った空間の具体的な攻略譚や、フリードとウラノスの過去話を入れる予定だったんですが……

書いてみて思いました。蛇足感がやべぇ、と。話のテンポや流れが空間断裂魔法を使ったみたいにぶった切られてしまって（ちなみに、フリードの話は店舗特典ＳＳに入れてもらいました。ご興味があればぜひ。あとがきで言うことじゃないですけどね！）。

地上戦側のメンバーの話も次巻の範囲なので、結果的にＷｅｂ版をより丁寧に描写した感じになりましたが……

お待たせした分、果たして楽しんでいただけたのか。新年の良き暇潰しの一つになれたなら幸いです。

なお、Ｗｅｂ版でダサいと評判だった黒刀群の名称は、二日くらい転がり回って新しいのを考えました。厨二感マシマシで格好良くなったでしょう？……なってない？

ほんと、オシャレネーミングを連発できる他の先生方の頭はどうなっているんでしょうね。右脳だけでいいから分けてくれませんかね。アンパ〇マンみたいに。

それはそれとして、最後に出てきたミレディちゃんについて。

零6巻にて、遂に外伝シリーズも完結しました。ありふれシリーズのもう一人の主人公の物語です。できることなら本編の最終巻を読む前に、彼女の生き様も知っておいていただけると、とても嬉しいです。

また、本巻が発売する時期は、ちょうどアニメ2期が放送中かと思います。

番外編で書かせていただいた香織とユエの想い出話。時系列が一部被っているので、裏ではこんなやり取りがあったんだなぁなんて思いながら見ていただくのも良いかもしれません。少し二人の関係に対する感じ方が変わるかも？

何はともあれ、アニメ、零シリーズ共に、ぜひよろしくお願い致します。

最後にお礼をば。

たかやKi先生、担当編集様、校正様、その他本巻の出版にあたり尽力くださった関係者の皆様、本当にありがとうございます。コミック版担当の先生方にも心から感謝を。

そして何より、読者の皆様に最大の感謝を捧げます。

次でいよいよ最終巻。どうぞ最後まで「ありふれた」をよろしくお願い致します！

白米良

# ありふれた職業で世界最強 12


発　行　2022年1月25日　初版第一刷発行

著　者　白米 良
発行者　永田勝治
発行所　株式会社オーバーラップ
〒141-0031　東京都品川区西五反田 8-1-5
校正・DTP　株式会社鷗来堂
印刷・製本　大日本印刷株式会社




Printed in Japan ISBN 978-4-8240-0064-4 C0193



オーバーラップ　カスタマーサポート
電話：03-6219-0850 ／受付時間 10:00～18:00（土日祝日をのぞく）

## 作品のご感想、ファンレターをお待ちしています

あて先：〒141-0031　東京都品川区西五反田 8-1-5 五反田光和ビル4階　オーバーラップ文庫編集部
「白米 良」先生係／「たかやKi」先生係

## PC、スマホからWEBアンケートに答えてゲット!

★この書籍で使用しているイラストの『無料壁紙』
★さらに図書カード（1000円分）を毎月10名に抽選でプレゼント!

▶https://over-lap.co.jp/824000644
二次元バーコードまたはURLより本書へのアンケートにご協力ください。
オーバーラップ文庫公式HPのトップページからもアクセスいただけます。
※スマートフォンとPCからのアクセスにのみ対応しております。
※サイトへのアクセスや登録時に発生する通信費等はご負担ください。
※中学生以下の方は保護者の方の了承を得てから回答してください。

オーバーラップ文庫公式HP ▶ https://over-lap.co.jp/lnv/